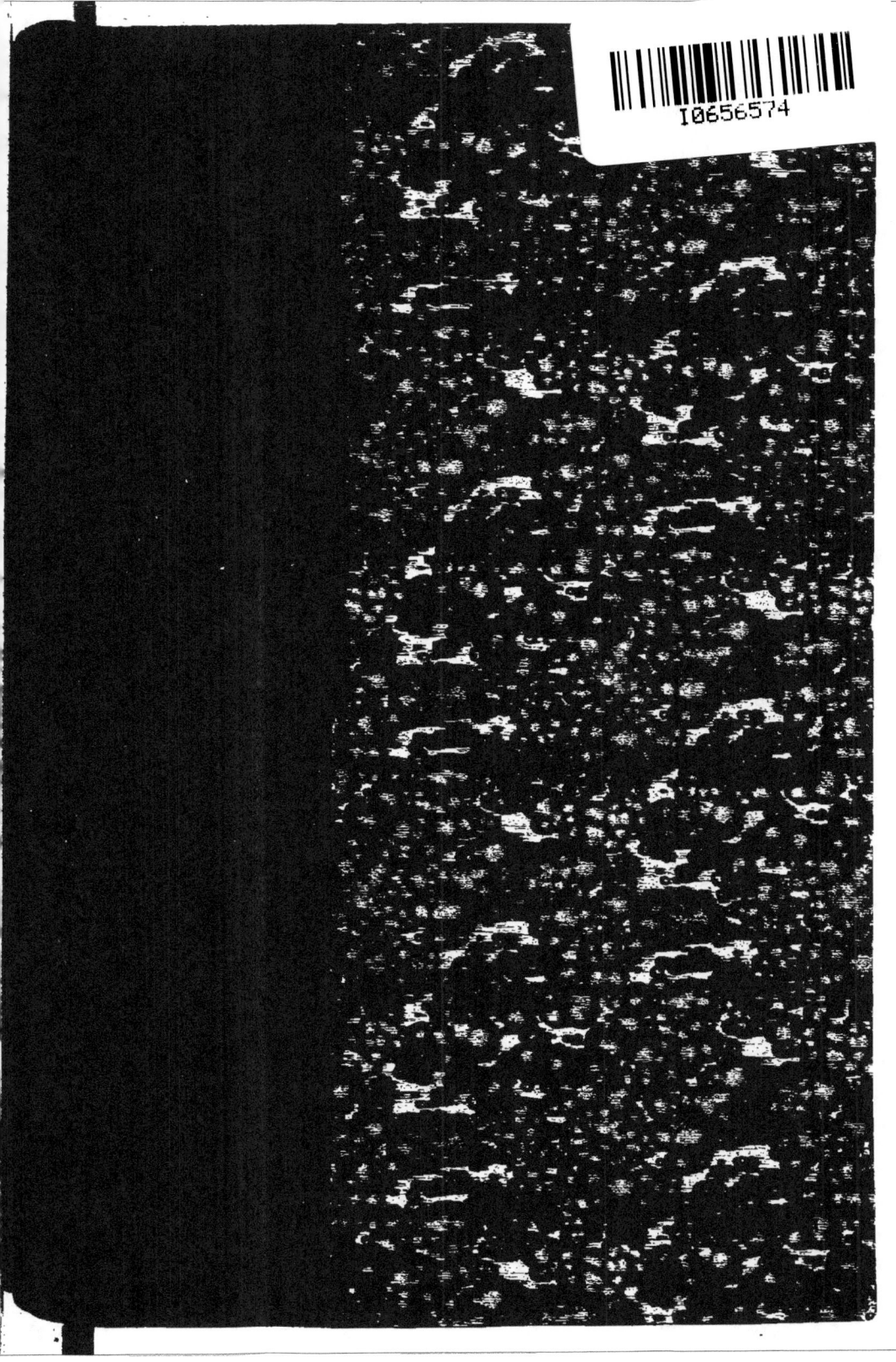

I0656574

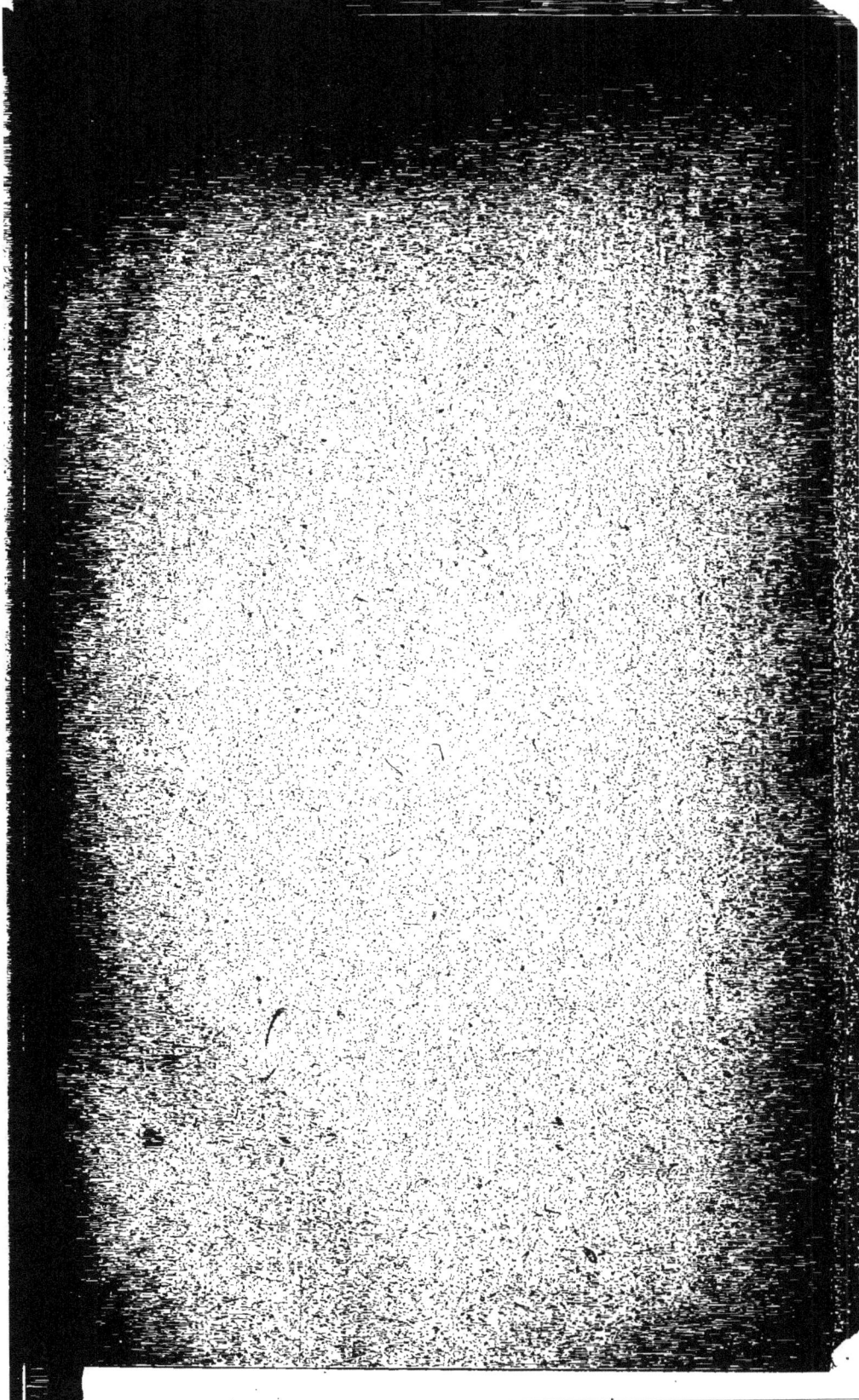

COLLECTION SAINT-MICHEL

LES COMBATS DE LA VIE

DEUXIÈME SÉRIE

LA FAMILLE

DU VIEUX

CÉLIBATAIRE

PAR

M. BATHILD BOUNIOL

3ᵉ ÉDITION

PARIS

G. TÉQUI LIBRAIRE-ÉDITEUR

DE L'ŒUVRE DE SAINT-MICHEL

6, RUE DE MÉZIÈRES, 6.

1879

LA FAMILLE

DU VIEUX

CÉLIBATAIRE.

Paris. — Imprimerie Saint-Michel. G. Téqui — Apprentis
de Saint-Nicolas. — 92, rue de Vaugirard

LES COMBATS DE LA VIE

DEUXIÈME SÉRIE

LA FAMILLE

DU VIEUX

CÉLIBATAIRE

PAR

M. BATHILD BOUNIOL

3ᵉ ÉDITION

PARIS

G. TÉQUI, LIBRAIRE-ÉDITEUR

DE L'ŒUVRE DE SAINT-MICHEL

6, RUE DE MÉZIÈRES, 6.

1878

PRÉFACE

Peut-être, pour les personnes qui auraient lu avec quelque intérêt le premier volume de ces récits, le seçond se sera fait attendre; mais je tenais à publier en même temps le troisième, et je devais tâcher que ni l'un ni l'autre ne fût inférieur à son aîné. La bienveillance du public n'était qu'un motif de plus pour moi de me rappeler le précepte du Maître :

Hâtez-vous lentement.

Je comprenais d'ailleurs, en creusant mon sujet, qu'il me faudrait plus d'une fois toucher à des situations délicates, à d'orageux sentiments, et c'était cruellement compliquer la tâche de l'écrivain chétien, si ardue déjà.

Combien difficile, en effet, (et bien des personnes, des critiques expérimentés même
ne s'en rendent pas assez compte), combien
difficile l'exécution d'une œuvre d'imagination où la *Folle du Logis* doit être toujours
tenue en bride par la raison sévère, où l'auteur, poète, historien, romancier, est incessamment conseillé et surveillé par le mora-
liste, obligé, lui, de se dissimuler derrière le
rideau ; car s'il prenait directement la parole,
il risquerait d'effaroucher le lecteur, et, ce
qui serait pis de .... l'ennuyer. Ce sont les
événements qui doivent faire la leçon, et il
faut que le lecteur en tire de lui-même, et tout
naturellement, la conclusion.

Puis, voyez encore l'embarras des écrivains qui s'inspirent de la seule vraie morale,
de celle qui s'autorise de la sanction religieuse. Ils ont tout à la fois à craindre et à
vaincre les répugnances, les défiances, les
préjugés du public sincèrement chrétien,
comme ceux du public que j'appellerai des
honnêtes gens du monde, faute d'une autre
qualification pour les désigner. J'entends par
cette expression les lecteurs qui demandent

aux livres nouveaux moins l'instruction que l'amusement, mais qui, toutefois, ne veulent pas de ce passe-temps à des conditions qu'ils jugeraient honteuses, ne le cherchent pas dans les ouvrages, quels qu'ils soient, dans ceux-là surtout qu'un homme qui se respecte (et à plus forte raison une femme) rougirait de paraître connaître autrement que par le titre. Ce ne sont pas ces lecteurs, assurément, qui ont fait en ce temps-ci la fortune de certaines productions dont les succès de scandale sont une insulte et un opprobre pour la société, et dénonce tristement les défaillances de l'esprit public, capable de se laisser prendre à de telles amorces. Et les auteurs de pareilles œuvres s'en applaudissent ! Et cette lâche complicité de la foule et ce misérable engouement, ils l'appellent, par une insigne prostitution du langage, le renom, la gloire ! Ah ! Dieu nous préserve de ces triomphes comme de la célébrité infamante de la cour d'assises !

Mais laissons ces ignominies littéraires dont les lecteurs dont nous parlions plus haut, grâce à des instincts meilleurs, se dé-

tournent généralement avec un louable dégoût. Leur curiosité, cependant, veut être
excitée par la lutte intéressante et émouvante des passions, point trop féroces d'ailleurs, et auxquelles l'auteur aura mis discrètement la muselière, par l'imbroglio piquant d'une intrigue romanesque qui roule
toujours sur le même thême banal, invariable,
inévitable le sentiment que l'on sait et qui,
depuis des siècles, a le privilége de défrayer
presque à lui seul le roman et le théâtre.
Entêtement puéril et presque inexplicable,
soit de la part des écrivains, soit de la [part
du public! Car cet éternel radotage (il faut
oser le qualifier de son nom), aussi faux que
ridicule, tend à persuader à l'inexpérience
de la jeunesse que ces chimères font tout à la
fois le but et l'occupation de la vie, et que
tous nous sommes en ce monde pour rou-
couler perpétuellement dans le bocage, ou
filer, en Céladon niais, aux pieds de quelque Omphale.

« Qu'est-ce, à le bien définir, que le Ro-
« man ? dit Bourdaloue, une histoire, disons
« mieux, une fable proposée sous la forme
« d'histoire, où l'amour est traité par art et

« par règle, où la passion dominante et le
« ressort de toutes les autres passions c'est
« l'amour; où l'on affecte d'exprimer toutes
« les faiblesses, tous les transports, toutes les
« extravagances de l'amour... où un homme
« infatué ne se gouverne plus que par l'a-
« mour, tellement que l'amour est toute son
« occupation, toute sa vie, tout son objet, sa
« fin, sa béatitude, son Dieu!....... Rien
« n'est plus capable de corrompre la pureté
« d'un cœur que ces livres empestés; rien ne
« répand dans l'âme un poison plus subtil,
« plus présent, plus prompt; rien donc n'est
« plus mortel et ne doit être, par une consé-
« quence bien juste, plus étroitement défen-
« du. »

Ces éloquentes et sévères paroles, tombées
naguère sur le roman du haut de la chaire
chrétienne, semblent malheureusement aussi
vraies de nos jours qu'au temps de Scudery.
Si la forme a changé, le fond est peu différent, et souvent il est pire.

Mais, d'un autre côté, les lecteurs chrétiens, certains lecteurs du moins, poussent
la susceptibilité à un degré qu'on ne peut dire,

1.

et leurs scrupules ne vont à rien moins qu'à rendre toute littérature impossible, à ne plus nous laisser que le choix entre la fadeur et la platitude. Ils veulent des livres agréables, at—trayants, divertissants, d'émouvants récits qui ne permettent pas un instant à l'intérêt de languir, et ils s'alarment d'une phrase, d'un mot souvent en soi fort innocent. Ils ne s'ef—farouchent pas seulement de la passion cou—pable, mais ils mettent à l'index, même dans ce qu'ils ont de pur, des sentiments qui tien—nent dans la vie une large place et que l'Église sanctifie en les bénissant.

— Votre nouvelle est charmante, disait l'un d'eux à un jeune littérateur, mais pourquoi finit-elle par un mariage ?

— Donnez-moi, disait une pieuse dame à l'un de mes éditeurs, des livres amusants pour notre jeunesse; mais surtout qu'il n'y soit pas question de mariage.

Quelle littérature semble possible avec ce rigorisme ?

Mais, d'ailleurs, je me hâte de le dire, quand je réclame, pour l'écrivain chrétien une hon—nête liberté, c'est à la condition qu'il ne son—

gera jamais à en abuser ; que cette liberté surtout ne deviendra pour personne un danger,
l'ombre même du danger ! A Dieu ne plaise
que jamais il échappe à notre plume une page,
une ligne même, dont puisse seulement s'é-
tonner la pudeur chrétienne ! En ce qui me
concerne, je m'efforce de rester même en
deçà des limites permises. Je ne peins le vice
que pour les strictes nécessités de mon récit.
Si je touche aux sentiments, qui sont le thême
le plus ordinaire du roman, c'est pour montrer par l'expérience tout ce qu'il y a là de
tromperie et d'illusion ; et que tous ces rêves
aboutissent, le plus souvent, à des désen-
chantements, à des douleurs, aux déceptions
poignantes, aux désespoirs des trahisons ou
des séparations, et le reste que je ne dis pas,
pour parler comme Bossuet. Puisse, dans cet
ouvrage, le résultat n'avoir trahi ni mes désirs, ni mes intentions, et la sagesse, qui n'est
pas de l'homme, suivant le langage des Saints
Livres, avoir mis toujours une garde à mon
cœur et à mes lèvres.

LA FAMILLE

CÉLIBATAIRE

I

CHRISTOPHE.

A raconter ses maux souvent on les soulage.

CORNEILLE

— A la bonne heure, vous, M. Christophe, dit Mme Cadrès, voilà un homme heureux, vous êtes seul et n'avez à penser qu'à vous.

— Hé, Madame, répondit Christophe d'un ton brusque, vous me jettez toujours à la tête ce compliment, si c'en est un. Vous auriez dû comprendre depuis longtemps à mon air qu'il m'était médiocrement agréable. Une fois pour toutes, veuillez bien ne plus me parler de mon bonheur, sinon je prends mon chapeau et ne reviens plus.

A cette sortie innattendue de l'honnète Christophe, tous nous ouvrîmes de grands yeux, et Mme Cadrès, plus étonnée encore, regarda le visiteur comme les villageois de mon endroit regardent à la foire le portrait du veau à deux têtes ou celui du coq à trois pattes. Mme Cadrès est une excellente femme, un peu irréfléchie et ignorante du monde seulement, mariée à l'un de nos amis, architecte de talent, d'un talent original et puissant, mais jusqu'ici mal servi par les circonstances, et aussi trop malhabile peut-être à s'y plier. Cadrés reste obstinément, fanatiquement artiste, alors que tant d'autres se décorent du titre d'architectes qui ne sont pas même des maçons distingués. Jaloux surtout d'agréer à la clientèle bourgeoise, et civilement dociles aux inspirations d'une époque toute prosaïque et mercantile, ils ne songent qu'à bâtir, bâtir beaucoup et vite, suivant certaines règles qui ne sont pas celles précisément du goût, de l'élégance et de l'art véritable. Ils comprennent très-bien, d'ailleurs, qu'avec la tendance actuelle de MM. les propriétaires en général, toute à la spéculation à courte échéance, il ne s'agit pas d'élever pour les siècles des demeures monumentales, des palais profondément enracinés dans le sol ; mais que le problème à résoudre et beaucoup plus simple est celui-ci : Sur une surface donnée, obtenir aux moindres frais possible, la plus grande

somme de valeurs locatives. De là ces vastes cons-
tructions en forme de casernes, et qu'on appelle
des maisons, s'élevant de tous côtés sur les quais,
sur les boulevards, dans les rues, et qui, sans grandeur, sans caractère, sans autre trace d'architecture que la symétrique uniformité de la platitude, ne sont que des chambres sur des chambres,
des boîtes sur des boîtes, des pans de murs aussi nus
que possible, percés de fenêtres carrées et à larges
carreaux; le tout formant un ensemble ennuyeux à
voir au dernier point, et bien au-dessous, pour le
pittoresque, de la hutte du Hottentot !

Cadrès lui, que cette architecture à l'usage des pa-
tissiers retirés des affaires, fait tomber en syncope,
est tourmenté de la noble ambition de tirer son art
de cette vieille ornière de la banalité. Il rêve de
mystérieuses et poétiques Alhanbras à bâtir, de
gigantesques coupoles à lancer dans les airs, et il
use ses jours et ses nuits à la préparation de ces
plans magnifiques; mais en attendant leur réalisation, il oublie trop que des travaux moins glorieux mais plus urgents, le sollicitent. Alors qu'il
lui faut descendre des hautes sphères où plane sa
pensée à la pratique vulgaire, ordonner la pose de
certains tuyaux, diriger la construction d'un chétif
escalier, surveiller les réparations d'une bicoque
dans laquelle il mettrait plus volontiers le marteau,

l'éminent artiste, dans la conscience de sa force, ne se prête qu'avec un médiocre zèle à ces nécessités du métier. Les clients mécontents deviennent de plus en plus rares, et les recettes vont décroissant au lieu d'augmenter. Il en résulte des gênes toujours plus pénibles pour le jeune ménage. Deux ou trois marmots, divers de sexe et d'âge, qu'il n'en faut pas moins nourir, vêtir, etc., compliquent la situation pour la mère de famille continuellement aux prises avec des nécessités immédiates, avec toutes ces petites misères matérielles si poignantes. On s'explique ainsi son compliment à Christophe qui réalise pour la dame, l'idéal de la félicité. Il est tant de gens qui ne voient de malheur réel que celui dont ils gémissent eux-mêmes.

Ce n'est point ainsi qu'en jugeait, d'après sa brusque réponse, Christophe, ami des époux Cadrès et que plusieurs fois déjà j'avais eu l'occasion de rencontrer chez eux. J'appréciais son caractère bienveillant, son humeur égale et d'ordinaire presque enjouée; je ne m'en étonnais pas, puisqu'en effet sa position, sans être brillante, semblait le mettre à l'abri de ses soucis qui rendent la vie douloureuse et rude à tant d'autres. Célibataire, quoique touchant presque à la cinquantaine, il n'avait, comme le disait judicieusement Mᵐᵉ Gadrès, qu'à penser à lui. Sa palette et ses pinceaux, car il était artiste peintre, lui suffisait pour l'équilibre d'un budget modeste comme son talent. Le portrait et la copie suppléaient aux lacunes de l'inspiration, et, comme disent les rapins, faisaient bouillir la marmite. Le fait est qu'il payait régulièrement son terme, dînait à 32 sous, et se présentait toujours convenablement vêtu. D'ailleurs il était universellement aimé, estimé, mais dans certains salons, à lui cordialement ouverts, dans le monde des ateliers surtout, considéré comme un homme ayant manqué sa vocation, et artiste à peu près comme un mandarin chinois qui s'engraisse de riz jaune et de salanganes. Grand bonheur pour lui ! disait-on, puisqu'il échappe ainsi aux luttes de rivalité, aux tourments en tout genre qui punissent d'ordinaire l'homme de talent de sa gloire et de ses succès ! C'était presque toujours la réflexion par laquelle terminaient l'éloge de Christophe ses nombreux amis bourgeois et artistes, qui semblaient sur ce point s'accorder. Cette opinion, que je partageais, il faut l'avouer, depuis quelque temps cependant, ne persistait, aussi dédaigneuse que par l'habitude et par une sorte de préjugé; car l'artiste avait modifié sa manière d'une façon tout-à-fait inattendue et avec une amélioration qui confondait toutes les prévisions de l'expérience.

Nous nous rencontrions assez rarement, mais certain que je ne parlais jamais de lui qu'avec bienveillance, il me serrait toujours cordialement la main comme à un ami. Le jour en question il se montra plus affectueux encore, sans doute parce que je m'étais fait, dans la discussion, son allié contre Mme Cadrès. Nous sortîmes et nous fîmes quelques temps route ensemble, car tous deux nous avions à traverser le Luxembourg, quoique en sens contraire, pour regnagner nos logis.

— J'ai été un peu vif peut-être avec la dame, dit-il en me prenant le bras ; mais il fallait en finir. Cela durait depuis longtemps. Et sa maudite phrase c'était par instants un poignard qu'elle m'enfonçait dans le cœur, sans compter qu'elle l'y tournait et retournait comme pour irriter la blessure.

Je le regardais avec surprise.

— Mais, lui dis-je, moi aussi, franchement, je vous croyais, je ne dis pas tout-à-fait heureux, car qui peut se flatter du bonheur sans mélange ! mais du moins je pensais.... je jugeais.... que vous nétiez pas très à plaindre.

— Oui, parceque dans le monde ou l'on s'arrête aux surfaces, je fais bonne contenance, on m'estime un fortuné mortel. Je suis peu communicatif par tempérament, et je garde assez volontiers pour moi mes tristesses ; il est tant de gens qu'on ennuie en ne leur parlant pas uniquement d'eux-mêmes. La plupart s'absorbent si complètement dans la préoccupation de leurs soucis, qu'ils semblent toujours croire qu'en comparaison les autres sont sur des lits de roses.

— Je vous l'avoue, à votre humeur assez égale, qui souvent même semblait de la franche gaîté !...

— Affaire d'habitude et d'attitude !... Je ne sais rien de plus ridicule que de se présenter dans le monde avec une figure d'Anglais *spleenique*, et de promener à travers les salons, sans crêpe au chapeau, ces airs mélancoliques du croque-mort qui n'a pas touché son pourboire. Le monde veut des grimaces et des mines ; il faut bien le payer de cette monnaie.

— Vous avez donc eu des chagrins ?

— Qui n'a pas eu les siens. Qui n'a pas souffert par le corps ou par l'âme, pour peu qu'il ait goûté de la vie ? Mais enfin j'ai été sous ce rapport assez libéralement partagé ; il est vrai, beaucoup par ma faute. C'est une triste et douloureuse histoire que celle-là, je ne dis pas que la mienne ; car j'y joue un rôle sans doute, mais qui n'est pas le plus brillant. Si ce récit peut avoir pour vous ,quelque intérêt ?...

— Assurément.

— Alors, veuillez bien m'accompagner jusque chez moi à deux pas ; car ici même sous ces arbres, je craindrais que mon émotion ne fût gênée par l'insdiscrétion de quelque curieux.

Je suivis l'artiste qui me conduisit dans l'atelier qu'il occupait rue de l'Ouest. Je m'assis sur le divan, lui sur un de ces petits fauteuils assez malhonnétement et bizarrement nommés *crapauds*, et il commença.

II

LE MAGASIN DE L'OISEAU BLEU.

Heureux au fond des bois la source pauvre et pure,
Heureux le sort caché dans une vie obscure !

(LAMARTINE.)

Vous savez mon nom, Christophe Garnot, un nom cruellement prosaïque et de fâcheux augure pour un artiste. Raphaël, Rubens, Murillo, Salvator Rosa, à la bonne heure, voilà des noms qui promettent. Mais qu'espérer d'un individu qui s'appelle Garnot, du chef de son père, ou Périn, par sa mère. Mes parents, très dignes gens d'ailleurs, mais dans une position toute modeste, ne pensaient aucunement à faire de moi un peintre, et je n'y songeais pas plus qu'eux. Mon père, employé obscur d'une grande administration, méditait de m'enrégimenter dans la bureaucratie, une morose carrière sans doute, mais pour laquelle il ne faut ni une vocation très-décidée, ni une aptitude bien particulière. Mais un ami de mon père, vieil employé retraité, et qui *dessinail-*

lait (pardon du mot) quand il ne pêchait pas à la ligne
pour tuer le temps, vit les arabesques dont j'ornais
mes cahiers et mes livres, et il prétendit, comme
toujours, que j'avais pour l'art de merveilleuses
dispositions. Il le dit et le répéta, si bien qu'il en-
thousiasma mon père de cette idée, et il s'offrit à
m'enseigner les éléments du dessin. La proposition
fut acceptée. Pendant deux ou trois années, j'allai
régulièrement chez lui perdre mes après-midi. Il
me montrait de tout son mieux, mais il ne savait
rien ou il savait mal, et tout d'abord il me fit faire
fausse route. Je me suis ressenti, de longues années et jusqu'à ces deniers temps, de ces fâcheux
débuts; et je dois bien un peu au bonhomme d'avoir
été un *croûton*.

L'art n'était pas, je crois, ma vraie vocation. Seulement le métier me plaisait, parce que je n'avais pas
ainsi à emprisonner mon indépendance et mon
besoin incessant d'activité dans l'étouffoir d'un
bureau. Quand j'eus appris de mon maître à peu
près tout ce qu'il pouvait me montrer, il me conduisit dans l'atelier d'un vieux peintre de l'ancienne
école, son ami, bonhomme à perruque, qui avait
quelques élèves et auquel il me recommanda cha-
leureusement. J'appris là, vaille que vaille, à tenir
un pinceau, à copier un plâtre ou le modèle acadé-
mique en poncif, croisant proprement la hachure

et pointillant le grené. Bien entendu, qu'en enfant
gâté, je n'en prenais qu'à mon aise. Je passai ainsi
toute ma jeunesse et j'atteignis mes vingt-deux
ans. Mais alors, pour mon malheur, je perdis, presque coup sur coup, mon père et ma mère. Cette
mort imprévue me laissait sans appui comme sans
fortune, et je me voyais dans la cruelle nécessité de
me créer par moi-même des ressources immédiates.
C'était peu facile à Paris avec ce que je savais ou
plutôt ignorais. Mais mon vieux professeur me vint
en aide. Il allait assez ordinairement, pendant la
belle saison, passer qnelques semaines à Fontainebleau chez d'anciens amis. Il apprit ainsi qu'un
maître de dessin de la ville, forcé par l'âge de prendre sa retraite, cherchait à céder sa clientèle,
il me la fit obtenir moyennant une faible somme
que je payais en vendant le moblier de mes pauvres parents, tout mon héritage. Après avoir
embrassé mon digne professeur, je partis pour Fontainebleau et je n'eus pas à regretter d'avoir pris ce
parti. Je faisais là relativement honnête figure, ga-
gnant, bon an mal an, une quinzaine de cent francs
à courir le cachet dans la ville et les environs.

   Je m'étais installé, rue de France, dans la maison
d'un négociant en nouveautés qui augmentait ses
revenus par la location de deux ou trois chambres
dont il ne se servait pas. M. et Mme Dupré étaient de

bonnes gens, dans toute l'acception du mot, pleins
d'attention et de bienveillance pour leurs loca-
taires. Ils s'intéressèrent plus particulièrement à
moi, surtout quand après une année de résidence,
ils me virent paisible, laborieux, économe, doué de
ce qu'ils appelaient toutes les solides qualités.

— Ah! vrai, me disait parfois en riant M. Dupré
vous auriez fait un bon commerçant, vous avez tout
ce qu'il faut pour cela.

Peu à peu, on admit le maître de dessin dans l'intimité un peu farouche de la province; on l'invitait
de loin en loin à dîner. Je ne refusais pas, d'abord
c'était une économie, et j'avais toujours un excellent dîner qui ne me coûtait rien. Il est vrai que les
commerçants ne m'amusaient pas considérablement
et qu'une partie de loto ou de dominos, qui, le plus
souvent, terminait la soirée, me semblait un diver-
tissement assez monotone; mais je trouvais une
agréable diversion dans la présence et la conversation de Mlle Félicie Dupré, la fille unique de mes
propriétaires, une aimable personne quoique médiocrement jolie, mais attrayante par la grâce modeste et le plus heureux mélange de sensibilité ex-
quise et de discret enjouement. J'aimais à la voir, fille
si tendre et si soumise, si uniquement occupée de
ses vieux parents, si oublieuse d'elle-même et de
toute coquetterie, et pieuse avec tout cela, ce qui ne

gâte rien, bien au contraire. On a dit que la religion était l'arôme qui empêche la science de se corrompre, cela me semble plus vrai encore de la vertu. Tous les matins, avant que la boutique fût ouverte, Mlle Félicie, levée dès cinq heures sortait pour courir à la première messe, et elle était rentrée assez à temps pour éviter à sa mère les petites fatigues du ménage auquel la domestique, qui n'était plus jeune, ne suffisait pas complètement.

Sur ces entrefaites, je tombai gravement malade d'une fluxion de poitrine, gagnée à aller donner une leçon par la plus forte chaleur du jour, dans un village à une lieue de Fontainebleau. Craignant d'être en retard, j'avais marché très vite, et j'arrivai dans une salle basse, une espèce de cave dont pour l'été on avait fait un petit salon de travail. Dès le soir même, je commençai à tousser et je me mis au lit. Le médecin appelé annonça que mon état était grave et exigeait les plus grands soins.

La bonne Mme Dupré, qui m'avait pris en amitié, s'installa à mon chevet et elle me soigna comme elle eût fait d'un fils, passant les jours et les nuits auprès de moi, de temps en temps à peine suppléée par la vieille domestique, afin qu'elle même pût prendre quelque repos. De temps en temps aussi, Mlle Félicie, surtout dans les premiers jours où l'on pouvait craindre que la maladie eût des suites funestes,

2

faisait, à l'entrée de ma chambre, de courtes appari-
tions et je rencontrai plus d'une fois ses yeux fixés
sur moi avec un air de touchant intérêt. Tant de
bons soins ne furent pas en pure perte; et, au bout
de quelques jours, le médecin déclara que j'étais
tout-à-fait hors de danger. Bientôt j'entrais en con-
valescence.

Vous comprenez, qu'après une telle épreuve de
dévouement de la part de cette bonne famille, nos
relations ne pouvaient que devenir plus amicales
encore; en effet, je dînais maintenant chez eux presque chaque dimanche, et je passais souvent dans le
magasin la meilleure partie de mes soirées. Les dignes parents ne m'ennuyaient plus, et ma sympathie
pour leur fille devenait de plus en plus une affection
sérieuse. Je ne pouvais guère douter, à son sourire,
à son regard, à certains mots qui lui échappaient
parfois, malgré sa réserve, qu'elle ne me voyait pas
d'un œil indifférent. La reconnaissance me faisait
un devoir de la loyauté et ne me permettait pas honnêtement de prolonger le *statu quo*.

Une petite circonstance acheva d'ailleurs de me
donner la certitude des sentiments favorables de la
jeune fille.

La saint Jean était la fête de M. Dupré. Désireux,
comme je l'étais, de leur prouver à tous mon affection, je pensai ne pouvoir leur faire rien de plus

agréable que d'offrir au père, pour sa fête, le portrait
de toute la famille. Le difficile c'était de préparer
la chose à l'insu de tous. J'y réussis cependant.
M. Dupré, un peu fatigué par l'âge, maintenant que
sa fille et sa femme pouvaient suffire aisément au
détail du magasin, venait assez volontiers s'asseoir,
quelques heures de l'après-midi, dans son jardin
pour lire le journal sur lequel, d'ordinaire, il s'endor-
mait et cela presque sous ma fenêtre. Je pus donc
faire ainsi sans grande peine mon étude. Pour la
mère, je la priai de poser un soir, sous prétexte de
faire d'après elle, un croquis dont j'avais besoin pour
un tableau de sainte Anne, mais je prolongeai la
séance et j'obtins ainsi un portrait assez exact que
je n'eus ensuite qu'à transporter sur la toile. Le
même stratagème me réussit pour la jeune fille,
dont le portrait était peut-être le meilleur des trois.
Quand je dis le meilleur, c'est le moins mauvais
qu'il fallait dire. Encore que j'eusse mis à ce travail
tous mes soins, que mon cœur plutôt que ma main
eût tenu le pinceau, le tout formait en tant que
peinture, une insigne croûte. Car, hélas ! la bonne
volonté ne supplée pas au talent, et je n'avais malheureusement pas de talent, mais pas du tout, pas même l'ombre, le germe du talent. Je n'acquis, au reste,
cette conviction que beaucoup plus tard, trop tard.
Mais alors je ne me doutais pas, si peu que ce fût, de

cette vérité, au contraire ; et, en contemplant avec
satisfaction mon affreux petit tableau, je me croyais
bien sincèrement un digne élève de Raphaël, de
Poussin, de Corrège, et appelé, comme mes maîtres,
à d'illustres destinées. Je fus d'ailleurs confirmé dans
ces pensées par des exclamations admiratives et
joyeuses de toute la famille, quand, la fête arrivée,
au dessert tout-à coup j'exhibeai mon cadeau. Ce
furent des transports et des bravos et des larmes.
Le père m'embrassa, la mère m'embrassa, Mlle Félicie me tendit la main en me souriant de son bon
sourire qui valait tous les remerciments.

— Mais comme c'est bien nous, disait la maman :
Comme c'est bien toi, père, et ta bonne et ronde
figure, quoique avec un air un peu endormi, comme
quand tu lis ton journal. Et la petite donc, on la
dirait décalquée sur la toile. Quand à moi, je me
fais l'effet d'être bien moi-même tout comme alors
que je me regarde dans la glace, seulement je crois
que notre ami m'a un peu trop embellie, d'autant
qu'il m'a mis ma robe des dimanches. Pour être
juste, en effet, je dois dire que tous ces portraits
étaient ressemblants, mais ressemblants à faire peur
selon une expression énergique de l'atelier qu'on
ne prend guère en bonne part, ressemblants à la
façon de la caricature. Mais les dignes gens, qui ne
voyaient la chose qu'avec les yeux du cœur, touchés

profondément de l'intention autant qu'ignorants de l'art, ne tarissaient pas en éloges et en remercîments.

— C'est admirable, admirable, prodigieux ! répétait avec attendrissement M. Dupré. Cela parle, c'est la chose au naturel. Puis de la bonne peinture, et qui tiendra bien sûr ! Ces couleurs-là, à la bonne heure, ça se voit et même de loin. Dans un de mes voyages à Paris, il y a des années déjà, j'ai fait, comme tout le monde, ma visite au Musée du Louvre qu'on me vantait comme l'une des grandes curiosités de la capitale. Eh bien ! franchement, je ne fus pas tout-à-fait de cet avis. Dans des galeries qui n'en finissaient pas, et dont le parquet, glissant à vous rompre le cou, aurait pu tenter les patineurs, je vis les murs couverts de toiles grandes et petites, noires, enfumés, encrassées pour la plupart, tellement qu'on n'y voyait rien. Il y avait là en particulier des tableaux d'un nommé Raphaël et d'un sieur Poussin, des fameux à ce qu'il paraît, et devant lesquels je voyais les messieurs à barbe et à chapeau pointu, plantés en mâts de cocagne d'un air d'admiration. Je ne sais pourquoi, car moi, et c'est où je voulais en venir, je vous assure, Christophe, vrai, ces tableaux si vantés ne valaient pas celui-ci ! Oh ! non, et j'aime beaucoup mieux, mais beaucoup mieux, votre peinture, à vous.

2.

— Vous me flattez, vous exagérez, M. Dupré !
dis-je prenant un air modeste.

— Non, mon ami, je ne dis que ce que je pense.

— Moi, interrompit Félicie, ce que j'apprécie surtout, attendu que je me connais mieux à faire une
addition qu'à juger de la peinture, c'est l'intention,
la bonne pensée.... qui a inspiré ce tableau.

— Ah! Mademoiselle je vous devais bien cela à tous
et davantage.... une famille qui a été pour moi...
une famille.

— Et qui le sera toujours, cher Monsieur Christophe, dit Mme Dupré, appuyant son affirmation d'un
serrement de main.

Je ne sais par quel entrainement, me penchant
vers la jeune fille, près de laquelle j'étais assis, je
murmurai de manière à n'être entendu que d'elle :

— Et vous, Mademoiselle, qu'en pensez-vous ?

Elle rougit un peu, leva au ciel ses grands yeux
dans lesquels brillait une larme, puis les abaissa sur
moi, en souriant d'un sourire angélique. Elle ne
répondit pas, mais son regard et son sourire en
disaient plus que bien des paroles. Dès lors je résolus de m'ouvrir promptement et loyalement au père.

III

ILLUSIONS.

> Que les hommes croient faci-
> lement ce qui favorise leurs incli-
> nations, et ce qui flatte leurs
> espérances !

Une circonstance imprévue m'obligea à faire un
voyage de quelques semaines, et je dus remettre la
demande en mariage à mon retour. Mais alors je
n'hésitai plus. Une après midi que M. Dupré était
seul au jardin, j'allai le trouver. Il leva la tête en
m'entendant venir et me tendit la main avec sa cor-
dialité accoutumée. Je lui fis tout franchement ma
demande, dont il n'eut pas l'air surpris.

—Je m'attendais à cette démarche un jour ou
l'autre, me dit-il ; et je ne mettrai pas de mystère à
vous dire qu'elle ne me fait pas de peine, loin de
là.

— Je suis bien heureux alors...

— Un instant, Christophe, un instant. Je n'ai pas

dit encore tout-à-fait oui ! quoique... Mais j'aurai
d'abord à vous poser quelques petites conditions.

— Je les accepte les yeux fermés, je les accepte....

— Il faut voir, il faut voir ! quand vous les con-
naîtrez.... Mais d'abord revenons. Oui, j'avais bien
prévu qu'avant peu, honnête comme vous l'êtes,
vous en viendriez là. Félicie me paraissait, de son
côté, vous voir d'assez bon œil. Et quand je l'ai
questionnée, c'est-à-dire quand sa mère l'a questionnée, ouverte et franche, elle n'a pas dissimulé
pour vous sa grande estime.

— De l'estime seulement !

— De l'estime et de l'amitié aussi. Enfin suffit
qu'elle ne se chagrinera pas du tout de devenir votre femme, pas plus que Mme Dupré et moi nous
n'aurons regret à vous appeler notre gendre.

— Oh ! merci, père, de ces bonnes paroles.

— Doucement, je vous l'ai déjà dit, ce n'est pas
sans quelques conditions....

— Mais puisque j'accepte de confiance, tout ce
que vous voulez, je le veux.

— Qui sait ?

— Pensez-vous que nous puissions avoir l'ombre
d'une discussion pour l'intérêt par exemple ? Je

m'en rapporte à vous complètement, Monsieur
Dupré, et je dois m'estimer trop heureux que, dans
ma position si modeste...

— Et c'est justement cette position qui est la pierre de touche... et l'objet... la cause... de mes conditions.

— Je ne comprends pas. Expliquez-vous?

— C'est une chose connue entre nous et assez
visible d'ailleurs, que jusqu'ici vous n'avez guère
fait fortune avec votre état. Vous gagniez, tout en
vous fatiguant beaucoup avec les leçons ; un peu
moins qu'un employé de la sous-préfecture.

— Oui monsieur Dupré, sans doute, c'est la vérité, quant à présent. Je gagne, non sans peine, tout
juste de quoi vivre honorablement ; mais ce n'est
que pour un temps, pendant quelques années peut-
être. Et devant moi j'ai l'avenir un bel avenir, j'espère ; maintenant surtout que, ne travaillant plus
pour moi seul, j'aurai doublement courage à tenir
les pinceaux. Je profiterai de mes loisirs, des bonnes
heures du matin, l'été, pour achever quelques tableaux que j'enverrai aux expositions pour me faire connaître. Et une fois connu, nous sommes sauvés ! La réputation, voyez-vous, monsieur Dupré,
pour l'artiste, c'est comme la vogue pour le marchand, la réputation, c'est la fortune.

— Oui, mon ami, je le comprends très-bien ;

mais si la réputation se fait attendre longtemps
longtemps ? si même elle ne vient pas ?

— Cela, Monsieur Dupré, ce n'est pas possible,
un peu plus tôt, un peu plus tard. Car, je puis le
dire, je ne suis pas un paresseux.

— Assurément non, et, sous ce rapport, Christophe, je vous rends justice.

— Et le talent ne me manque pas, vous en avez
eu des preuves.

M. Dupré ne répondit pas. Il tournait et retournait dans ses mains son journal, tant et bien que
lui, d'ordinaire si soigneux, il finit par le réduire à
sa plus simple expression. A la fin, comme par un effort suprême, il se décida à parler et me dit d'une
voix presque inintelligible :

— Mon ami, excusez-moi de vous dire cela ;
mais la circonstance m'y oblige ! Voyons franchement, la main sur la conscience, êtes-vous bien sûr
d'avoir du talent ?

— Comment ? m'écriai-je tout étourdi de la question, et avec un accent qui n'annonçait pas précisément la satisfaction. Monsieur Dupré, la vanité ne
m'aveugle pas sur moi-même. Mais on ne fait pas
ce que je fais, quand on n'a rien là, dis-je en me
touchant le front. Je ne me crois pas sans doute
encore tout-à-fait un maître ; mais je suis, j'espère,
en bon chemin...

— Mon cher enfant, d'abord j'ai presque toujours vu que ceux qui ont ce que vous dites, le talent, la capacité, sont des premiers à en douter. Puis enfin, je ne puis pas vous le cacher, tout le monde n'est pas de votre avis sur vous-même et des gens compétents....

— Comment cela ? demandai-je avec vivacité.

— Allons, ne vous fâchez pas, Christophe, j'en ai eu assez de chagrin, et Félicie donc, pauvre petite ! elle avait tout entendu et elle a pleuré, pleuré!...

— Entendu quoi? dis-je avec une impatiente anxiété.

— Pendant votre absence, voici ce qui est arrivé : Votre portrait, vous le savez, avait fait du bruit dans la ville parce que je me faisais un plaisir de le montrer à toutes mes pratiques. On en parla si bien qu'il en fut question au Cercle où se trouvaient un jour des peintres de Paris, en promenade à Fontainebleau ; de ceux qu'on dit les plus célèbres. Les amis, qui les avaient conduits au Cercle, leur proposèrent de venir voir notre tableau et les amenèrent ici. Ils étaient trois ou quatre, des messieurs tres-bien, tout en noir, avec la rosette à la boutonnière, excepté l'un d'eux, plus jeune, qui n'avait qu'un simple ruban. Ils me demandèrent très-

poliment de leur montrer mon tableau, et je m'em-
pressai de les conduire dans la chambre au premier. J'enlevai la gaze dont j'avais pris soin de
le couvrir, crainte de la poussière et des mou-
ches, et tout joyeux en moi-même, à la pensée
que cette visite pourrait vous être grandement utile
par la suite, je me mis de côté pour les laisser regarder plus à l'aise. Je m'attendais à les voir se
récrier dans l'admiration de votre travail. Je ne
pensais guère que ce serait tout le contraire.

— Comment cela ? dis-je, devenant pâle.

— Malheureusement oui. A peine ils eurent jeté
sur la peinture un coup d'œil, que je vis leurs figures s'allonger d'un air qui annonçait pas précisément
la satisfaction. Le jeune homme en particulier,
pirouettant sur ses talons, tourna le dos et je l'entendis s'écrier :

— Quelle charge, messieurs ! C'est une croûte,
une croûte absurde. Il n'y a rien là qui ressemble
à de la peinture. Parole d'honneur, j'en ai la coli-
que.

Mais apercevant tout à coup Félicie qui nous
avait suivis et l'écoutait d'un air consterné :

— Ah ! Pardon, Mademoiselle, il paraît que cela
vous chagrine ? si j'avais su.... si j'avais pensé !...
Mais je n'ai parlé que de la peinture... car, pour la
ressemblance, oh ! c'est ressemblant, très-ressem-

blant, quoique moins bien encore que l'original,
ajouta-t-il, 'sans doute par manière d'excuse et de
compliment.

— Le fat ! m'écriai-je, aveuglé par la vanité.

— C'est ce que je pensais d'abord, reprit M·
Dupré, mais, m'adressant aux deux autres messieurs
décorés qui avaient l'air plus calme, et que je me
rappelais maintemant avoir vu naguère dans le parc
se promener avec sa Majesté, je leur demandai de
me dire franchement, la main sur la conscience,
ce qu'ils pensaient et du tableau et du peintre. Et,
mon pauvre Christophe, voici leur réponse, voici
l'opinion exprimée par l'un d'eux et confirmée
par l'autre.... Vous m'excuserez.... Christophe...

— Oui, oui, dis-je avec impatience.

— J'espère, mon digne Monsieur, me dit il, que
vous n'avez pas payé cela cher ?

— Pas précisément.

— Si peu que ce soit, je vous le dirai puisque
vous le voulez, ce serait toujours trop. Notre jeune
ami vous a tout à l'heure un peu vivement expri-
mé son opinion sur ce tableau. Son opinion au
fond est la nôtre. Le malheurex qui a fait cela n'est
pas un peintre, il ne le sera jamais. Et le meilleur
conseil que vous puissiez lui donner, s'il est jeune

3

encore et qu'il vous intéresse, c'est de jeter au feu ses pinceaux et de solliciter quelque part une place de commis aux écritures, à moins qu'il ne préfère, comme vous, le commerce, ce qui est une profession fort honorable. Tout vaut mieux, d'ailleurs, plutôt que de rester barbouilleur et peintre indigne de ce nom.

— Il a dit cela ?

— Hélas ! oui, mon ami ! j'ai retenu mot pour mot...

— Et vous avez écouté jusqu'au bout ? vous ne les avez pas pris par les épaules pour les mettre dehors ? m'écriai-je avec véhémence.

— Je m'attendais à cette explosion, dit avec douceur M. Dupré, je conçois votre crève-cœur, Christophe. Mais d'abord, pour les mettre dehors de la façon que vous dites, j'étais seul. Puis c'eût été fort déplacé, puisqu'ils n'avaient fait que répondre à ma question.... et qu'en prenant les choses comme il faut les prendre.... ils pouvaient nous rendre service, ils nous le rendaient réellement à vous comme à moi.

Comment cela ? demandai-je étonné.

— Oui, sans doute, ne nous donnaient-ils pas, selon moi, un excellent conseil après leur opinion si sincèrement, si loyalement exprimée ?

Des envieux ! des ignorants !

— Dans leur position, est-ce possible ? En les voyant surtout si unanimes, comment douter qu'ils eussent raison ? Il me paraît évident maintenant, qu'avec votre état de peintre, le ménage ne pourrait que végéter misérablement. D'un autre côté, je ne puis assurer à ma fille qu'une dot médiocre ; car j'ai fait, il y a peu d'années, des pertes considérables, et tout mon avoir maintenant consiste dans ma maison de commerce ; une maison modeste, mais solide. Avec de l'activité on peut la développer l'âge ne me le permet pas, mais vous, vous êtes jeune.

— Moi ! m'écriai-je stupéfait.

— Oui, mon ami, suivez le conseil de votre illustre confrère, homme d'expérience et d'autorité, puisque vous ne sauriez être bon peintre, soyez honnête commerçant. A cette condition, mais seulement à cette condition, je donnerai mon consentement au mariage.

Je restai étourdi de la proposition que maintenant je juge ce qu'elle était, tout-à-fait raisonnable, et dont j'aurais dû être profondément reconnaissant. Mais la vanité m'aveuglait, et la chose me parut une énormité. A moi artiste, à moi homme de talent et d'avenir, je m'obstinais à le croire, me proposer de quitter les pinceaux pour prendre le mètre ! me proposer de laisser mon chevalet pour m'installer dans un comptoir ! Moi devenir marchand, moi boutiquier ! Je ne comprenais pas qu'on eût pareille idée. J'avais peine à me contenir, malgré mon amitié pour M. Dupré et mes sentiments pour sa fille. Non, l'imbécile orgueil, la vanité exaspérée l'emportait sur toute autre considération, et je me crus magnanime en répondant à l'excellent homme :

— Monsieur Dupré, merci de vos bonnes intentions, mais votre proposition n'est pas de celles qu'on discute ; elle est inacceptable en principe. De tout autre que vous-même, je la prendrais comme une insulte.

— Mon enfant, mon cher Christophe, reprit-il avec émotion, vous répondez ainsi dans la chaleur du premier mouvement: mais je suis convaincu qu'après avoir réfléchi, consulté, vous en jugerez autrement. Je vous en prie, donnez-vous le temps de prendre conseil. Attendez quelques jours avant de fixer par une résolution irrévocable...

—Inutile, c'est inutile, Monsieur Dupré, ma résolution est toute prise et il n'est pas de considération qui puisse l'ébranler. Non, jamais, vous entendez, jamais, je ne ferai à un intérêt quel qu'il soit le sacrifice de mon art, de mon avenir, de ma gloire.

— En dépit de ce jamais, Christophe, j'espère mieux de vous et de la réflexion, et votre réponse ne sera telle pour moi que dans huit jours. D'ailleurs, ne vous faites pas illusion. Ma fille est une personne

trop sensée, une trop bonne chrétienne surtout, pour
ne pas faire, s'il faut, violence à son cœur, plutôt
que de se jeter témérairement et contre la volonté de
ses parents dans un mariage que n'approuverait pas
la raison, d'accord avec l'affection. Je ne lui ai rien
caché de mes intentions, et elle m'a dit qu'elle les
jugeait trop sages pour ne pas s'y conformer quoiqu'il dût lui en coûter. Mais justement la voici, de-
mandez-lui ce qu'elle en pense.

En effet, Mlle Félicie entrait en ce moment dans le
jardin. Elle nous avait aperçus de la fenêtre, et,
inquiète d'une conversation qui lui avait paru plus
qu'animée, elle était accourue. Son père la mit au
fait en quelques mots.

— Eh bien ? lui demandai-je.

— Eh bien, répondit-elle, je pense, moi, que papa
a raison ; et puis qu'enfin, Monsieur Christophe,
ajouta-t-elle de sa voix la plus douce, puisque
d'après des juges compétents et de leur avis una-
nime, vous vous abusiez sur votre vocation, il est
de la prudence, du devoir même, d'en changer, surtout quand on vous offre en compensation de sérieux
avantages, ce que beaucoup jugeraient le bonheur !

— Le bonheur ! répétai-je avec amertume, le bonheur à ce prix.... Ainsi vous donnez raison à ces
gens-là contre moi ? vous en croyez, plutôt que moi,
des étrangers, des inconnus ?

— Des inconnus, les hommes les plus illustres dans votre partie.

— Ah ! dis-je avec un dépit sauvage, voilà bien les femmes ! le positif avant tout, avant tout le pôt-au-feu !

— Ah ! Monsieur Christophe, pouvez-vous ?....

— Quant à la gloire, quant aux nobles espérances et au dévouement de l'artiste, billevésées pour elles.

— Pauvre Monsieur Christophe, vous souffrez bien pour qu'il vous échappe de telles choses que sûrement vous ne pensez pas. Mais les pensiez-vous, en ce moment, du moins, elles n'éveillent en moi que la tristesse et une affectueuse compassion. Vous calomniez le cœur des femmes et le mien, j'ose le dire. Ah ! je sens bien, moi, au contraire, que si j'avais pu croire à votre vocation, partager votre confiance, non, je n'aurais pas dédaigné pour vous cette brillante couronne de la gloire et pour moi, humble femme, le reflet de votre auréole. Si j'avais cru que cette vocation fût la vôtre, ah ! bien loin de vous en détourner, j'aurais été la première à vous encourager ; car, malgré mon ignorance, j'ai l'instinct au moins de ce qui est bien, de ce qui est beau !... par malheur !....

— C'est-à-dire, m'écriai-je avec rage, que vous me jugez tout simplement un ignorant, un idiot !

Ah ! bien sûr, vous ne m'avez jamais aimé pour penser ainsi de moi !

— Assez de ce reproche ! Est-il besoin d'y répondre et de vous dire le cas que je fais de vos bonnes qualités, de votre cœur, de votre caractère, puisque, malgré la pénible conviction que j'avais acquise d'un autre côté, j'ai accueilli avec bonheur la proposition de mon père. Et maintenant encore je persévère et je voudrais, oh ! je voudrais... le bon Dieu sait avec quelle ardeur sincère, vous voir raisonnable..

— Raisonnable de cette façon ! raisonnable en sacrifiant ce qui m'est le plus cher !

— Le plus cher !

— Oui, mon art, répondis-je, me raidissant d'autant plus que je me sentais attendrir par instants, et m'exaspérant par les blessures secrètes de mon orgueil ; ah ! plutôt ma vie, plutôt mon sang ! quoi ! m'enterrer dans la monotonie de la vie bourgeoise, et passer mes journées à auner de la toile et aligner des chiffres ! Est-ce qu'on peut y penser seulement ! Manquer à ma vocation ! Mais l'artiste qui fait cela, est un lâche, c'est le soldat qui trahit son drapeau, qui déserte les périls du champ de bataille à la veille d'un combat ! Ah ! m'oublier ainsi, je l'ai dit : jamais !

— Voilà, Monsieur Christophe, de nobles paroles,

mais si c'est l'erreur qui les dicte, hélas !... Je vous en conjure, pour vous plus encore que pour nous !...

— Mon ami, mon cher enfant, dit M. Dupré, comme ma fille, je vous dis : Oh ! ne vous obstinez pas ! ne faites pas notre malheur à tous peut-être, en vous acharnant à des chimères.

— Des chimères, ces glorieuses espérances !

— Monsieur Christophe, pardonnez à mon père, et quand c'est le cœur qui parle ne pesez point tant les paroles. Ah ! réfléchissez, mon ami, réfléchissez ! ne vous entêtez pas dans ce que j'aurai le courage d'appeler vos illusions. Ne repoussez pas la main que vous tend mon père ; ne repoussez pas la mienne qui est celle de la sœur la plus dévouée. Dieu m'est témoin, qu'en parlant ainsi, je n'obéis point à une pensée égoïste ! que c'est votre bonheur dans l'avenir qui me préoccupe bien plutôt que le mien, et qui fait l'objet de mes sollicitudes comme de mes craintes. Aussi, je ne rougis pas de vous supplier d'avoir pitié de vous-même, mon ami, je ne crois pas m'humilier en vous le demandant, s'il le faut, à genoux.

Et la généreuse enfant, la figure baignée de larmes, les mains jointes à demi se laissait glisser à terre. Oui, Monsieur, oui, je vis à mes pieds cette noble fille, quand c'est moi, qui au contraire.....

quand j'aurais dû m'estimer trop heureux !... Et
cependant je fus inexorable, implacable ! Oh ! un
moment, je me sentis bouleversé, j'eus dans les
yeux des larmes brûlantes, et une voix intérieure,
une voix douce et forte, qui était le cri du cœur
comme l'inspiration de la conscience, me disait :
comment, tu hésites ! Mais elle a raison ! mais tu
es insensé ! tu es aveugle ! Et sur mes lèvres errait
une parole de repentir. Mais l'orgueil, l'orgueil indomptable, la vanité blessée, irritée, farouche,
murmurait aussi et me commandait avec rage,
avec une bien terrible violence, puisqu'elle triom-
pha. Après une courte lutte, secouant la tête, et
repoussant les mains de Félicie et celles de son père qui cherchait à me retenir, je m'élançai hors
du jardin en leur jetant pour adieu, avec un fié-
vreux accent, la fatale parole : Jamais ! jamais !

3.

IV

FIÈVRE.

L'amour propre est le plus grand
des flatteurs.

LAROCHEFOUCAULD

Je remontai dans ma chambre où je restai em-
prisonné toute la journée, me refusant à descendre,
même pour le dîner, et je répondis à la vieille bonne de me monter, jusqu'à nouvel ordre, mes repas;
car depuis quelque temps je les prenais, comme pensionnaire, avec la famille. Le lendemain, en apportant
mon déjeûner, la domestique me remit un petit billet
de M. Dupré qui me disait ne pas s'étonner que dans
ces graves conjonctures je voulusse rester seul. Il
espérait que la solitude serait favorable aux réflexions sérieuses ; et il m'engageait de nouveau à
méditer pendant une semaine ma réponse défini-
tive.

Au bas du billet je lus, comme *post-scriptum*, ces
quelques lignes d'une écriture plus fine : « Le bon

Dieu vous éclaire et vous conseille ! J'entendrai tous
les jours la messe à cette intention. »

Ce billet m'émut fortement, s'il n'ébranla pas
mes résolutions. Ces huit jours, où j'étais laissé à
mes réflexions, furent pour moi des jours de fièvre
par le combat terrible qui se livrait au dedans de
moi-même, partagé que j'étais entre mon cœur et
ce que je croyais ou voulais croire l'amour de mon
art, le dévouement à une glorieuse tâche, et qui
n'était que l'entêtement de l'orgueil dans une fausse
vocation. J'avais cessé tout travail, même les leçons, car que m'importait ! puisque, de façon ou
d'autre, j'étais résolu à les abandonner, et, si je ne
renonçais pas à la peinture, à quitter Fontainebleau
et retourner à Paris, cette terre promise des artistes.
J'errais des journées entières et souvent même une
partie de la nuit à travers la forêt, la tête égarée,
le cœur torturé par les irrésolutions et les regrets
et parfois dans une véritable agonie d'esprit, dans
l'angoisse du doute qui me poignait comme un remords; quand je songeais que je jouais ma vie tout
entière contre un peut-être ! Car, en de certains
moments, au milieu de mes délires, la vérité se
faisait jour comme par éclairs. Je me demandais
avec douleur, avec terreur, en même temps qu'avec
une sorte de rage : Mais s'ils avaient raison ! malheureux ! s'ils avaient raison ! Quel avenir tu te

prépares ! Ah ! dans ces moments-là je faisais d'étranges retours sur moi-même ! Je me blâmais, je voyais clairement ma folie, mon ingratitude, et repentant, je me sentais prêt à revenir à la maison pour demander pardon à mes amis et leur dire gaiment que j'avais fait mon sacrifice. Oui ! s'ils se fussent trouvés là ou le père, ou la mère, ou Félicie, je crois que mon cœur, dans un de ces moments, faisant explosion, j'eusse été heureux de m'engager d'une manière irrévocable. Mais, le temps de revenir, d'autres pensées surgissaient qui bientôt effaçaient ces heureuses impressions. Par crainte des influences et par l'embarras de la honte aussi, je m'arrangeais pour ne rencontrer personne en rentrant, et je passais rapidement, saluant en sauvage, quand j'aurais voulu me précipiter dans la chambre où je voyais cette bonne famille que la vieille servante me disait si inquiète, si tourmentée à mon sujet. J'étais attendri, j'étais touché en écoutant la pauvre fille ; je pleurais même, je voulais descendre, mais mon mauvais génie était là tout aussitôt pour me retenir comme par une main de fer et avec une force invincible. O vanité imbécile ! orgueil maudit ! orgueil exécrable ! Tu tenais bien ta victime. Et tu l'emportas enfin.

Le matin du septième du jour j'étais résolu à partir, mais, ne pouvant supporter la pensée

des adieux et me résigner à la pénible nécessité de
dire en face à Félicie, à ses parents, ma résolution
suprême que la conscience me reprochait par instants comme une action folle et détestable ; n'osant
peut-être aussi, m'exposer aux assauts de cette
dernière lutte, je décidai de partir sans dire mot,
seulement par une lettre qui trahissait à la fois
ma douleur et mon obstination, et dans laquelle
ma résolution implacable se formulait parfois avec
l'expression d'un sourd déchirement, je fis mes
adieux à toute la famille. Je les remerciais, avec
effusion de leurs bontés dans le passé, et je ter-
minais en disant que je n'oublierais rien, que je
ne serais jamais un ingrat. Mais je croyais remplir un double devoir en quittant la ville, d'abord
à cause de nos projets de mariage impossibles
à réaliser, et ensuite parce que j'avais à cœur
de prouver à mes amis qu'on les avait abusés sur
mon compte, en donnant bientôt, par le succès, un
éclatant démenti à ceux qui avaient indignement
calomnié mon talent ! J'ajoutais, en *post-scriptum*,
qu'arrivé à Paris, j'écrirais pour qu'on m'envoyât
ma malle et mes effets dans l'hôtel où je serais
descendu.

Ce billet écrit, je me hâtai de sortir, et la boutique
étant fermée encore, je dus prendre par le jardin.
Mais, juste au moment où j'entrais par une porte

Mlle Félicie arrivait par l'autre, revenant de la messe. Je ne pus éviter de me rencontrer avec elle. Bien éloignée de croire que je sortais pour ne plus rentrer, et sans avoir dit adieu à personne, elle m'aborda en me disant avec l'accent du doux reproche :

— Vous nous rendez tous bien malheureux, Monsieur Christophe.

— Et moi, me croyez-vous dans un paradis ?

— A qui la faute ?

— Ce n'est pas à moi certes.

— Ce n'est pas à vous, quand vous n'auriez qu'un mot à dire.

— Un mot impossible.

— Impossible ! Et c'est là le résultat de tant de réflexions ! Hélas ! mon Dieu ! vous dites que vous avez souffert et la souffrance ne vous a pas conseillé mieux. Ah ! une dernière fois encore je vous en conjure, réfléchissez. Mon père consent à ce que vous alliez à Paris, tenter une épreuve pendant une année ou deux. Mais, au nom du ciel, d'ici à ce soir réfléchissez ! Et ne répondez pas au moins : jamais ! jamais !

A cette si tendre parole, à cette nouvelle et paternelle condescendance de M. Dupré, je me sentis remué profondément et j'hésitais prêt à revenir sur mes pas. Mais mon mauvais génie m'arrêta encore en me soufflant que cette condescendance apparente

n'était sans doute qu'un piége et qu'on espérait
ainsi m'enlacer dans un filet dont je ne pourrais
me tirer plus tard. Cette absurde idée, avec ma
tête ardente et prompte aux exagérations, s'em-
para si bien de moi, me renversa si bien   la cervelle dans l'éclair d'une minute· que, sans répondre, je saluai la jeune fille et m'éloignai rapidement.

Le soir même, j'étais installé dans un petit et
triste hôtel de la rue St-Jacques en attendant que
je pusse trouver une chambre ou un atelier, et
j'écrivis à Fontainebleau pour donner mon adresse.
Je priais qu'on m'envoyât ma malle où j'avais laissé, dans ma hâte, tout mon argent, une centaine
de francs environ, mes économies de l'année.

Le lendemain ma malle arriva, en même temps
qu'une lettre, timbrée de Fontainebleau, m'était
apportée par le facteur. Elle était de M. Dupré qui
me reprochait affectueusement mon brusque départ,
et m'assurait, malgré tout, de sa vieille et solide
amitié. La lettre se terminait par ces mots : « Vous
trouverez ci-inclus un billet de 500 francs ; j'en ai,
au besoin un second à votre service. »

Comme *post-scriptum*, je lus ces lignes toujours
de la petite écriture fine : « Ne refusez pas, vous
feriez trop de peine à mon père et ce serait là justement de l'orgueil. Vous nous le rendrez quand vous

aurez réussi. Courage et persévérance! Dieu bénisse vos efforts, et puissiez-vous nous prouver, prouver à tous que vous aviez raison. »

Sur le papier je vis la trace de quelques larmes
qui firent couler les miennes. Elles ne devaient pas
être les dernières pour eux et pour moi.

V

L'AVEUGLE Y VOIT CLAIR.

Nous vivons à tâtons et dans ce monde ci
Souvent avec travail on poursuit du souci
(REGNIER)

J'éprouvai, les premiers jours de mon arrivée à
Paris, une grande tristesse mêlée de remords et
d'inquiétude ; mais avec la mobilité de mon imagination vive encore que la main soit si lente, avec
l'ardeur de mes ambitions surtout, je fus bientôt
tout entier à de nouvelles impressions. Ma première visite fut pour mon vieux professeur qui me reçut assez mal ; il me blâma fort d'avoir quitté Fontainebleau pour venir à Paris mourir de faim, disait-il. Je le quittai fort mécontent et n'y retour-
nai pas. Dans l'une de mes promenades à la re-
cherche d'un logement, je rencontrai un de mes camarades d'atelier qui m'indiqua, près de la maison
qu'il habitait, une chambre assez grande pour que
je pusse, quant à présent, en faire ma chambre à

coucher et mon atelier : le locataire, un pauvre
diable d'artiste comme nous, forcé de s'expatrier,
offrait de céder, pour une centaine de francs, le
mobilier. Pensez ce qu'il devait être. Mais il me
suffisait et je tenais à ménager mes ressources en
attendant que le travail m'en créât de nouvelles.
D'ailleurs, je regardais la chose comme peu difficile, bien que les amis de mon ami, tous plus ou
moins rapins, avec lesquels j'avais fait connaissance, ne parlassent pas de façon à beaucoup m'encourager. Je ne puis vous dire tous les quolibets
que me valurent les études que je fis à l'Académie
où je me rendais chaque soir avec eux. Etait-ce
la faute de mes yeux ou de ma main à laquelle le
pinceau semblait peser autant qu'une solive ? mais
je faisais mauvais plus que personne, et de ce mauvais le pire de tous, car j'étais tout à la fois gau-
che et maniéré, lourd et mesquin, raide et inexact,
tout en cherchant, comme on dit, *la petite bête*. Le
plus fâcheux, c'est que la vanité, continuant de me
crever les yeux et m'empêchant de voir les défauts
de mon travail, j'avais peu de chances de m'en corriger. Puis d'autres obstacles vinrent se mettre à la
traverse.

On sait quelles sont, d'ordinaire, les mœurs de l'a-
telier. J'avais évité l'écueil dans ma première jeunesse, grâce à une horreur instinctive du vice et

surtout à un fonds de bons principes que je tenais de mes parents. Je fus moins heureux et moins sage cette fois. Les exemples que j'avais sous les yeux, les conversations qui, du matin au soir, murmuraient ou glapissaient à mes oreilles, et l'entraînement de ma propre faiblesse, me jetèrent comme les autres dans ces tristes écarts dont le souvenir plein de dégoût attriste ensuite les années plus sérieuses. Mais le châtiment ne se fit pas attendre, et je fus doublement puni. Car les nobles affections dont mon cœur s'était nourri jusqu'alors, en reçurent une cruelle atteinte et en particulier la pure et chaste image de celle que j'avais rêvée pour épouse s'effaça trop rapidement, hélas ! ou du moins parut s'effacer de mon cœur pour faire place à la souillure des passions vulgaires. Puis, tourment cruel pour mon ambition d'artiste ! mon intelligence semblait plus engourdie, mon imagination plus stérile, ma main plus rebelle. Il y avait comme une malédiction sur mon travail, obstiné et opiniâtre cependant, en dépit du temps perdu pour ce qu'on nomme le plaisir. Mais ces labeurs acharnés ne produisaient rien ou presque rien, contre l'ordinaire, car, même dans les arts, le *labor improbus* accomplit des prodiges et peut, dans une certaine mesure, triompher de l'incapacité originelle. Il n'en fut point ainsi pour moi ; Dieu, qui eût pu bénir mes efforts, purifiés par l'intention,

et, malgré l'erreur de ma vocation, récompenser la
persévérance qui n'eut pas eu pour aiguillon surtout
un orgueil égoïste, me punit, par l'insuccès constant,
de mes faiblesses, de mes désordres, et aussi de
mes oublis, de la cruauté de mes ingratitudes, oui,
mes ingratitudes ! Certes, dans l'incertitude de l'a-
venir, la loyauté, l'honnêteté me faisaient un devoir
de la prudence vis-à-vis de mes amis de Fontainebleau. Mes lettres à cette bonne famille ne devaient
pas être trop fréquentes ; mais encore, de loin en loin
fallait-il prouver, moi, leur obligé par le cœur et
autrement, moi, leur créancier de toutes les façons,
que je les aimais toujours, que je me souvenais d'eux
parfois. Je le fis pendant quelque temps ; mais peu à
peu cette correspondance me devint une gêne. J'écrivis plus rarement. Puis bientôt, emporté tout à la
fois par les fièvres du travail et le vertige des passions, je n'écrivis plus, même en réponse à des lettres de M. Dupré, pleines de reproches tout paternels. Dans mes oublis mêmes, oublis inexcusables,
je laissai passer la St-Jean, la fête du digne homme, sans lui donner un mot de souvenir. La pensée ne m'en vint que trop tardivement, et au lieu
de réparer ma faute par la franchise d'un aveu,
j'eus honte de mon tort et mon amour-propre se
révoltant à la pensée d'une humble excuse, je l'ag-
gravai par le silence. Vous dirai-je que peut-être,

dans ma pensée la plus secrète, je m'en applau-
dissais presque, heureux de me rendre ainsi le retour comme impossible par cette barrière dont je
me précautionnais contre ce que j'appelais ma faiblesse. Cette fois, j'avais, comme on dit, brûlé mes
vaisseaux.

Dès lors, toutes les relations cessèrent entre nous.
Si moi, je n'eus guère alors à en souffrir, qui sait
les larmes que je fis couler là-bas, et les longues
douleurs de la jeune fille et le deuil des parents
accoutumés à me considérer comme leur enfant
d'adoption.

Je n'étais pas heureux cependant, incessamment
froissé dans ce qui me tenait le plus à cœur, outre
les gênes continuelles, et la lutte contre la misère ;
car je vivais à grand'peine du produit de misérables portraits, et de plus misérables copies, j'é-
chouais dans toutes mes tentatives pour sortir de
cette impasse. M'exaspérant contre les conseils des
camarades, conseils que j'attribuais à la malveil-
lance, je m'obstinai dans ma manière, et, renfermé
dans mon atelier, toutes portes closes, j'exécutai,
Dieu sait au prix de quels sacrifices ! plusieurs
tableaux, des croutes, envoyées chaque année à
l'Exposition et refusées d'emblée. Intrépide dans
ces échecs, je tonnais contre le jury que j'accusais
d'iniquité ; je me rabattis sur la province où je fus

moins malheureux en apparence. Dans un trou de petite ville, à quelques cent lieues de Paris, un de mes tableaux, le seul de sa taille à l'Exposition provinciale, et tout particulièrement propre, blairauté, vernissé, par son coloris à l'eau de rose, fit sensation, et trouva des amateurs. On me l'acheta à peu près ce qu'il m'avait coûté pour la toile, les couleurs, le modèle, etc. Je profitai de cette veine pour aller sur les lieux mêmes, à la demande de quelques notables, exercer mon industrie de portrait, et j'eus là, pendant quelque temps, de la besogne à n'y pouvoir suffire et payée relativement assez bien. De cette ville je passai dans une autre, et, pendant plusieurs années, je courus ainsi la province dans laquelle la photographie n'avait point encore fait invasion. J'amassai à ce mot métier de portraitiste ambulant, quelques billets de mille francs, avec lesquels je revins à Paris, pour me remettre aux travaux sérieux, comme je disais, et tenter de nouveau la chance des expositions. J'étais tout entier à mon art, maintenant revenu des entraînements du jeune homme par mon honnêteté naturelle, par l'âge plus mûr et par les dégoûts de l'expérience. Mon cœur même ne me disait plus rien, engourdi et comme mort, tant j'étais absorbé par les ardentes préoccupations de la tête. Prenant la pratique vulgaire, acquise par l'habitude, pour de la facilité, la rapidité du travail pour le talent, et, dans mes pérégrinations, gâté par l'applaudisse-ment inepte du mauvais goût et de l'ignorance, je m'enivrais plus que jamais de mes sottes fumées d'orgueil. Et jugez si je songeai à en rabattre, quand, l'exposition venue, cette fois, le jury, par inadvertance ou incliné à la longanimité par les récriminations amères de l'année précédente, me fit la politesse de recevoir deux de mes toiles sur trois. Avec quel empressement je me précipitai dans la salle, le front haut, l'œil superbe et plus enflé que la grenouille, cherchant mes toiles que je découvris fort honnêtement placées, trop placées, car toutes deux, quoique séparées, se trouvaient, par je ne sais quelle malice du hasard ou des em-ployés, voisines de tableaux qui étaient de vrais tableaux, brillants de toutes les qualités qui man-quaient aux miens, ceux-ci complètement écrasés, annihilés par la comparaison, J'en eus comme des éblouissements, hébeté, anéanti, foudroyé par la consternation. Je me jugeai comme je ne m'étais jamais jugé, avec une sévérité inexorable. Je me vis tel que j'étais, en tant qu'artiste, et pire que j'étais, tombé d'autant plus bas à mes yeux que si longtemps je m'étais guindé plus haut. Et cette nouvelle lumière me frappa soudain avec une si complète évidence, je fus si bien convaincu en quelques minutes du néant de mes prétentions, qu'il n'était pas besoin pour m'éclairer, pour me réduire à mon humble valeur, des quolibets des rapins, mes anciens amis, arrêtés, pendant que je me cachais dans la foule, devant mes tableaux dénoncés par la signature, et qu'ils criblaient fraternellement à l'envie de leurs épigrammes. Honnêtes amis! ils lardaient en pure perte le ballon crevé et tombé à terre.

VI

L'ARRET SANS APPEL.

> Il y a donc un sixième sens. Qu'est-
> ce que c'est? C'est la bosse. Sans la
> bosse, il est inutile que vous vous
> adonniez aux beaux-arts.
>
> (TOPFFER)

Je sortis, la tête basse, profondément humilié ;
après avoir erré de longues heures dans les rues, sur
les boulevards, ne voyant rien, n'entendant rien,
en proie à ma fièvre intérieure, je rentrai chez moi
harassé, et cependant ne m'apercevant point de la
fatigue, sous le coup d'un découragement dont
nulle langue humaine ne saurait traduire les inex-
primables souffrances. J'eus une nuit d'insomnie
d'abord, puis d'atroces cauchemars. Au matin, je me
réveillai brisé ; cependant je m'efforçai de secouer
cet accablement.

—Enfin! dis-je, je me suis trompé peut-être
On dit que le Salon fait cet effet sur tous, même sur
les maîtres ; peut-être je me juge mal. Il faut en
avoir le cœur net.

4

Je m'habillai, et, prenant une petite toile terminée récemment et que je jugeais mon chef-d'œuvre, je me dirigeai vers la demeure d'un artiste éminent, admirable par le sentiment et les expressions, poète peut-être plus encore que peintre, et que je savais plein de bienveillance pour les jeunes gens, mais trop loyal pour entretenir leurs illusions par la banalité de compliments non mérités. Annoncé par le domestique, j'entrai. Le grand artiste était seul ; il m'accueillit, malgré mon visage inconnu, avec une politesse cordiale ; je lui demandai alors la permission de lui montrer mon tableau en ajoutant que je le priais de me parler en toute franchise. Je ne venais pas solliciter des compliments, mais un loyal conseil.

Il examina ma toile et je vis bientôt sur sa figure une expression de compassion et de regret d'un fâcheux augure.

— Voilà, me dit-il avec bonté, ce que vous considérez comme votre meilleure toile ? où vous êtes arrivé après dix ou douze années d'études ?

— Oui, Monsieur ; mais je vous en prie, dites-moi sincèrement votre opinion ; ne m'épargnez pas les conseils même sévères.

— Des conseils, cher Monsieur, je ne puis pas vous en donner ; car tout est également faible. Si vous aviez dix ans de moins, je vous dirais toute ma

pensée; aujourd'hui, il est trop tard. Mais vous
n'arriverez pas à la gloire votre but, à la réputation
telle quelle, avec cela. Heureux si vous trouvez à
vivre en faisant du métier! Excusez-moi de vous
faire cette peine, en parlant ainsi. Il y aurait conscience à vous tromper par la flatterie.

J'avais en effet des larmes dans les yeux, et je le
remerciai presque avec un sanglot, puis je sortis.
Mais je résolus de ne pas me borner à cette expérience. Je ne voulais pas m'en tenir à l'avis d'un seul
juge si compétent qu'il fut, car il s'agissait pour moi
d'une chose trop grave. Je me rendis immédiatement
chez un autre artiste non moins célèbre, mais ap-
précié pour des mérites tout différents. Assez peu
préoccupé des expressions et de la couleur, et même,
comme Michel-Ange, presque dédaigneux de celle-
ci, il cherche surtout la sévère beauté d'un dessin
savant, la pureté de la ligne, la netteté du contour,
avec la noblesse du type et la majesté des formes,
pour lesquels il s'inspire à la fois de la tradition et
de l'antique. Peintre admirable par ces côtés-là,
mais pour lequel ma sympathie ne va pas jusqu'au
fétichisme de ses fanatiques! Souvent il me laisse
froid parce que chez lui la science étouffe l'inspiration. De tel de ses chefs-d'œuvre, qui sont bien des
chefs d'œuvre à certains égards, on peut dire: Belle
tête, mais de cervelle point!

Je pouvais me recommander à lui d'un de ses élèves; aussi me reçut-il sans trop de difficulté, mais avec une bonhomie à la fois solennelle et un peu bourrue.

—Que désirez-vous de moi? me dit-il.

Je lui répondis, comme à son illustre confrère, en demandant la permission de lui soumettre mon tableau et le suppliant de me parler avec une entière franchise. Puis j'exhibai ma toile.

A peine il l'eût considérée quelques secondes qu'il détourna la tête avec un regard et une expression qui me donnèrent le frisson. Il joignit les mains, et, presque avec un gémissement, il murmura:

—O Sanzio, Sanzio!

Puis se tournant vers moi, il me dit:

—Mais, malheureux, à quoi pensez-vous de dessiner ainsi? Mais c'est plus incorrect, plus lâché, que le plus mauvais pastiche du dernier rapin qui charge M. Delacroix, et sans le bariolage qui rend supportables, au moins pour la foule, ces caricatures d'un original que je ne me permets pas d'apprécier. Quoi! n'avez-vous donc jamais regardé un tableau de Raphaël ou une statue de Phidias?

—Bien au contraire, Monsieur, j'ai passé plus de dix années de ma vie à étudier au Musée.

—C'est dix années de trop alors, puisque vous en arrivez-là, reprit-il avec l'accent de la compassion. C'est fini! il n'y a point de remède! Incurable, incurable! Revenez me voir cependant. Si je puis vous être utile pour quelque autre chose que pour la peinture, je m'y emploierai volontiers.

Je balbutiai un remercîment, et, saluant, je sortis chancelant comme un homme sur la tête duquel vient de tomber quelque lourd moellon. Pourtant, au milieu de mon étourdissement, opiniâtre dans mes résolutions, et voulant pousser l'épreuve jusqu'au bout, presque machinalement j'allai frapper à la porte d'un troisième confrère qui demeurait non loin de là, un jeune homme encore, quoique déjà célèbre, et l'un des plus glorieux dans cette brillante pléiade de peintres nouveaux qui ont importé dans l'École française, malheureusement, parfois aux dépens d'autres mérites, les tons chauds de l'École vénitienne et les magnificences de la couleur.

Plus jeune que moi, l'artiste fort accessible, surtout dans ses bons jours d'heureuse inspiration, me reçut très-cordialement, dès lors que je m'annonçai comme peintre. Je lui adressai, comme aux deux autres, ma requête et je lui présentai ma toile. Je ne pourrais mieux vous rendre son impression qu'en vous récitant les vers du poète latin, les seuls peut-être que je me rappelle:

4.

Vox faucibus hæsit; steteruntque comœ.

Je crois que je mets l'attelage avant la charrue, mais n'importe! Le fait est que devant mon chef-d'œuvre, il resta quelques instants comme pétrifié, et il me sembla, par une hallucination sans doute, que ses cheveux plus qu'ébourriffés se dressaient d'horreur sur sa tête. Puis enfin ces fatales paroles tintèrent à mon oreille:

— Oh! le malheureux! le malheureux! Est-il possible qu'un être humain, armé du pinceau, en fasse un pareil usage! Mais rien là, rien! Encore si c'était mauvais, très-mauvais d'une certaine façon au moins, il resterait une chance. Mais non! Il n'y a là que l'absence des qualités sans la brutalité des défauts. C'est fadasse, c'est molasse, et pas même cocasse! On dirait que c'est peint, non pas avec des couleurs, mais avec de la confiture détrempée d'orgeat. Une pâtisserie écœurante, même pour un bourgeois de Pézénas! Mais sûrement, dit-il tout à coup en se tournant vers moi, vous avez quelque dix mille livres de rente?

— Moi, Monsieur! Pourquoi cette question?

— C'est qu'il n'y a qu'un riche amateur qui puisse se permettre ces choses là! Eh bien, eh bien! mal-

heureux jeune homme, voilà maintenant qu'il se
trouve mal.... à cause de ce que je vous ai dit sans
doute. Que diable aussi, vous me demandez mon
avis bien franchement, je vous le donne!.... après
tout je ne suis pas infaillible!...je juge à mon point
de vue.... allons, remettez-vous, asseyez-vous!

— Merci, Monsieur, merci, dis-je, c'est trop de
bonté. Oui, le coup a été rude, mais vous avez bien
fait cependant de me dire la vérité. Il m'importait
de la connaître. Veuillez m'excuser?

Et, bien qu'il essayât de me retenir et d'atténuer
par d'honnêtes paroles la dure franchise de son
premier jugement, je sortis, comme on dit, la mort
dans l'âme. Une glace se rencontra sur mon passage et je me fis peur à moi-même. J'étais plus
livide qu'un noyé de quinze jours. Et le lendemain
je m'aperçus que plusieurs touffes de cheveux
avaient blanchi sur mes tempes.

VII

AU BORD DE L'ABIME.

A quel affreux dessein vous laissez-vous tenter ?
De quel droit sur vous-même osez-vous attenter ?

(RACINE)

C'est, qu'en effet, j'étais sous le coup d'un malheur immense, irréparable. Il n'est pas besoin d'être artiste pour comprendre ce que je souffrais par la torture d'une si terrible déception, dans le renversement de toutes mes espérances. Il n'y avait plus pour moi maintenant d'illusion possible, et ma vanité, si longtemps invulnérable sous sa dure cuirasse, avait reçu cette fois, et à l'endroit le plus sensible, la blessure mortelle. Cette triple condamnation que j'avais entendue tour à tour retentir à mon oreille, c'était pour moi l'arrêt sans appel. Enfin je ne pouvais plus en douter: J'étais bien, en tant que peintre, incapable, paralysé du cerveau et de la main. Perdu dans l'immense foule où je ne devais après moi laisser trace aucune de mon passage, j'étais, comme tant d'autres inconnus, une goutte d'eau dans cet Océan. Tous mes rêves de gloire, toutes mes espérances d'avenir, chimères! Quoi! je m'étais consumé tant d'années en efforts désespérés, et pour résultat?... néant! O douleur, ô douleur! J'avais la conviction maintenant de ne pouvoir jamais l'atteindre ce but dont le mirage fatal m'avait si follement halluciné, ce but poursuivi avec la frénésie d'une passion indomptable, et sur lequel j'avais concentré ma vie, pour ainsi dire, auquel j'avais tout sacrifié, tout, même les espérances les plus sérieuses de bonheur, le dévouement des tendres affections, les saintes joies de la famille, les sereines et pures félicités du foyer domestique. Tout cela, je l'avais dédaigné, rejeté, perdu, et pourquoi? O aveugle, ô insensé, dans l'entêtement de mon misérable orgueil!

Et il n'y avait plus à y revenir! Maintenant sans position, sans avenir quand mes cheveux commençaient à grisonner, pouvais-je songer à associer à ma destinée fatale une autre destinée? Supposé que la lâcheté de mon égoïsme ne reculât pas devant cette pensée, devant ce crime, quelle serait la malheureuse, assez abandonnée du ciel et des hommes, pour se laisser tenter par ce front déjà chauve, par ma jeunesse flétrie, par ma pauvreté maintenant irrémédiable et aussi par cette espèce de ridicule

qui semble s'attacher dans les arts à l'avortement
du talent et des prétentions ambitieuses! Pouvais-
je surtout jamais espérer de retrouver ce que j'a-
vais perdu par ma faute? Et cependant, par un
étrange phénomène, maintenant que, dans cette hu-
miliation complète, vaincu, découragé, je n'étais
plus tout entier à ces fièvres du cerveau, dans ce
repos forcé ou plutôt cet affaiblissement de l'intelligence, le cœur, auquel la tête n'imposait plus
silence, se réveillait. Je le sentais plus jeune, plus
chaud, plus vivant que jamais. Et alors l'avenir
s'offrait à moi assombri par des perspectives de
plus en plus désolantes. Je me voyais vieillissant
dans l'isolement, sans consolations et sans espérances, me débattant de plus en plus douloureuse-
ment contre les ennuis de ma position, dans les
gènes et les soucis poignants de la détresse, crois-
sant avec les années par la difficulté de se créer
des ressources quand l'âge s'ajoute au manque du
talent.

Voilà ce que je me disais, ce que je me répétais
sans relâche, inexorable pour moi-même dans la
funeste lucidité de ma prévoyance pour l'avenir,
et l'angoisse de mes regrets pour le passé. Des
semaines, des mois même s'écoulèrent dans ces
mornes préoccupations, et sans que je pusse ni voulusse m'arracher à la prostration du décourage-

ment. Je ne travaillais plus; je ne peignais ni ne dessinais plus. A quoi bon! Je mangeais à peine et ne dormais pas davantage. J'avais rompu avec tous mes amis en fermant obstinément ma porte, même aux intimes. Et peu à peu, dans cette solitude où je m'étais cloîtré, n'ayant pour hôte que le désespoir, je fus visité par des sinistres fantômes. Depuis long-temps, oublieux des pieuses leçons de ma mère, j'acueillis ces imaginations fatales sans trop d'épou-vante, et bientôt même avec une sorte de complai-sance. J'en vins à nier la Providence, que dis-je, à la blasphémer. Je l'accusai d'injustice, de cruauté, de se plaire à accumuler sur moi tous les malheurs, quand je ne devais accuser que ma propre dé-mence. Dupe comme tant d'autres de cette malheu-reuse illusion qui met le but ici-bas, dans la gloire, dans la fortune, dans les affections, et croit tout perdu quand elle n'obtient pas, comme l'enfant, son hochet. je ne vis plus que l'instant présent. Il me parut, dans l'exagération et la fièvre de la douleur, comme une éternité de misères, quand la vie la plus longue n'est rien, n'est pas même une ombre, n'est pas un point comparé à la vraie éternité. Mais j'étais comme un homme pris du vertige et attiré par l'abîme.

Mes sombres pensées, vagues d'abord, prirent corps et devinrent une tentation incessante, et, à la suite de continuelles insomnies, aboutirent à une résolution funeste, à cette folie impie du suicide, le plus grands des crimes, puisqu'il est irréparable. Mais une fois le fatal projet arrêté dans mon esprit, je me mis à caresser une autre assez singulière idée, celle de l'exécuter, non à Paris, dans mon atelier ou ailleurs, mais... devinez où?... à Fontainebleau, dans la forêt et dans une certaine partie de la forêt dont je ne me souvenais parce qu'elle était le but le plus ordinaire de nos promenades en famille. C'était un verdoyant taillis à peu de distance du cimetière. Les quelques années que j'avais passées à Fontainebleau, libre de toute inquiétude, entouré d'amitiés dévouées, de chastes et douces affections, ces trop rapides années, c'était comme l'oasis de ma vie si désolée. Je me rappelais ces beaux jours, ces jours de sereine confiance et de riants espoirs comme le naufragé, ballotté par la tempête, se rappelle le port qu'il regrette trop tard d'avoir quitté. Je voulus revoir ces lieux, si chers à mon souvenir, où j'avais, hélas! laissé la meilleure partie de mon cœur. C'est là que je résolus de mourir. Voyez, dans ces aberrations de la conscience et ces délires de la raison, de quelles puérilités peut s'amuser une imagination malade et qui devrait être tout entière à des préoccupations plus ormidables. Il me semblait plus doux de reposer dans ce cimetière solitaire, à l'ombre de ces bois, d'y dormir l'éternel sommeil, avec la pensée que quelqu'un des êtres auxquels j'avais été cher, donnerait parfois, peut-être, un regard, un soupir, une larme à ma pierre tumulaire. J'achetai des pistolets et je partis pour Fontainebleau.

J'avais pris le premier convoi et j'arrivai de très bonne heure encore dans la matinée. C'était le 8 septembre, le jour d'une fête de la Vierge. Arrivé dans la ville, je passai devant l'église où je vis entrer plusieurs jeunes filles de la Congrégation sans doute, vêtues de robes blanches et portant dans leurs mains le voile et des fleurs. Ignorant ou bien oublieux de la solennité, j'entrai après elles par simple curiosité. Elles se dirigèrent vers l'autel de la sainte Vierge, tout resplendissant de lumières et tout embaumé de fleurs de la saison. Un prêtre montait à l'autel pour dire la messe. Dans mon indifférence, mes oublis, mes égarements même, je ne pouvais me défendre parfois de quelques ressouvenirs de la croyance religieuse. Cette racine de foi, si desséchée qu'elle fût, restait au plus profond de mon cœur ; ou, à défaut de foi, cet instinct si vivace, cet inextinguible besoin de prière qu'ignore la brute, mais qui console le pauvre sauvage mourant de faim au fond de la tanière creusée dans la neige. J'avais, surtout pour la divine Vierge, un respect tendre,

5

et pour son culte, un penchant presque supersti-
tieux de la manière dont je le comprenais, puisque je priais des lèvres seulement comme les idolâ-
tres, ou pour demander la réalisation de misérables désirs.

Malgré mes insensés et coupables projets, et peut-
être à cause de cela même, tout ému de me trouver
dans le lieu saint, au pied de l'autel, je pris une
chaise avec l'intention de murmurer une courte
prière et de me retirer ensuite. Mais, une fois à
genoux, je ne sais quelle force inconnue, secrète,
irrésistible, m'y retint, ou plutôt ce fut une grâce
de la Providence qui ne me permit pas de me relever et me fit assister étonné et recueillie à l'auguste
sacrifice. Au moment solennel, quand le prêtre éleva
l'hostie, je courbai la tête avec un respect qui
n'était pas seulement dans le geste et l'attitude.
Quand vint la communion, je vis tour à tour se
présenter à la table sainte les jeunes filles parées
du voile blanc, et celles de la simplicité même de
leurs ornements, plus radieuses encore de leur auréole virginal. Je les contemplais avec attendrissement. Mais, soudain, j'eus comme des éblouissements. Je regardais les yeux fixés, presque dans
l'immobilité de la statue de pierre placée au-dessus
de ma tête. J'étais comme l'homme qui, devant lui,
voit ou croit voir surgir une apparition. N'était-ce

pas, en effet, une apparition qui s'offrait à mes yeux?

Une femme vêtue de noir, pâle, maigre, flétrie, comme celle qui atteste le deuil de son cœur plus encore par l'air du visage que par ses vêtements, s'avançait à son tour vers l'autel pour recevoir la sainte hostie. Et cette femme, je ne pouvais m'y tromper, c'était Félicie, ou plutôt l'ombre, le fantôme de la jeune fille que j'avais connue si brillante de jeunesse et de santé. Sous les bandeaux noirs on voyait quelques boucles de cheveux presque blancs déjà. Son front portait la trace de rides nombreuses. Ses joues s'étaient creusées; et de ses yeux, en ce moment baissés, on se disait qu'il avait dû couler bien des larmes. Elle me semblait comme une personnification, comme le symbole vivant de la douleur, mais de la douleur forte, quoique humble et résignée. Car cette figure flétrie avant l'âge étonnait par une expression céleste de calme et de paix. Je vis surtout cette immortelle et ineffable beauté qui vient de l'âme illuminer son visage, quand, après avoir reçu la communion, elle se releva, en se dirigeant, la tête inclinée, vers sa place. Je ne puis vous dire ce que j'éprouvais en ce moment. Je sentis comme un flot de larmes monter de mon cœur à mes yeux, en me rappelant le passé, en devinant, comme par une sorte d'intuition, que l'infortunée avait connu toutes les épreuves, que j'avais devant moi une de ces nobles victimes, un de ces vivants holocaustes, dévoués comme par privilége au malheur. Et je me disais que peut-être, hélas! j'étais la cause première de tous ses chagrins, que du moins je ne pouvais m'y croire étranger.

Pour cacher les larmes qui ruisselaient sur mon visage, je voulus prendre mon foulard placé dans sa poche, mais ma main, en y fouillant, sentit le froid glacial des pistolets que j'y avais placés. Quelle étrange révolution s'était faite en moi en quelques minutes! J'eus un frisson d'horreur à la pensée de la funeste résolution qui m'avait amené à Fontainebleau. Mon crime, (car déjà je le jugeais ainsi, dans ma conscience éclairée d'une soudaine lumière), mon crime me paraissait ce qu'il était, tout à la fois un acte de démence, une faiblesse honteuse et une misérable lâcheté. Quoi! pour une blessure de l'orgueil, pour un soufflet donné à ma vanité, déception cruelle mais méritée, je cédais au désespoir, je me révoltais contre Dieu, moi, l'artisan de mon malheur, et je rejetais la vie comme un insupportable fardeau... Et elle, cette pieuse fille, qui, je n'en pouvais douter, avait eu à verser non pas sur elle-même sans doute, mais pour les autres, les larmes les plus amères, dont l'existence avait été brisée, qui sait par quels affreux malheurs ! je la voyais calme, baisant la main de Dieu appesantie sur elle, et me donnant l'exemple de la résignation. Dès cet instant je renonçai à mon odieux projet, et j'en demandai pardon à Dieu dans l'élan d'un repentir sincère. Puis je me relevai et je me hâtai de sortir; car je ne voulais pas être aperçu de la jeune femme, en ce moment surtout; j'aurais regardé comme une espèce de sacrilège de venir la troubler de ma présence inattendue, quand elle était tout entière aux consolations divines.

VIII

MALHEURS SUR MALHEURS

Ici bas la douleur à la douleur s'enchaîne.

(LAMARTINE)

Je voulais d'ailleurs profiter de son absence pour aller rôder un peu du côté de la rue de France ne fût-ce que pour voir de loin la maison de l'*Oiseau Bleu*, certain, avec une longue barbe, mon chapeau napolitain enfoncé sur les yeux, mon paletot à larges manches, qui me donnait un faux air d'arménien, que j'étais bien assez déguisé pour n'être reconnu de personne. Arrivé à l'entrée de la rue d'où je pouvais entrevoir la boutique, je fus étonné de ne plus apercevoir les étoffes flottantes et les étalages en tout genre qui au dehors annonçaient le magasin de nouveautés. A la place, des paniers à claires-voies renfermant des bouchons, et au-dessous quelques futailles vides sans doute. La devanture noire et triste annonçait un tout autre commerce

que celui de l'*Oiseau Bleu*; et en effet, c'était maintenant un tonnelier qui occupait la maison. Inquiet,
mais ne craignant plus de me montrer, je m'ap-
prochai. A la porte, où si souvent le bon M. Dupré
m'avait accueilli avec son paternel sourire, où sa
fille rayonnait pour moi gracieuse et charmante, je
vis assise une grosse petite femme en négligé du
matin qui devait être celui du soir et de la journée.
En ménagère laborieuse, elle paraissait complètement absorbée par un ravandage. Toutefois, au bruit
de mes pas, elle leva la tête et me montra une figure
ronde et fraîche bien qu'elle ne fût pas celle d'une
toute jeune fille,

— Juliette ! m'écriai-je, mademoiselle Juliette !

—Tiens, dit-elle étonnée, d'où me connaissez-
vous ? Moi, Monsieur, c'est la première fois que je
vous vois.

— Croyez-vous ? Regardez-moi bien là entre les
deux yeux,

Elle me regarda longtemps et attentivement, puis,
secouant la tête :

—J'ai souvenance de ces yeux-là, dit-elle. je les
ai rencontrés, en effet, quelque part. Mais où et
quand, je chercherais longtemps avant de me le
rappeler. J'ai beau fureter dans tous les coins et
recoins de ma mémoire, je n'y retrouve pas une
figure de connaissance ornée, c'est-à-dire, pour

moi enlaidie de cette grande vilaine barbe que vous autres, messieurs de Paris, avez la manie de porter, et qui donne, au plus honnête homme, la figure du Juif-errant ou de quelque sapajou. Pardon du compliment! Si vous m'avez connue jadis, vous devez savoir que je ne garde rien de ce que j'ai sur le cœur. Avec ça votre grand chapeau qui cache l'autre moitié de la figure, comment reconnaître un chrétien déguisé de cette façon, alors même qu'il serait notre frère de père et de mère! Pour moi j'y renonce en ce qui vous concerne.

—Et dire qu'on oublie à ce point les gens qu'on a connus pendant des années! Moi, je ne vous ai pas si facilement oubliée, Mademoiselle.

—Madame, j'ai deux marmots déjà.

—Madame, donc. Vous étiez demoiselle alors, un beau brin de fille, comme disaient les bonnes gens, tirant l'aiguille comme pas une...

—Vous savez cela?

—Et bien d'autres choses, Mademoiselle Juliette Robert.

—Mon nom de famille aussi?

—Mademoiselle Juliette Robert, la meilleure couturière de la ville, disaient vos pratiques qui vous aimaient et vous choyaient d'abord parce que vous étiez une ouvrière aussi laborieuse qu'adroite.

—Vous êtes bien honnête.

—Ne perdant jamais une minute; discrète avec cela, chose rare! et cependant gaie et rieuse, un boute-en-train, dont la bonne humeur mettait en fête toute une maison.

—Oh! dame, c'est vrai que je n'engendrais pas la mélancolie alors, je commence un peu à en rabattre.

—Mais vous étiez surtout le Benjamin de la famille d'honnêtes gens qui, à l'époque dont je parle, occupait cette maison où je trouve, hélas! aujourd'hui tant de changement, où je cherche en vain le digne M. Dupré, son excellente femme et leur aimable fille.

—Quoi! eux aussi vous les connaissez?

—Hélas! c'est chez eux que je vous ai vue souvent quand on vous invitait, par estime et par amitié, à venir dîner le dimanche. Que de fois, ici même, devant cette boutique, vous m'avez lancé le volant...

— Attendez-donc! s'écria-t-elle avec vivacité en se levant. Mais oui, c'est cela, j'y suis maintenant! Oh! dame, vous ne vous ressemblez guère avec le gentil jeune homme d'alors, soit dit sans mauvais compliment. Je ne me trompe pas, vous êtes bien Monsieur Christophe Garnot, le maître de dessin?

—Oui pour mon malheur!

5.

— C'est qu'aussi vous nous tombez là comme
un événement. Vraiment, il y aurait eu de quoi se
trouver mal si j'avais des nerfs de petite maîtresse.

— Il y a donc eu bien du changement depuis
mon départ? ces pauvres amis, depuis une heure
je tremble de vous interroger sur eux?

— Comment? dit-elle avec l'accent de la surprise, vous qui, tout à l'heure paraissiez si bien au
courant, vous ne savez rien maintenant, rien de
tout ce qui est arrivé ici?

— Quoi donc!

— Ignoriez-vous que Félicie fût mariée !

— Mariée!

— Oui, mariée? quoi! parce que vous l'aviez
plantée là, et il faut bien le dire, pas très-honnnête-
ment, lui fallait-il rester fille à perpétuité ou attendre le caprice de votre retour, et cela, comme
nous le voyons, au bout d'une douzaine d'années;
supposé que ce soit le repentir qui vous ramène?
Ou bien encore, vouliez-vous qu'elle en mourût de
chagrin, ou perdît la tête? Allons donc, ce n'est
que dans les comédies et les romans que les demoiselles bien élevées font de ces sottises, parce
qu'un prétendu a changé, même sans raison, l'idée,
en payant leur bonne amitié d'ingratitude. Une honnête fille, une fille sensée et surtout chrétienne,
qui prend conseil de sa mère et de son confesseur,

dans ce cas là, avise à se consoler, et comprend
qu'il n'y a point de malheur irréparable tant que
l'honneur est sauf. Elle peut bien avoir du chagrin
et longtemps, car le cœur n'est pas précisément
comme une serrure qu'on ouvre et ferme à volonté;
mais enfin elle se raisonne, et quand elle a pleuré
des semaines, des mois mêmes, l'ingrat qui, lui n'a
pas si bonne mémoire, elle oublie à son tour.... Et
alors qu'un nouvel épouseur qui vaut l'autre, et
mieux peut-être, j'entends pour les écus, se présente....

— Un mariage d'argent? dis-je avec amertume.

— Non, Monsieur Christophe, non, vous avez
tort de penser si mal de Félicie, et qu'elle ait pris
son mari seulement parce qu'il était riche. Vous
aviseriez-vous, par hasard, d'être jaloux maintenant? Une belle idée et qui viendrait un peu bien
tard! Félicie put très bien voir de bon œil son prétendu qui, l'aimant de toute son âme, ne s'épar-
gnait pas en fait de procédés honnêtes, attentions et
délicatesses. Il paraissait avec cela un agneau pour
la douceur. Rien d'étonnant donc que Félicie s'y
affectionnât, d'autant qu'il lui fallait bien, un jour
ou l'autre, se marier à cause des affaires de la maison. Madame Dupré n'était plus jeune et se fatiguait
beaucoup, et M. Dupré davantage encore; il n'avait
plus ses jambes de vingt ans pour courir, d'un comp-

toir à l'autre. Un gendre s'offrait avec les meilleures
garanties pour l'avenir, riche, semblait-il, de toutes
sortes de qualités solides ; il entrait dans la maison
à la fois comme beau-fils et comme associé, en
apportant une jolie mise de fonds au lieu de la dot
qu'il eût pu prétendre ; devait-on hésiter ? Non,
sans doute. La noce se fit ; et tant pis si cela vous
fâche, mais je ne vous dissimulerai pas qu'elle fut
des plus joyeuses et que, pour tout le monde et pour
Félicie elle-même, l'avenir se levait tout bleu et
tout rose ou plutôt riant et gai, comme une matinée de printemps.

Mais, en ce monde, on n'est jamais plus trompé
que par ces belles apparences dans les prévoyances
de la sagesse humaine. Adrien Jorel, c'était le nom
du mari, n'avait montré que le beau côté de son caractère ; mais il y avait le revers de la médaille.
L'agneau, en de certains moments, devenait un loup
enragé, tout au moins un chat sauvage effarouché.
Non pas qu'au fond, le garçon fût méchant et qu'il
eût cessé d'aimer sa femme, bien au contraire. Il se
serait, comme on dit, jeté dans le feu pour lui
faire plaisir, mais il ne savait pas lui faire le sacrifice de son défaut. En général, et quasi pour tout le
monde, c'était ce qu'on appelle un bon enfant ; trop
bon car il le devenait jusqu'à la faiblesse, jusqu'à
la sottise, surtout quand on intéressait son amour-

propre en même temps que son cœur. Il était, dans son genre, très-vaniteux, et, pourvu qu'on l'amadouât par des flatteries même grossières et ridicules qui auraient dû le mettre en garde, on obtenait tout de lui, même qu'il prêtât de l'argent ou signât, par complaisance, des billets pour de faux amis qui l'exploitaient; bien entendu à l'insu de sa femme et de ses parents! Or, quand les billets arrivaient à échéance et à l'improviste, car il se gardait bien de prévenir, jugez de l'embarras. Vous comprenez que, si calme que soit une femme, en pareil cas elle s'exaspère.; si douce que fût Félicie, comme il y allait du salut de toute la famille, de l'avenir de ses enfants (une fille et un garçon), de la tranquilité de ses parents, menacés de perdre le pain de leurs vieux jours la jeune femme ne pouvait se taire absolument, et la chose ne se passait pas sans quelques observations.

De là, parfois, de fâcheuses scènes, surtout s'il s'agissait pour Jorel d'arracher à sa femme une signature qu'elle se refusait courageusement à donner. La violence et la faiblesse marchent ordinairement de pair et se donnent la main. Dans ces moments-là, le mari de Félicie, exaspéré par la contrariété, jugeant son honneur engagé par une promesse inconsidérée au gré du bon sens, s'emportait à de véritables fureurs jusqu'à menacer sa femme et lever la main sur elle. Il fallait céder, au moins pour l'instant, crainte de pis. Mais alors revenu à lui, le malheureux, honteux de sa violence, tombait dans d'effrayants désespoirs et c'est à genoux qu'il demandait son pardon. Jugez de ce qu'était pour sa femme une telle vie. Avec cela bien d'autres chagrins. Mme Dupré devenait de plus en plus malade et gardait le lit de deux jours l'un. M. Dupré, à la suite d'une attaque de paralysie, ne quittant plus son fauteuil. C'était Félicie qui devait soigner les malades, veiller sur les enfants dont le second, un gentil marmot d'ailleurs, un beau petit blondin était né aveugle. Tous les malheurs, en vérité. Et il fallait encore que la pauvre femme, exténuée par la fatigue, s'occupât de la boutique d'où son mari, le plus souvent, s'abstenait, toujours courant pour les affaires de ses prétendus amis et négligeant les siennes. Et il aimait sa femme, il adorait ses enfants, il leur prodiguait les douces paroles et les témoignages d'affection, aussi bien qu'aux vieux parents; néanmoins, obstiné dans ses défauts, il rendait les uns et les autres malheureux à plaisir. Il y a trop de gens comme cela. Tout n'est pas rose dans le ménage, allez, Monsieur Christophe.

Jorel, quoi qu'il en soit, fit si bien qu'il se ruina, dupe surtout d'un soi-disant ami, principal commis

d'une autre maison, mais qui, sournoisement, gui-
gnait la siennne de l'œil. Ce malheureux, qui,
depuis en a été bien puni, conseillait Jorel à re-
bours, et, par des affidés, le poussait à des spéculations téméraires, espérant ensuite avoir pour
rien ou pour peu de chose le magasin de nouveautés. Il ne réussit que trop bien pour le malheur de
la famille et pour le sien. Un beau matin, le mari
de Félicie, obligé à des remboursements précipités
n'eut plus d'autre ressource que de déposer son
bilan. Il était ruiné complètement, encore qu'il eût
dans l'intervalle recueilli l'héritage de ses parents.
Les dettes payées, et encore pas toutes, il ne lui
restait rien, mais rien. Alors ses yeux se dessillè-
rent et une réunion de circonstances fatales lui
montrèrent dans quels piéges il avait été entraîné
par son Judas d'ami, qui se dévoilait assez clairement d'ailleurs, puisqu'il se portait acquéreur,
du fonds. En l'apprenant, Jorel avec la violence de
son caractère aussi emporté que faible, ne sut pas
se contenir. Incapable, par la sotte éducation
qu'il avait reçue, de maîtriser un premier mouvement, il oublia que, dans cette ruine complète
dont il était cause, l'honneur du moins, le plus
précieux des biens, était sauf. Il oubliait que sa
femme, que ses enfants, que ses parents infirmes
attendaient de son travail le pain de chaque jour et

qu'ils portaient, eux innocents, la peine de ses fautes ;
et, s'il ne reculait pas même devant ces extrémités,
qu'ils seraient solidaires de son crime. Il n'écouta
que ses fureurs et le désir forcené d'assouvir sa
passion de vengeance. Un soir, armé d'un pistolet,
il guetta son ancien ami et successeur désigné à sa
sortie du café et il le tua raide. Arrêté et jugé, il
obtint le bénéfice des circonstances atténuantes, et
maintenant il est au bagne, sa vie durant.

—Que de malheurs, mon Dieu! Et les infortunés
parents, et la pauvre femme, que devinrent-ils ?

—Vous pensez leur désolation à tous, et ce que
souffrit en particulier Félicie, quand se succédèrent
ainsi presque coup sur coup de si terribles catastrophes. Elle en a pleuré toutes les larmes de son
corps et l'on eût pu croire qu'elle en mourrait ou
qu'elle en deviendrait folle. Mais elle avait confiance
en Dieu et elle était mère. Chrétienne, elle se rappela au pied du crucifix qu'on est ici bas pour porter sa croix, et le souvenir du Sauveur montant au
Calvaire lui fit accepter humblement la sienne. La
vue de ses jeunes enfants, de ses parents infirmes
qui ne pouvaient compter que sur elle, aussi bien
que la pensée du malheureux condamné repentant
jusqu'au désespoir et qui implorait des consolations
achevèrent de lui rendre le courage. Elle essuya
ou renfonça ses larmes pour ne plus songer qu'au

travail, leur unique ressource. Quelle femme ! Ah ! je ne puis m'empêcher de vous le dire, Monsieur Christophe, quel trésor vous avez perdu là !

—Je ne le sais que trop, je ne le sais que trop, murmurai-je, les yeux pleins de larmes. Mais continuez, je vous prie.

—Pardon de ce mot qui m'est échappé ! J'ai tort puisque cela ne remédie à rien. Du moins dans son malheur, Félicie eut cette consolation qu'on ne fit pas rejaillir sur elle et sur ses enfants le déshonneur de la mauvaise action de son mari. Au contraire, plusieurs ne lui témoignèrent que plus d'intérêt. Après examen de ce qu'elle pouvait faire en travaillant pour le monde, adroite et intelligente, elle ouvrit une petite blanchisserie de linge fin. L'estime qu'on avait pour elle, la pitié qu'inspirait son malheur, lui procurèrent vite une clientèle. En travaillant, il est vrai, souvent le jour et la nuit, elle put suffire aux charges de sa lourde maison, et même elle trouva moyen d'éteindre peu a peu presque toutes les anciennnes dettes. Quelle femme, encore une fois, quelle femme ! Monsieur Christophe !

—Oui, c'est bien celle-là qu'on peut nommer un ange.

— Et une sainte, une vraie *mater dolorosa*. Car vous n'êtes pas au bout et je n'ai pas fini la litanie de ses chagrins.

—Comment! de nouvelles épreuves...

— Hélas! oui. D'abord elle perdit sa mère, traînante depuis des années et qui ne pût longtemps survivre à toutes ces catastrophes.... Puis, il y a quelques mois, sa dernière enfant, car il en était venu une troisième, une gentille petite fille de quatre à cinq ans, un amour, un chérubin, une miniature de sa mère, pour tout dire tomba malade d'une mauvaise fièvre, et nous eûmes la douleur de la mettre en terre bientôt après. Je n'ai pas besoin de vous dire si elle l'a pleurée, si elle la pleure et quelles larmes a fait couler ce nouveau malheur dans la pauvre famille tant éprouvée. Il n'y a pas de force humaine pour résister à de pareils assauts, si le bon Dieu ne nous soutenait pas de la même main qui nous frappe, si l'on n'avait pas le Ciel pour espérance. Maintenant, dit la jeune femme en terminant, je n'ai plus rien à ajouter, Monsieur Christophe, sinon que je m'étonne que vous n'ayez rien appris de tout cela d'une façon ou d'une autre, qu'au moins vous n'ayez pas connu le malheur par les journaux.

— Je ne les lis jamais. Puis j'ai voyagé pendant plusieurs années. Pourtant j'avais ce matin une vague idée de tout cela, car entré par hasard dans l'Église, j'ai entrevu la pauvre Félicie.

—Oh! vous l'avez trouvée bien changée sans doute.

— Hélas !.... Je n'ai fait que l'entrevoir du reste.

— Mais elle ? demanda Juliette d'un air d'inquiétude.

— J'étais placé derrière un pilier; elle n'eût pu m'apercevoir, outre que je suis peu facile à reconnaître maintenant, vous me l'avez prouvé.

— M'en voulez-vous de n'avoir pas de bons yeux ?

Mais excusez-moi de vous demander cela : Comment vous trouvez-vous à Fontainebleau où depuis si longtemps sans doute vous n'étiez pas venu ?

— Une circonstance grave, très-grave, qui, par une bonté de la Providence, n'a pas eu les suites qu'elle pouvait avoir, m'y avait amené ce matin et je compte repartir demain.

— Sans voir personne ?

— Écoutez, Juliette, si je n'écoutais que mon cœur, ah ! je n'aurais pas attendu votre récit pour courir... attester mon repentir, implorer mon pardon ! Mais ma raison, et, ce semble, la conscience me disent qu'il ne le faut pas, puisqu'entre Félicie et moi il y a maintenant une carrière sainte, infranchissable !...

— Et à mon avis, ce sentiment est le bon. Vous ne pouvez rien réparer, et vous risquez d'augmenter les regrets, les vôtres et les leurs. Il est des souvenirs qu'il vaut mieux ne pas réveiller.

— Oh ! vous avez raison. Et cependant, avant de repartir, avant de dire adieu de nouveau à ce pays où j'ai vu s'écouler mes plus heureux jours, ah ! je voudrais, ne fût-ce qu'un instant, ne fût-ce que de loin, revoir... toute la famille.

— Si vous me promettez d'être calme ? si vous êtes sur de vous-même, et maître de votre cœur ? ...

— Il me semble que je puis en répondre. Maintenant, quoique depuis bien peu de temps sans doute, je crois avoir appris le secret de me vaincre.

— Et bien, ce soir après dîner vous dînerez bien entendu avec nous ! mon mari, Claude Giraud, un brave cœur, que vous n'avez pas oublié je pense?

— Non.

— Sera heureux de vous serrer la main... Après dîner, on fermera la boutique, et nous irons dire un bonjour à mon beau-frère, dans la maison duquel demeure la famille Dupré : Le soir, d'ordinaire, après le départ des ouvrières, tous montent au premier. Quand le temps est doux comme aujoud'hui, ils laissent la fenêtre ouverte. Ils ne craignent pas les regards, et les oreilles indiscrètes, car ils n'ont rien à cacher; leurs voisins d'ailleurs, mon beau-frère, et ma belle-sœur leur donnent toute confiance comme la cour est étroite, d'une des fenêtres de nos parents, qui fait l'angle et reste fermée habituellement d'une jalousie, je ne sais pourquoi, on voit tout et l'on entend tout chez mes pauvres amis.

Vous pourrez ainsi contenter votre cœur, mais je crains bien que ce soit aux dépens des yeux.

— Hélas !

— Allons, ne vous chagrinez pas; à ce soir, Monsieur Chritophe ! Mon mari ne rentre qu'assez tard. Veuillez, pour passer le temps, aller revoir vos connaissances de la forêt, ces beaux arbres dont vous avez fait tant de portraits. Je ne puis vous tenir compagnie plus longtemps, car il faut que je m'occupe du ménage et des marmots.

IX

UN INTÉRIEUR DE FAMILLE

Une femme au front pur...
Seule avec des enfants un être gracieux
Qui pleure en souriant, comme l'on pleure aux cieux
(V. Hugo.)

Je suivis les conseils de Mme Giraud, mais avant de me diriger vers la forêt, par un excès de prudence peut-être, et aussi comme réparation, j'entrai chez un armurier auquel je vendis mes pistolets. L'armurier me les acheta pour les deux tiers de leur valeur, une trentaine de francs, que j'allais déposer, dans le tronc placé près de l'autel de la Vierge. Etait-ce déjà une récompense? je sentis en moi-même un calme, un bien être, un apaisement inconnu.

Depuis bien des années, et ma promenade dans la forêt, où je m'oubliai toute une après-midi, me fut presque aussi douce que dans mes beaux dimanches d'autrefois. Aussi, quand je rentrai, la bonne Juliette, pendant que je serrai la main de son mari, ne put s'empêcher de dire que l'air de la forêt semblait m'avoir rajeuni et surtout que je n'avais plus la mine d'un homme qui rêve de se jeter un jour ou l'autre à la rivière.

— Franchement, ajouta-t-elle, vous me direz que je suis une sotte, mais j'ai eu comme une inquiétude, quand vous avez été parti, alors sentant que vous tardiez tant à revenir. Oui, il m'est venu sur vous une mavaise pensée, l'idée que peut-être, on, ne vous reverrait pas, ou bien accroché à quelque branche. Une imagination ridicule, n'est-ce pas ? Grâce au Ciel, votre air à présent, et ce franc appétit me prouvent que vous vous êtes promené tout de bon.

L'excellente femme ne se doutait guère qu'elle fut si près de la vérité. Je ne répondis rien, et me contentai de payer de contenance et par un sourire. Le dîner terminé, et la nuit s'approchant, nous sortîmes et nous nous dirigeâmes vers la rue de la Cloche où se trouvait la maison du beau-frère. Nous n'avions pas besoin de nous gêner et de prendre des précautions, crainte d'une rencontre; car la maison formait deux petits corps de bâtiments, qui avaient chacun leur entrée particulière. Louis Giraud se tenait d'habitude au premier, et nous montâmes. Son frère le mit au courant en deux mots, et je m'assis près de la fenêtre d'où, en effet à travers la jalousie, je plongeais du regard chez les voisins.

Les larmes me vinrent tout d'abord aux yeux devant le spectacle qui s'offrit à moi : Ils étaient là tous près de la fenêtre; D'un coté, M. Dupré, le pauvre paralytique couché dans son fauteuil, et dont la figure, empreinte de tant de bonté, maintenant avait un air presque vénérable, encadrée qu'elle était dans la chevelure devenue tout-à-fait blanche.

En face de lui se trouvait sa fille occupée d'un travail de couture; et auprès d'elle, ou plus tôt entre elle et son père, sur un banc, la petite fille, l'ainée des enfants, intéressante moins par les traits du visage, (car elle n'était point jolie) que par la douce expression de ses regards, et par la sollicitude avec laquelle elle s'inquiétait de son jeune frère assis à coté d'elle. On la voyait toujours occupée du petit aveugle, ne songeant qu'à le distraire, prompte à deviner ses caprices et à les satisfaire quand elle ne les prévenait pas. Tout à coup j'entendis le grand-père (et l'accent de sa voix me fit tressaillir) qui disait à la petite fille:

— Marie, donne moi l'Almanach.

— L'Almanach, demanda Mme Jorel. Eh ! qu'en veux-tu faire, père ?

— Une idée qui m'est venue.

— Petite, donne à grand-père ce qu'il demande.

L'enfant obéit.

— Je ne me trompais pas, dit M. Dupré, après avoir regardé l'almanach.

— Comment cela ? demanda de nouveau sa fille.

— Au sujet de la date.

— Quelle date ?

— Celle du premier malheur. C'est bien le jour que je pensais, après demain, 10 septembre, l'anniversaire.... Oui, c'est bien ce jour-là qu'il est parti, sans nous faire même ses adieux, le cher enfant prodigue, mais lui pour ne point revenir.

Je tressaillis de nouveau en entendant ces paroles du vieillard dites avec l'accent de la tristesse et de l'affection. Je comprenais bien que c'était de moi qu'il parlait, et j'écoutais osant respirer à peine.

— Hélas ! père, dit Mme Jorel, n'étions-nous pas convenus de ne plus parler de cela, puisqu'enfin on n'y gagne que de réveiller de douloureux souvenirs ?

— C'est que, vois-tu, Félicie, cette date est entrée profondément dans mon cœur. Et, quand l'époque revient, il semble que j'ai là comme un fer rouge qui me brûle. D'abord, je l'aimais, je l'aimais presque, comme je t'aime, chère fille.

— Ah !

— Et puis, son départ, qui nous a été si cruel, semble avoir commencé la série de nos malheurs.

6

Il est bien certain que s'il avait voulu, s'il avait écouté nos conseils, oh ! ceux de l'affection, et non de l'égoïsme, probablement rien de ce qui est arrivé... ne fût arrivé ! Et qui sait, si lui-même n'eût pas été plus heureux s'il ne fut pas plus tard bien à plaindre.

— On ne peut, hélas! en douter. Et c'est pourquoi, il ne faut nous souvenir de tout cela qu'avec la pensée du pardon, et de la pitié.

— Oh ! Je ne lui garde pas rancune, et bien s'en faut, Dieu m'est témoin que souvent j'ai prié pour lui de bon cœur.

— Il a dû bien souffrir, ce pauvre Christophe, par ce que je sais de son caractère. Car, d'après ce que m'a dit un vieux Monsieur, notre pratique, habitué du Cercle, jamais il n'a vu ce nom dans les journaux. Une fois seulement, il eut l'occasion d'en causer avec un peintre distingué, qui lui dit avoir rencontré, par hasard à une exposition, des tableaux signés de ce nom. Et, à mon avis, ce n'était pas beau. Oh ! qui sait les angoisses et le désespoir du malheureux, sans compter ses remords, car, peut-il, avec son cœur, n'en avoir pas eu ! Prions Dieu qu'il n'ait pas trouvé sa croix trop pesante ! ajouta-t-elle en s'essuyant les yeux.

J'en faisais autant de mon coté.

— Maman dit le petit aveugle, interrompant sa

mère, maman, tu m'as dit que petite sœur était avec
le bon Dieu; pourquoi donc y reste-t-elle si longtemps ! ne reviendra-t-elle jamais, plus jamais ?

— Hélas ! non, mon enfant, répondit la mère
avec un soupir douloureux.

— Ah ! bien ce n'est pas possible, non.

— Hélas ! murmura de nouveau la mère, dont
les yeux se remplirent de larmes.

— Enfin, puisque tu me dis toujours qu'il est si
bon, le bon Dieu ?

— Oh ! certes, cher enfant.

— Et qu'il sait tout, et qu'il voit tout ?

— Assurément, petit.

— Alors, il voit bien que ça nous fait trop de
peine à tous que petite sœur soit partie ainsi tout
d'un coup, et qu'elle ne revienne plus. Et le bon
Dieu et la bonne Vierge, que je prie tant, ils
pourraient bien nous la rendre, oh ! de temps en
temps seulement, quand ce ne serait qu'une fois
tous les huit jours. Moi, cela me consolerait un peu.
J'étais déjà si accoutumé à sa gentille causerie, à
sa main si doucette pour me conduire. Il me semblait, déjà, que j'y voyais avec ses yeux. Et puis enfin, et c'est ce qui me fait plus de peine encore que
mon chagrin à moi, bonne petite maman, si tu la
revoyais quelque fois, je ne t'entendrais plus si souvent pleurer la nuit toute seule.

— Assez, mon enfant, assez, oh ! ne me dit pas de ces choses-là, murmura la mère qui sanglotait.

— Tais-toi donc aussi, petit, reprit la sœur ainée, non moins émue, tais-toi, tu vois bien que tu fais pleurer maman, et grand papa, et moi et tout le monde.

— Ce n'est pas ma faute, puisque cela me vient. Bonne petite maman, pardonne, pardonne-moi, si je t'ai fait de la peine. Je t'aime pourtant bien, va.

Et l'enfant, courant à sa mère se pendit à son cou en la couvrant de baisers et de larmes.

— Félicie, Félicie, mes enfants, mes pauvres enfants, s'écria M. Dupré, tendant les bras, et faisant un suprême effort pour se lever de son fauteuil, sur lequel il retomba tout aussitôt. Alors, il joignit les mains et tournant les regards vers le Ciel : Oh ! mon Dieu, dit-il oh ! je ne murmure pas, Seigneur, que votre sainte volonté soit faite, mais puisque vous avez pris l'enfant oh ! ayez pitié de la mère et de nous.

— Le bon Dieu t'entend, cher père, dit la jeune femme redevenue plus calme, et qui essuyant ses larmes, et détachant doucement avec un baiser, l'enfant de son cou, se lève pour aller embrasser, son père, et arranger les oreillers. Oh ! ajouta-t-elle, presque en souriant, j'ai retrouvé tout mon courage. Mais il ne me faudrait pas trop souvent de ces émotions car cela me porte au cœur et j'y ressens tout aussitôt ma douleur et mes élancements.

— Oh ! il ne manquerait plus que cela, une maladie.

— Non, père, non, n'ai pas cette crainte, dit-elle vivement ! Tiens, c'est passé, c'est fini, je ne sens plus rien.

Et, domptant sans doute l'angoisse de la douleur, elle se remit au travail.

Pour moi, j'avais dû me retirer de la fenêtre, car j'étouffais, et j'éclatais presque en sanglots. Je dois me faire une violence extrême pour ne pas descendre précipitamment l'escalier, et courir à ses pauvres amis pour leur dire :

— Me voilà, c'est moi, l'enfant prodigue enfin de retour, l'ingrat repentant, et qui demande avec larmes son pardon, et, qui vient, sinon vous consoler du moins pleurer et souffrir avec vous. Je ne le fis pas, par les motifs que vous avez tirés de la conscience et par d'autres aussi. Une pensée m'était venue, qui m'en faisait presque une nécessité.

— Quelle pensée ? demandai-je à Christophe.

— Oh ! une idée, répondit-il hésitant.

— Pardon Monsieur je ne voulais pas être indiscret, et la question m'est échappée sans grande réflexion. Veuillez continuer.

— Oh ! j'ai fini, ou à peu près. Nous nous

6.

retirâmes bientôt, mes hôtes et moi, et, le lendemain matin, je partis par le premier convoi.

Mme Giraud, en me serrant ainsi que son mari affectueusement la main et murmurant un dernier adieu, me promit bien de me donner des nouvelles de nos pauvres amis. Inutile d'ajouter qu'elle ne devait souffler mot de ma courte apparition.

De retour à Paris, je me sentis un tout autre homme; j'avais retrouvé le courage et les ardeurs de ma jeunesse, mais avec l'inébranlable fermeté d'une volonté qui ne s'appuyait plus sur sa propre volonté, je ne comptais plus sur moi-même, en m'exaltant dans les fièvres du travail par les vaines espérances de mon orgueil. Non, j'avais repris vaillamment les pinceaux mais avec des pensées bien différentes et de tout autres buts.

— Je n'ose cette fois, vous demander lesquels? lui dis-je.

— Mais vous ne regretteriez pas de le savoir, me répondit-il en souriant. Et puisque deux ou trois fois déjà j'ai eu la maladresse de laisser échapper ces petits mots, qui tout naturellement, ont provoqué vos réflextions, j'aurais tort de faire avec vous le mystérieux.

Mais que ceci soit entre nous.

Je travaille dabord pour une sainte pensée.

Engagé témérairement dans une voie qui n'était

pas la mienne, et éclairé trop tardivement sur ma faute, j'ai demandé humblement à Dieu d'accueillir mon repentir, de bénir dans une certaine mesure au moins, mon travail, afin que je puisse être utile, ne fût-ce qu'aux ignorants par des œuvres passables, oui je m'efforce de mettre un bon sentiment, une noble inspiration. J'ai demandé, non moins ardemment, le succès par le désir de gagner un peu davantage et m'assurer pour l'avenir des ressources certaines.

— Vous avez raison, et comme la fourmi du Bonhomme, il faut, sage, et prévoyant, songer à l'hiver, c'est-à-dire à la vieillesse.

— Oh ! ce n'est pas à moi que je pensais, me répondit-il, en faisant cela, mais aux enfants.

— Aux enfants ! demandai-je étonné.

Il sourit.

— A la famille là-bas! à ces pauvres amis.

— Je comprends

— Je savais que la vie pour eux était rude, encore que la courageuse mère s'exténuât au travail. Alors je me suis dit: Au moins que je tâche à présent de leur faire un peu de bien, après leur avoir fait tant de mal.

Un billet de cinq cents francs de plus chaque annnée pour eux, ce serait l'aisance. Et dussé-je ne manger que du pain, ne boire que de l'eau, ils l'auront, et voilà d'où vient que maintenant, je travaille avec tant de zèle.

— Oh ! lui dis-je attendri, Monsieur Christophe, j'apprends tout-à-fait à vous connaître, permettez-moi de vous serrer la main. Vous êtes un grand cœur.

— Non, me répondit-il, je ne mérite pas ce compliment, je ne fais que mon devoir. Et même c'est de l'égoïsme à bien dire.

— De l'égoïsme ! demandais-je surpris.

— Et sans doute. Maintenant que je me sais bon à quelque chose, que je n'ai plus à penser qu'à moi seul, et que je ne souffre plus de mes propres ennuis j'oublie les tristesses de mon isolement. Le travail m'est devenu un vrai plaisir, d'autant plus que le bon Dieu paraît m'avoir un peu exaucé. Ma main n'est plus aussi rebelle, mon intelligence aussi confuse. Les écailles tombées de mes yeux, je vois, ce qu'autrefois je ne soupçonnais pas même. Il me semble, en vérité, que depuis quelque temps je fais moins mauvais.

— C'est-à-dire sans flatterie, cher Monsieur, que vous ne faites plus mauvais du tout.

Parvenu à un âge où, d'ordinaire, on perd plutôt que de gagner, vous avez fait, vous faites tous les jours des progrès étonnants, je ne suis pas seul à m'en apercevoir. C'était pour moi un phénomène

inexplicable que j'étudiais avec une curiosité croissante, mais sans trouver le mot de l'énigme. Maintenant je comprends, mais c'est une vraie transfor-
mation.

— Dites un miracle, un miracle de la Providence.
Car, moins que tout autre, j'étais né pour être peintre, à la fois myope et muet d'intelligence, au point
de vue de l'art surtout; et celui-là seul a pu me
guérir qui ouvrait les yeux de l'aveugle et faisait
parler le muet.

X

L'ADOPTION !

> Pour le cœur généreux, oublieux de lui même,
> Le complet dévouement, c'est le bonheur suprême !
> (ANONYME)

A quelque temps de là, j'allai pour rendre visite chez lui à Christophe. Je le trouvai faisant des préparatifs comme pour un voyage.

Il avait l'air profondément triste. Je l'interrogeai du regard.

— Je vais là-bas, me répondit-il. Elle se meurt.

— Mme Jorel ?

— Oui, lisez.

Et il me tendit un papier. C'était un billet écrit à la hâte par Mme Giraud, qui disait :

« Cher Monsieur Christophe

« Notre amie est décidément tout-à-fait malade, « alitée depuis une quinzaine, toujours sa maladie « de cœur suite des chagrins. Le médecin paraît

« l'avoir condamnée irrévocablement. Il m'a dit à
« moi qu'elle pouvait traîner quelque temps encore,
« souffrir quelques semaines, mais qu'elle ne se
« relèverait pas. Venez donc, si vous voulez la
« revoir une fois encore. J'ai bien deviné moi, de
« qui venait le dernier billet de banque envoyé à mes
« amis comme une restitution; il ne pouvait d'ailleurs
« arriver plus à propos. Mais il paraît que ce n'était
« pas le premier. On n'y comprend rien, chez
« Félicie. Moi, je connais l'inconnu, encore qu'il
« s'en taise avec moi, ce qui n'est pas bien. Je ne
« lui sais pas moins bon gré de la chose, mais
« je ne le félicite pas. N'a-t-il pas eu déjà sa ré-
« récompense par le contentement et la joie de sa
« bonne action.

    « A bientôt. Mon mari se joint à moi et vous fait
« ses amitiés.

« JULIETTE femme GIRAUD »

— La pauvre femme ! dis-je à Christophe, la vie
aura bien été pour elle un calvaire.

Et pourtant ce n'est pas la plus à plaindre maintenant, puisqu'elle ne dit adieu aux misères de la
vie, que pour aller là-haut recevoir la Couronne
qu'elle a si bien gagnée. Mais le vieux père mais
les enfants, les orphelins que deviendront-ils ?

— J'y ai pensé et c'est pour cela que je vais

là-bas. Et aussi pour m'assurer qu'on ne manque de rien.

— Noble cœur ! et c'est vous bien sûr qui aviez envoyé déjà.....

— Chut, chut. Ne parlons pas de ces bagatelles. Adieu adieu, je vous écrirai.

— J'allais vous le demander.

Et je le quittai en lui serrant une dernière fois la main.

Arrivé à Fontainebleau, Christophe se rendit immédiatement chez Mme Giraud :

— Je savais que vous ne tarderiez guère, lui dit celle-ci, du plus loin qu'elle l'aperçut, quoique votre courte réponse ne me prévînt ni du jour ni de l'heure.

— Et la malade comment va-t-elle ? demanda Christophe.

— Doucement toujours, pour ne pas dire mal. Il y a eu consultation, les médecins sont d'accord, c'est une maladie qui ne pardonne pas.

— Hélas ! pauvre femme !

— Oh ! oui, car elle a bien souffert pour en arriver là. Aujourd'hui pourtant elle n'est pas la plus malheureuse, peut-être. Mais le pauvre paralytique mais les chers enfants, pour eux quel avenir !

— Sans doute, sans doute, répéta machinalement Christophe, mais, comme un homme absorbé dans ses propres pensées et qui ne songe pas à ce qu'il dit.

— C'est là le grand souci de la mère, sa préoccupation poignante et continuelle au milieu des plus cruelles souffrances : Que deviendront-ils, que deviendront-ils ! murmure-t-elle souvent. J'aurais voulu diminuer son inquiétude en promettant de me charger de l'aveugle, le plus embarrassant de tous. Mais quand j'ai parlé de cela à Giraud, j'ai vu, à sa figure, quoiqu'il ne me le dit pas précisément : non, qu'il ne fallait pas y songer. Mon mari est un homme excellent, doué des plus belles qualités, mais il n'aime guère sérieusement, fortement que les siens, sa femme, ses enfants, son frère. Pour les autres, parents et amis, toujours plus ou moins à ses yeux, des étrangers, il ne faut pas lui demander un grand empressement et sourtout la persévérance et l'abnégation des sacrifices de longue durée. C'est son caractère que voulez-vous ?

— M'attend-on ?

— Maintenant, oui. J'hésitais d'abord à prévenir, sinon M. Dupré du moins la malade, pour laquelle je redoutais une émotion inattendue. Mais une conversation, où votre nom se trouvait mêlé, m'a donné tout naturellement l'occasion, après quelques précautions, d'annoncer votre arrivée. M. Dupré a joint les mains en pleurant. La malade, un peu remuée par cette nouvelle, la crise passée, a paru tout heureuse et je crois que votre présence lui fera

7

du bien, peut-être prolongera sa vie de quelques jours

— Et bien, allons ! dit Christophe.

— Oh ! pas si vite, je vous prie, Monsieur Christophe. D'abord, il faut que je fasse prévenir la famille de votre visite par Giraud qui reviendra ensuite vous tenir compagnie.... à table, car je suis sûr que vous êtes parti de Paris à jeun.

— A peu près, qu'importe, je n'ai pas faim.

— Ce sera pour la faim à venir. Puisque vous voulez bien accepter notre hospitalité, je ne permettrai pas que vous négligiez, au risque de tomber malade aussi. Votre mine n'est pas d'un homme trop bien portant déjà.

Il fallut se résigner, et, apres le retour de Giraud, s'asseoir pour prendre sa part d'un déjeuner improvisé par la ménagère qui n'eut guère, cette fois, à féliciter le convive de son appétit.

Le repas terminé, Mme Giraud et Christophe se dirigèrent, vers la demeure de la famille Dupré. On monta l'escalier, car la malade était installée au premier dans la plus belle chambre, donnant d'un côté sur la cour et de l'autre sur des jardins. Juliette, après être entrée la première, revint ouvrir à Christophe, qu'elle introduisit en disant : *le voilà !* puis elle se retira avec le tact de la discrétion.

La malade et M. Dupré se trouvaient seuls. Mme Jorel tendit la main à Christophe avec un sourire

et le vieillard lui ouvrit ses bras. Il n'y eut pas
d'autre explication; seulement quand l'artiste, profondément ému, à travers ses sanglots, murmura :

— Oh ! mes pauvres amis, j'ai été bien coupable !
Je ne méritais pas. . . .

— Pas un mot de cela. Monsieur Christophe, dit
Mme Jorel, Pendant que son père approuvait du
regard; le passé est le passé. Ne réveillons pas ces
souvenirs pénibles pour tous. Vous réparerez tout
en nous rendant notre ami, qui, si mon cœur ne me
trompe pas, a été depuis deux années, notre bienfaiteur.

Christophe rougit, et, avec quelque embarras répondit :

— N'étais-je pas resté votre débiteur ?

— Oui, mais d'une somme bien moindre, pas
même le tiers.

— Et les intérêts ? reprit-il d'un air triomphant.

—Calculés avec le cœur. Je ne vous remercie
pas néanmoins, Monsieur Christophe, pour vous
prouver que je sais vous comprendre.

— Oh ! moi, tant pis, je n'y mets pas tant de fi-
nesse, dit M. Dupré et il faut que je lui serre la
main, non que je l'embrasse, ce cher enfant, pour ce
service comme tout à l'heure pour la joie de son retour.

Après ces témoignages d'affection paternelle qui

scellaient la réconciliation, Chistophe s'informa avec sollicitude de l'état de la malade, dont la figure, amaigrie encore, s'il était possible, apparaissait sur l'oreiller plus pâle que jamais et avec des teintes cadavéreuses, mais admirable toujours par son air de paix et de sérénité et par la touchante expression du regard qui, cependant, avait perdu quelque chose de sa vivacité.

Mme Jorel répondit en ces termes qui prouvaient qu'elle ne se faisait pas illusion sur son état. Et Christophe opposant le mot d'espérance à ces tristes prévisions :

— Je sais là dessus à quoi m'en tenir, répondit elle avec un sourire mélancolique. Et quant à moi, je n'aurais pas grande peine à me résigner, n'était ce pauvre père, n'étaient mes chers enfants.

— Pourquoi ne les vois-je pas ici ? demanda l'artiste.

— Ils sont chez une voisine où je les ai envoyés ; mais ils ne tarderont pas à rentrer, pauvres petits ! Mes souffrances, cruelles cependant par instants avec ces suffocations, mes souffrances ne seraient rien, si je n'avais pas au cœur cette mortelle pensée, ce ver ronguer d'inquiétude poignante.

— Laquelle ?

— Vous me le demandez, Christophe? Ah! le souci, le tourment de ce qu'ils deviendront tous quand je

ne serai plus là. Certes, j'ai grandement confiance
en Dieu et je suis sûr que sa Providence et la charité des âmes pieuses ne manqueront pas à mes
orphelins. Mais je suis mère, Christophe, et je ne puis
me défendre.... Mon Dieu, peut-être suis-je une
mère trop tendre ?... je ne puis me défendre, par
instants, d'une anxiété secrète, dévorante.... qui me
torture, encore que je m'efforce de la combattre.

— Je comprends cela, oh ! je comprends.

— Je souffre surtout à l'idée que si le pain ne leur
manque pas à l'un ou à l'autre, ah ! ils seront privés
des consolations de l'affection mutuelle. Ils seront
séparés forcément le grand-père et les petits-enfants
le frère et la sœur !.... Ils ne se verront plus ou seulement à de rares intervalles !.... Et le pauvre père,
réduit sans doute à finir ses jours dans un hôpital, y
sera seul, lui, si accoutumé à la douce présence de
sa gentille Marie et de son cher petit Joseph. Marie,
elle, aura la ressource du travail, mais ce pauvre
enfant, avec son infirmité, que pourra-t-il que tendre la main !.... Oh ! je sais bien qu'il devrait compter
sur sa sœur, si sa sœur n'était pas une enfant aussi.
Elle me le disait hier, la chère petite, avec un élan
de cœur qui m'a fait l'embrasser, les larmes aux yeux.
Comme je causais avec la bonne Juliette de mes
préoccupations maternelles, et en particulier de mon

pauvre aveugle dont je lui parlais comme je vous
en parle:

— Oh! maman, me dit Marie, m'imterrompant,
chère mère ne te tourmente pas de cela! si le bon
Dieu te prenait comme ma petite sœur, je ne m'en
consolerais jamais, vois-tu oh non! mais je ne perdrais
pas cependant courage. Je suis déjà grande, moi,
j'ai neuf ans, je sais coudre, broder, tricoter, et
sois tranquille, je travaillerai pour grand-papa et
pour le gentil frère. Oh! ajouta la malade en joignant les mains, n'est-ce pas, Chistophe, n'est-ce
pas, que c'est bien admirable? Ah! mon ami,
j'ai été bien éprouvée, mais le bon Dieu m'a donné
aussi de grandes consolations dans mes excellents
parents et dans mes chers enfants.

— Comment, dit l'artiste, en serait-il autrement?
Avec une telle mère....

— Ne me donnez pas ces éloges, Monsieur Christophe, hélas ! que je mérite bien peu, bien peu. Je
sens, par exemple, que je devrais être plus tranquille
quant à l'avenir, m'abandonner avec une confiance
moins inquiète à la Providence. Et le bon Dieu....

— Le bon Dieu sait que vous êtes mère, pauvre
amie, et mieux que personne, il connaît l'ardeur,
l'énergie toute puissante de ce sentiment impérissa-
ble qu'il a mis dans votre cœur. Il ne peut que vous
prendre en pitié. C'est sa Providence sans doute

qui m'envoie ici pour vous rassurer, pour vous dire d'écarter loin de vous ces cruelles pensées ; car si jamais, ce qu'à Dieu ne plaise, si par malheur vous venez un jour ou l'autre à leur manquer, ah ! j'en jure ici devant ce crucifix, j'en jure devant cette image de la sainte Vierge, vos orphelins auront un tuteur, auront un père, et ce pauvre père un fils, un fils dévoué.

— Christophe, bon Christophe s'écria Madame Jorel, joignant de nouveau les mains avec un ineffable sourire, ah ! j'avais raison et je vous avais bien jugé. Car ce tuteur, ce père, n'est-ce pas, c'est vous ?

— Sans doute ! répondit Christophe.

— Mon ami, il n'y a que Dieu seul qui sache ce que j'ai ressenti là en entendant cette bonne parole ! Dieu seul peut vous récompenser du bien que vous m'avez fait !.... je n'ai jamais été si heureuse, si consolée, mais.... j'hésite à accepter ; car ce serait imposer à votre dévouement un trop lourd fardeau.

— Si le scrupule vous arrête seul.... ne craignez rien ! grâce à Dieu, enfin, après tant d'années de stériles et décourageants travaux, je commence à obtenir quelques résultats. Le produit de mes pinceaux ne me suffit pas seulement, mais il me permet de faire des économies, vous en avez eu la preuve. Je travaille déjà avec courage par devoir, parce que je suis chrétien, mais combien je travaillerai avec plus de zèle , quand je travaillerai pour un si noble but.... quand je travaillerai pour la famille que m'aura légué une sainte amitié. Vous ne pouvez refuser d'ailleurs, pauvre amie, car vous êtes mère, vous êtes fille.... non, vous ne le pouvez pas, vous n'avez pas ce droit. N'est-il pas vrai monsieur Dupré? Qu'en pensez-vous?

— Ce que j'en pense, mon ami! Ah! c'est maintenant que je regrette d'être cloué sur mon fauteuil et de ne pouvoir courir à toi pour te serrer sur mon cœur! ce que je pense, ce que je dis? oh! je dis que je t'admire, que je t'aime, que je te bénis, et qu'un vrai fils n'eût pas fait mieux.

— Vous entendez, Madame Jorel.

— Généreux ami, voilà vos enfants, je les confie à Dieu et à vous! dit la malade en tendant une main à Christophe, tandis que de l'autre elle montrait Marie et le petit Joseph qui entraient en ce moment.

XI

UN DERNIER BEAU JOUR

> La donna, quando è cio che debb'
> essere, è nna créatura si sublime.
> (SILVIO PELLICO.)
> La femme, quand elle est ce qu'elle
> doit être, est une créature si sublime·

Après cette émouvante scène, la malade sentait le besoin de quelque repos, et Christophe descendit au jardin avec les enfants pour faire connaissance. Bientôt, en entendant causer Marie, en admirant sa précoce raison, son bon sens et son bon cœur, comme la gentillesse du petit Joseph, si caressant, si affectueux, il sentit qu'il les aimait déjà presque comme une jeune sœur et un jeune frère. Une heure après, quand il remonta avec eux dans la chambre de leur mère, celle-ci sourit avec bonheur en les voyant tous les trois déjà si fort amis.

—Vous êtes si bon, Christophe, dit-elle à l'artiste.

— Oh bon !....

— Et les enfants voient cela tout de suite. Aussi rien d'étonnant qu'ils vous aiment soudain. Eh bien!

7.

au nom de ces enfants, que déjà vous regardez avec des yeux paternels, j'ai quelque chose encore.... une grâce, oui, une grâce à vous demander. Mais d'abord promettez-moi que vous ne me refuserez pas....

— Vous refuser, moi ! vous refuser !

— Peut-être !

— Non, non, jamais maintenant.

— Eh bien, voici : outre mes orphelins, outre mon pauvre père, j'ai quelqu'un encore que je voudrais vous recommander, quelqu'un à qui, de temps en temps, pour le sauver du désespoir, il faut une parole d'encouragement, de piété, d'affection.

— Qui donc cela? Qui?

— Mais lui, lui, ne le devinez-vous pas, le pauvre prisonnier, l'infortuné qui est là-bas !

— Le condamné! quoi, c'est pour ce misérable....

— Christophe, je vous en prie, interrompit la malade avec l'accent du douloureux reproche ; ne l'appelez pas ainsi. C'est mon mari, le père de mes chers enfants!

— Et vous voulez que je m'intéresse à cet homme! que moi....

— Oui je juge assez bien de votre bon cœur pour l'espérer.

— Non, non cette fois, jamais! oh! non, je ne lui

pardonnerai pas d'avoir empoisonné votre vie à tous.... d'avoir fait votre malheur !

— Mon ami il a témoigné avec larmes de ses regrets, de son repentir. Il est bien malheureux, lui aussi, bien à plaindre !...Et qui de nous, d'ailleurs n'a pas quelque chose à se reprocher ? n'a pas eu besoin de pardon ?

Christophe la regarda d'un air de tristesse et d'étonnement.

— Oh ! excusez-moi, Christophe, ce n'est pas à vous que je pensais, Dieu m'en est témoin, en parlant ainsi, mais bien plutôt à moi-même.

— N'importe, je n'en mérite pas moins le reproche, reprit-il plus calme, et vous avez raison. Trop coupable moi-même, je n'ai le droit d'être sévère pour personne !.... ce n'est pas cet infortuné que je devrais accuser de vos malheurs.... Ce que vous désirez sera fait, je vous le promets ; M. Jorel aura des nouvelles de ses enfants, et ses lettres ne resteront pas sans réponse.

— Merci, Christophe, de nouveau merci ! vous êtes bien l'homme du sacrifice.

Il y eut un moment de silence. L'artiste, préoccupé, promenait vaguement autour de lui un regard distrait.

— Vous cherchez quelque chose ? lui demanda Mme Jorel.

— Moi, nullement.

— Si, vraiment, et je sais bien quoi ; le portrait

— Quel portrait ?

— Comment, vous l'avez oublié ? ce portrait, cause à la fois de nos bonheurs et de nos larmes, cause indirecte de tant d'événements. Bien qu'il nous rappelât des souvenirs douloureux parfois, il est resté cher à toute la famille. Et tout ici comme là-bas, il avait gardé sa place d'honneur. Mais il y a quelques jours, il s'est détaché, je ne sais comment et le cadre, dans la chute, s'est brisé. On a dû le porter chez l'encadreur. La toile est là sur le secrétaire enveloppée, voyez.

En effet, Christophe, sur le meuble indiqué, aperçut un linge qu'il enleva et il découvrit la toile.

— Oh s'écria-t-il naïvement en la considérant, l'affreuse croûte ! je ne m'étonne plus !.... ces Messieurs avaient bien raison, il est difficile de faire plus mauvais.

— Vous ne vous flattez pas ?

— C'est-à-dire que c'est effroyable. L'homme qui barbouillait ces choses-là eût mérité dix fois la corde ! Je ne veux pas que mes amis aient chez eux, signée de mon nom, pareille horreur. Vous permettrez que je l'emporte cette toile pour la retoucher.

— J'en serais très-heureuse.... Mais je crains que vous ne vous donniez beaucoup de peine.

— Voilà ma réponse ! dit Christophe mettant le portrait sous son bras. Puis il se retira, car, de nouveau, la malade paraissait très fatiguée.

Le lendemain, levé presque avant le chant du coq, l'artiste se mit au travail. Mais il avait reconnu l'impossibilité d'une retouche quelconque du portrait, car tout était à refaire, tout était également détestable. Il n'avait là d'ailleurs sous la main, ni ses couleurs, ni ses pinceaux, ni son chevalet, etc. ; il se décida, à faire, quant à présent du moins, un grand dessin aux trois crayons qu'il maniait avec une égale habileté. Telle était son ardeur et son impatience, qu'à trois heures de l'après-midi il n'avait pas quitté sa chaise encore qu'il eût promis de bonne heure une visite à la malade. Ayant jeté par hasard les yeux sur la pendule, il fit un bond sur son siége, en se rappelant sa promesse, et bien que le dessin ne fût pas terminé, il quitta tout pour courir chez ses amis. On le gronda amicalement, bien entendu, surtout de ce qu'il avait oublié que M. Dupré l'attendait pour déjeuner. Il se laissa gronder, avouant son tort, mais sûr bientôt de prendre sa revanche. En effet, le lendemain, qu'on juge de la surprise et du bonheur et des exclamations, quand il tira du carton son dessin, réellement un très-beau dessin, d'une exécution à la fois ferme et brillante, touché vigoureusement et finement. Christophe avait eu l'heureuse pensée de le compléter par le portrait des deux enfants dont il avait fait la veille, dans le jardin, un croquis sur son album.

La mère, radieuse, ne pouvait détacher ses regards du dessin qu'elle tenait d'une main tremblante; elle s'absorbait tellement dans cette contemplation qu'elle ne pensait pas même à remercier Christophe. Enfin, cependant, elle leva la tête, et, tournant vers lui ses yeux pleins de larmes :

— Monsieur Christophe, bon Christophe, vous me rendez bien heureuse, lui dit-elle, heureuse comme mère et comme fille, d'avoir là représentés avec une telle vérité tous ceux que j'aime! Heureux aussi, mon ami, de vous voir un si beau talent !

— Oh ! le talent !....

— Je ne m'y connais pas, Christophe, non sans doute, mais enfin j'ai des yeux, et ce portrait ne ressemble pas plus à l'autre que le jour à la nuit. Si j'en crois mon bon sens et l'instinct de mon cœur, vous devez être ou vous serez bientôt un grand artiste.

A propos du nouveau portrait, tout naturellement on se mit à causer du premier, peu à peu du passé, des beaux jours trop vite écoulés, hélas! qui avaient suivi la fête de la St-Jean, dans la riante espérance, dans la pleine confiance d'un avenir si riche de promesses dont la complète réalisation avait tenu, semblait-il, à si peu de chose.

— Quel dommage pourtant ! ne put s'empêcher de dire Christophe, comme on gâte sa vie ! Avec moins d'illusions d'un côté, et plus d'expérience de l'autre, nous pouvions être si heureux tous.

— Heureux, Christophe, dit Mme Jorel avec un sourire mélancolique, vous le croyez, moi aussi peut-être.... Mais pourtant qui sait ? Qui sait si nos caractères, aujourd'hui mûris par l'expérience et le malheur, étaient alors faits pour se comprendre !... D'ailleurs, pour nous aussi, sans nul doute il y eût pu le revers de la médaille, d'autres chagrins, d'autres traverses, d'autres douleurs !.... Car c'est la vie !... pas de joie pure, complète sur la terre où rien n'est durable, où tout bonheur, plus tôt ou plus tard, finit dans les larmes.... Ne regrettez, ne regrettons rien, mon ami. Le bon Dieu, qui sait toujours, lui, ce qu'il nous faut, a tout fait pour le mieux. Je vais vous dire une chose qui vous semblera étrange, incroyable peut-être, qui vous révolterait même, si vous n'étiez pas aujourd'hui chrétien, si vous ne connaissiez pas mon cœur, et ne me compreniez pas comment je la dis. Eh bien ! voyez-vous, j'aurais à recommencer ma vie, et le bon Dieu me laisserait la pleine liberté du choix, je vous le déclare, la main sur la conscience, et, malgré les murmures de mon cœur, j'hésiterais à la changer, à la faire autre qu'elle a été.

Christophe regarda Mme Jorel avec stupeur.

— Oh! reprit-elle avec émotion, ce n'est pas le cœur, ce n'est pas la faiblesse de la nature qui parle ainsi, mais la raison supérieure, mais la conscience chrétienne que je sens comme illuminée d'une lumière nouvelle aux portes du tombeau.

— Oh! ne parlez pas de cela!

— Pourquoi donc! A Dieu ne plaise que nous cherchions à nous faire illusion! La mort est là, qui de nous peut en douter? Je reviens à ma pensée. Certes, la Providence n'a pas besoin d'être justifiée dans ses voies, si mystérieuses qu'elles nous semblent. Pour le chrétien qui ne peut douter de sa divine sagesse, elle est toute justifiée à l'avance. Mais il n'en faut pas moins témoigner de la vérité à sa gloire. Eh bien! en ce moment je regarde dans le passé, et avec cette seconde vue, sans doute que Dieu donne parfois aux heures suprêmes, je vois avec une clarté parfaite, avec une merveilleuse lucidité pourquoi notre vie a été ce qu'elle a été et par quelle admirable prévoyance, le bon Dieu a permis que tout allât ainsi trop peu au gré de nos désirs.

— Comment? dit Christophe de plus en plus étonné.

— Je le vois surtout en ce qui me concerne. Avec nos caractères, supposé que tout réussît comme nous l'espérions, je me serais endormie dans le bonheur, dans la douceur de la paix. Au milieu de ces félicités j'aurais oublié sûrement que la terre n'est pas le but.... La souffrance, au contraire, qui m'a secouée si rudement, qui a torturé de toutes les façons mon pauvre cœur, m'a été bonne. J'ai appris ainsi à pratiquer des vertus que j'ignorais, que je n'aurais jamais connues. J'ai acquis, j'espère, avec l'aide de Dieu, quelques mérites. J'ai compris, qu'on n'est point ici-bas comme tous ou la plupart se l'imaginent, hélas ! pour y chercher, pour y trouver la félicité. Et plus que jamais, je le sens, elles sont admirablement vraies ces paroles d'un admirable livre : «*Point d'autre voie pour arriver à la gloire que la voie royale de la croix !* « Si, comme chrétienne, je sais quelque chose, je le dois à la souffrance. Et vous, Christophe, ne lui devez-vous rien?

— Oh ? si.... si.... répondit l'artiste dont l'étonnement, mêlé presque d'une sorte de dépit, avait fait place à l'admiration ; je lui dois d'être un peu chrétien et de pouvoir au moins vous comprendre.

XII

AU CIMETIÈRE

> Pourquoi le désespoir et ces yeux sur
> la terre obstinément fixés, ses yeux no-
> yés de pleurs ! Ah ! relevons la tête et
> regardons ailleurs !.....
>
> (ANONYME.)
>
> ..... Voyons ce qu'une sainte mort lui a
> donné, afin d'attacher toute notre estime
> à ce qu'elle a embrassé axec tant d'ar-
> deur, lorsque son âme, épurée de tous les
> sentiments de la terre, et pleine du ciel
> où elle touchait a vu ia lumière toute ma-
> nifeste.
>
> (BOSSUET.)

Oui, elle avait raison l'humble femme qui, par la seule lumière de la foi, s'élevait à une si sublime intelligence des plus hautes vérités, la douleur est la grande force. Le bonheur nous rend paresseux et lâches, et nous alanguit dans les enivrements de la jouissance. Si la joie nous rit trop longtemps, la volonté s'énerve, les regards se détournent du ciel, on n'a plus d'yeux que pour les joies de la terre, on s'oublie dans son Eden. L'âme peu à peu s'engourdit d'un étrange et profond sommeil, d'un sommeil qui conduit à la mort. C'est la douleur, notre virile amie, qui nous réveille. Elle nous trompe

de nouveau pour la lutte, et, nous exaltant aux glorieux et persévérants efforts par l'héroïsme du sacrifice, nous achemine à d'immortelles destinées.

O Fille du ciel qui, seule, fais des hommes, fais
des chrétiens, fais d'invicibles athlètes, gloire à toi,
je te bénis, quoique la plupart te jugent marâtre, et
qu'on te maudisse comme par une conspiration uni-
verselle. O toi qui montas avec l'Homme-Dieu la
sanglante voie du Calvaire, toi qui portas sa croix
avec lui et avec lui t'y vis clouée ; douleur trois fois
sainte ! ah ! je voudrais être l'un de ceux qui tien-
nent la lyre d'une main forte, l'un de ceux que la
gloire a sacrés poètes, et dont le front resplendit de
cette sublime auréole ; car alors, alors je ferais appel
à toutes les puissances de mon génie, je condense-
rais toutes les énergies de la parole et de la pensée,
pour chanter un hymne en ton honneur. Mais du
moins je dis : Hosanna pour toi, fille divine ! Bénie
sois-tu, ô tutélaire amie, qui devrais nous être plus
chère que notre épouse, que notre sœur, que notre
mère.

Hélas ! je parle ainsi dans la sérénité du calme,
dans la plénitude de ma raison, éclairée de la lumière chrétienne ; mais quand la douleur appesantit
sur ceux qui me sont chers et sur moi-même sa main
redoutable, quand elle brise des cœurs qui me semblent tout vertueux et tout bons par d'affreux dé-

chirements, quand la mort frappe, elle aussi, et tout près de moi, quelqu'un de ses terribles coups pour la leçon suprême du détachement, et que j'entends le cri de l'angoisse, le gémissement de la plainte, le sanglot du désespoir, ah! il semble que la nuit se fasse dans mon esprit ; ma foi chancelle. Insensé et aveugle, je ne comprends pas, je ne vois plus ce qui m'était si clair. Quoi ! je sens gronder au fond de mon cœur les murmures sourds de la révolte, et sur ma lèvre errer presque le rugissement du blas-phème. Oh ! mon Dieu, pardon, pardon, car, contre cette voix impie, la conscience proteste. Plus souvent frappé du coup imprévu, je m'anéantis dans ma douleur, noyé de larmes, égaré, renversé, sans re-gard et sans voix, comme était le pauvre Christophe quelques jours après les scènes que nous avons ra-contées ; car l'heure solennel était venu pour Mme Jorel ; malgré les espérances trompeuses qu'avaient fait naître des lueurs de mieux.

La pieuse femme s'était révélée à lui si admirable, si tendre et si forte en même temps, dans les souf-frances de la maladie ou plutôt de cette longue agonie qui se prolongeait depuis des semaines, qu'il s'était pris pour elle d'une nouvelle et toute sainte affection, mélange à la fois d'estime, de vénération et de pitié. Il voyait avec les yeux de l'âme cette autre âme qui se dégageait tous les jours davantage de l'enveloppe matérielle, et qui déjà rayonnait d'une immortelle beauté ; il la voyait comme impatiente de prendre son vol, à chaque instant, pour ainsi dire, s'essayer au départ et se séparer davantage de la terre ; et pourtant il ne voulait pas s'accoutumer à l'idée d'une séparation qu'il savait inévitable. Aussi fut-il consterné quand, un matin, Mme Giraud vint frapper à sa porte en lui disant :

— Vite, vite, Monsieur Christophe, elle vous demande, il paraît que c'est la fin.

Quelques minutes après, ils entraient dans la chambre de la malade où déjà le prêtre les avait précédés, et disposait tout pour les cérémonies suprêmes. Près du lit les enfants étaient agenouillés, la tête cachée dans les couvertures, étouffant leurs sanglots pour écouter leur mère qui, toute épuisée qu'elle était, leur murmurait encore de douces paroles. Elle tendit la main à Juliette et à Christophe qui s'agenouillèrent près des enfants. Le prêtre était vraiment l'homme de Dieu ; le vicaire était un jeune homme plein de foi et de zèle, qui, suscité au sacerdoce par une vocation certaine, ne s'était pas arraché sans efforts aux embrassements de sa mère pour aller prononcer des vœux irrévocables. Aussi, toutes ces douleurs, toutes ces angoisses, toutes ces désolations dont il était entouré, il les comprenait, il les sentait, il pleurait sur elles et avec elles les larmes de la

vraie sympathie, de la charité ardente. Il trouva
pour exhorter la mourante, de simples et sublimes
paroles, qui retentirent dans tous les cœurs et firent que tous les assistants, même les moins chrétiens, fondirent en larmes. Oh ! la mort est solennelle toujours, quand elle n'est pas terrible ! Mais
quand la Religion veille auprès du lit d'agonie, murmurant à l'oreille du mourant et de ceux qui déjà le
pleurent, ses promesses d'immortalité, quand Dieu
lui-même, porté par son digne ministre, vient rendre visite à l'infortuné pour le fortifier dans la lutte
suprême et lui donner comme un gage de sa future
éternité ; oh ! alors, si douloureuse qu'elle soit, la
mort chrétienne est consolante même avec son for-
midable cortège d'épouvantes secrètes et de terreurs
inconnues. Cette mort, admirable leçon pour les
vivants, fut celle de Mme Jorel.

Après avoir béni ses enfants, elle se recueillit
pour le viatique et les saintes onctions qu'elle reçut
avec une ferveur qui tenait de l'extase.

Son action de grâce terminée, la malade rouvrit
les yeux, sourit à son père, à ses enfants, à Christophe, à tous ses amis, puis elle murmura :

— Adieu, père, adieu, courage.... du moins tu
ne reste pas seul. Mes enfants, ma bonne Marie,
mon doux Joseph, Dieu m'est témoin que je vous ai
bien aimés. Il vous protégera puisque déjà sa Pro-

vidence vous donne un père. Christophe, ils sont à vous maintenant. Je vous remercirai..... dans l'éternité.

Et sa tête retomba immobile sur l'oreiller ; c'était l'immobilité de la mort. Christophe n'avait plus qu'à fermer les yeux de la sainte ; car c'est ainsi que la nommaient tous ceux qui, témoins de sa vie courageuse, l'avaient été de sa mort plus admirable encore.

Le lendemain fut encore un jour de douleurs et de larmes. Christophe, qui, avec le prêtre, avait passé toute la nuit en prières près du corps, accompagna celui-ci à l'église, puis au cimetière, en tenant par la main le petit Joseph. Mme Giraud portait, plutôt qu'elle soutenait Marie suffoquée par les larmes. Le cercueil fut déposé dans la fosse ; et après que le prêtre et les assistants eurent jeté sur lui l'eau bénite, les ouvriers de la mort se hâtèrent pour combler le vide.

Il est, dans ces tristes circontances, un moment lugubre entre tous, plus terrible peut-être que l'instant qui suit le suprême adieu, car alors la main tient encore la main, quoique déjà inerte et glacée. Mais quand la dernière pelletée de terre tombée, la fosse est comblée ! oh ! alors, on comprend que c'est bien fini, qu'entre l'être qui fut si cher et nous il y a désormais une barrière infranchissable. Et même,

quand le soleil resplendit au-dessus de la tête dans
un azur sans tache, tout parait sombre autour de
nous ; le voile noire envahit l'horizon tout entier, le
crêpe funèbre s'étend sur le ciel comme sur la terre.
On sent comme une main de plomb, lourde, lourde,
écrasante qui pèse à la fois sur la tête et sur la
poitrine. Plus de consolation, plus d'espérance! On
oublie même qu'il y a un ciel, qu'il y a une autre
vie. Tout parait s'être englouti dans la tombe avec
le corps. Et le champ de l'éternel repos n'est plus
même pour le chrétien, affaissé par l'épuisement de
sa douleur, que le royaume vide du néant.

Christophe, agenouillé au bord de la fosse, entre
les deux enfants, les yeux fixés sur la terre amon-
celée, mais sans voir et sans entendre, s'oubliait
dans ce découragement sinistre, quand Mme Giraud,
lui touchant l'épaule le réveilla comme d'une profonde léthargie. Il releva la tête, et ses yeux errants
et vagues rencontrèrent à quelques pas une croix sur
laquelle on lisait en gros caractères : *Et mors illorum
immortalite plena est,* leur mort est pleine d'immortalité. Le front de l'artiste s'éclaircit, ses yeux per-
dirent leur expression de tristesse sombre, presque
farouche.

— Chers enfants, murmura-t-il, chers enfants,
ne pleurons pas comme si nous ne devions plus la
revoir. Elle n'est pas là celle que vous aimiez, sous

ce monceau de terre, mais là-haut! Et du doigt il montrait le ciel.

On revint à la maison où le pauvre paralytique avait dû rester seul avec une voisine.

Aussitôt qu'il aperçut Christophe, il fit un effort pour lui tendre les mains en disant d'une voix presqu'inintelligible :

— Chris... Christophe... C'est donc fini, c'est fini, plus personne, la maison.... vide.... je l'ai vue, la pauvre chère enfant... pour la dernière fois... la dernière... Ah ! mon Dieu, mon Dieu !

Christophe, sans répondre autrement que par des larmes, poussa les enfants dans les bras du vieillard, qui les pressa tous les deux à la fois sur son cœur avec des sanglots.

***

Christophe a tenu religieusement sa promesse. Nommé tuteur des orphelins, il s'est chargé seul de toute la famille. Marie a été placée dans un des meilleurs pensionnats de Paris où elle se prépare à sa première communion. M. Dupré et le petit Joseph restent avec l'artiste. L'enfant apprend, sous un maître habile, la musique pour laquelle il témoigne des dispositions singulières. Il résulte de tout cela, pour Christophe, de grandes dépenses, et

8

son budget a tout au moins triplé ; mais l'artiste
suffit à ce lourd fardeau, grâce aux progrès toujours
croissants de son talent. Il compte maintenant
parmi les peintres emminents. S'il n'a pas, au premier coup d'œil, la grâce séduisante du coloris, on
apprécie, dans son œuvre, la fermeté du dessin, la
solidité de la touche, une exécution large, et surtout
l'énergie de l'expression. Au contraire de beaucoup
d'hommes d'intelligence, chez lesquels les fièvres
du cerveau étouffent le sentiment, Christophe a du
génie à force de cœur.

L'HORLOGÈRE

I

Les époux Odoul étaient mariés depuis quelques mois à peine, et dans les conditions les plus favorables pour le bonheur de tous deux.

M. Odoul, horloger en chambre, mais travaillant à son compte, et sûr d'une nombreuse clientèle dont sa probité, son exactitude, non moins que son habileté lui conciliaient l'estime, n'avait point à redouter les chômages. Non-seulement le produit de son travail suffisait aisément aux dépenses du jeune ménage, mais encore chaque mois il lui permettait de porter quelques économies à la Caisse d'épargne. Il faut dire que si M. Odoul était un ouvrier modèle, laborieux, rangé, sobre, économe, ne mettant jamais le pied dans un café, et délassé des fatigues de la journée par un sourire de sa femme, celle-ci,

pour nous servir d'une expression vulgaire mais
énergique, était la raison et la sagesse en personne.
Heureuse d'une toilette conforme à sa position et
curieuse uniquement d'être belle pour son mari,
elle se parait de propreté, de simplicité plus encore
que d'élégance, et savait être charmante avec un
bonnet sans rubans et un peignoir d'indienne. Ce
n'était point encore le temps où florissaient la crino-
line et toutes ces inventions nouvelles et sottes qui
semblent prospérer par le ridicule ; mais d'autres
extravagances, chères à la mode, faisaient fortune
et tournaient les têtes féminines, même celles que
les nécessités de position et le bon sens devaient
garder de tels écarts. Mme Odoul ne donna point
dans ce travers. Elle resta, au-dehors comme au-
dedans, la femme de l'artisan, aisé à la vérité, et ne
songea point, par le luxe de ses robes et de ses cha-
peaux, à éclipser la femme du propriétaire.

N'ayant pas d'enfants pour l'occuper, se levant
tôt, se couchant tard, et, grâce à son activité,
promptement débarrassée des soins de son petit
ménage, la jeune femme se trouvait avoir souvent
plus de loisir qu'elle ne l'eût désiré. On se fût miré
dans les carreaux de sa chambre, comme dans la
pièce la plus vulgaire de sa modeste batterie de
cuisine ; et sur tous les meubles on eût cherché
inutilement un atôme de poussière. Son linge, qui

lui devait (le linge fin au moins) sa blancheur éblouissante et sa bonne odeur, neuf pour la plus grande partie, réclamait peu son aiguille. Puis, comme avec des yeux de lynx, elle le visitait régulièrement et n'attendait point, pour les reprises, le trou ou la déchirure qui fait craindre l'élimage ; elle diminuait singulièrement sa tâche et il lui restait bien du temps encore. Ce temps, toujours précieux, elle ne s'avisa pas, comme des dames ou des demoiselles que je connais, de l'employer à lire des feuilletons. Elle n'imagina pas de faire de la tapisserie pour des meubles dispendieux, ou des broderies, petit travail pour rire, amusement et contenance de la demoiselle du monde assurée d'une belle dot. Jalouse d'aider à son mari, et ne voulant pas que sur lui seul pesât tout le fardeau, elle songea à grossir, elle aussi, le budget commun de ses gains de chaque jours. Mais, ne trouvant pas à occuper son aiguille assez à son gré et d'une manière suffisamment lucrative ou peut-être par l'instinct d'une secrète vocation, elle s'avisa d'une autre idée. Aussitôt, son humble besogne de ménagère terminée, elle venait s'asseoir auprès de son mari, et, tout en cousant , mais non sans se piquer fréquemment les doigts par suite de la distraction, elle suivait d'un œil intelligent, souriante et curieuse, la main de l'horloger, occupé de sa difficile et délicate besogne. Plus d'une

fois son mari, levant les yeux, surprit les regards de
la jeune femme absorbée dans cette contemplation
qui lui faisait oublier de tirer l'aiguille.

— Cela t'amuse donc bien, lui disait-il parfois en
riant, de me voir travailler? Ah? çà, est-ce que tu
voudrais apprendre le métier par hasard, et devenir
mon apprentie?

— Je ne dis pas non, et n'était la peur de t'ennuyer et de faire perdre de temps, vois-tu bien....

— Petite folle, va, tu en aurais bientôt assez
et moi aussi. Cela ne s'apprend pas en quelques
heures, comme à chiffonner un ruban, ni même en
quelques mois. Il faut des années d'un apprentissage pénible, et encore plus d'un réussit à peine à
faire un ouvrier passable, moi tout le premier, car
vois, pour avoir levé le nez et prêté l'oreille à tes
sornettes, je ne sais plus où j'en suis de mon cha-
billage.

— Il me semble, reprit la jeune femme timidement, que c'est cette petite pièce, là, sous la cloche
à droite, que tu prends d'habitude,

— Tiens! c'est vrai, dit joyeusement le mari, tu
as de bons yeux, ma Louise, des yeux meilleurs
presque que les miens avec la loupe, et de la mémoire encore plus. Décidément tu as de la vocation,
et si quelque jour je me sens du loisir et surtout de
la patience (ce dont je doute un peu), je te prends

comme mon apprentie, à la condition, bien entendu,
que la cuisine n'en souffrira point, et que tu ne me
feras pas manger du rôti braisé, c'est-à-dire en
braise ou de la soupe au gratin.

— Pour cela, tu dois être tranquille, et l'amour
de l'art ne me tournera pas à ce point, la cervelle.
Tu peux ne m'accepter qu'à l'assai, d'ailleurs.

— Vraiment prendrais-tu la chose au sérieux, ne
vois-tu pas que je plaisantais ? Tu peux en juger toi-
même, sac-à-papier, comme dit ma mère-grand ;
occupé autant que je le suis, je n'ai guère de temps
à perdre pour faire des élèves. Encore si je pouvais
utiliser mon apprentie pour les courses, mais ce
n'est pas corvée qui convienne à une jeune et gentille femme. Tiens, justement voilà trois heures et il
faut que j'aille à l'autre extrémité de Paris pour
une montre que j'ai promis de rendre aujourd'hui
même. Ces diables de pratiques, c'est comme un
fait exprès, les voilà toutes qui semblent se donner
le mot pour aller demeurer aux Batignolles. J'en
ai pour deux ou trois heures au moins de cette
promenade. Adieu, mignonne, un baiser et je me
sauve ; car le Monsieur, galant homme du reste,
mais exact comme mon meilleur régulateur, n'ad-
met pas une minute, pas même quelques secondes
de retard. Il a dit quatre heures, et, à quatre heures sonnant, il faut que je carillonne à sa porte. A

bientôt ! mais méfie-toi, en rentrant j'aurai faim, et il me faut double ration aujourd'hui.

Et, après avoir embrassé sa femme, l'horloger sortit en courant.

II

Mais à peine la porte se fut refermée sur lui, la jeune femme quitta vitement sa chaise et vint s'asseoir à la place que son mari laissait vacante. Pendant quelques instants, elle examina, avec une attention qui semblait absorber toutes ses facultés, la montre restée sur l'établi presque entièrement démontée et dont elle avait toutes les pièces sous les yeux. Puis elle étendit la main, et, non sans quelque hésitation d'abord, toucha la précèle (1) toucha la loupe, et chacune des pièces l'une après l'autre. Sa main tremblait comme si elle eut eu la fièvre. Elle respirait avec effort, comme haletante et sous le coup d'une violente oppression.

— Si j'osais, murmura-t-elle. Il me semble que maintenant... J'ai bien observé comment s'y prend mon mari. Je connais toutes les pièces et la place de chacune d'elles. Pourquoi n'essaierais-je pas? Je suis presque sûre de réussir et qu'il ne s'apercevra de rien. Et après tout, j'en serai quitte pour une

(1) Nom de la pince dont se sert l'horloger.

gronde et un baiser. Je me risque, tant pis ! Mais
d'abord un coup d'œil à ma cuisine afin de n'être
pas en retard et pour qu'il ne se doute de rien.

Après s'être assurée que son rôti cuisait à la
température convenable, la jeune femme revint
s'asseoir à la table d'horlogerie et prit résolument
la loupe d'une main et la pince de l'autre.

— Enfin, tant pis, tant pis, dit-elle, les doigts me
brûlent et je n'y tiens plus. Je ne veux pas manquer
une si belle occasion. Du courage ! Et ! mais, avant
de commencer, reprit-elle en se levant, si je faisais
une petite prière au bon Dieu et à la Sainte Vierge ?
Comment n'y pensais-je pas d'abord ? Ce n'est pas
mal après tout ce que j'entreprends, et au contraire,
puisque je ne veux travailler qu'à bonne intention,
pour que ce cher ami se donne un peu moins de
peine. Je puis, en toute confiance, demander au
Seigneur qu'il bénisse mes projets.

Et, s'agenouillant devant le crucifix placé près du
lit, elle pria quelques instants avec ferveur puis, se
relevant plus calme, avec cette sérénité de la pleine
confiance qui se sent sûre d'être exaucée, elle se
remit à la table de travail. D'abord, comme dans le
récit du fabuliste, elle :

S'y prit mal, puis un peu mieux, puis bien.

Mais ce ne fut pas sans des tâtonnements, des hésitations, des méprises même, et toujours avec la crainte que telle de ces pièces si tenues souvent dont se compose l'engrenage compliqué du mouvement, ne vint à lui échapper ou à se briser entre ses doigts inexpérimentés. Plus d'une fois, arrêtée par un obstacle inattendu, étonnée, en touchant certains rouages dont elle ne voyait pas immédiatement l'emploi, elle eut des moments d'angoisse et se sentit presque défaillir, pâle et découragée. La besogne avançait si lentement à son gré et la pendule marchait si vite. Quoi ! si son mari venait à rentrer avant que tout fût remis en place et en ordre, et qu'il la surprît en flagrant délit de curiosité, presque désobéissance !... Et, s'il faut l'avouer l'amour-propre était bien aussi pour quelque chose dans son inquiétude. La sueur, comme à la suite de la plus énorme fatigue, perlait par instants à larges gouttes sur le front de la jeune femme. Mais aussi quelle satisfaction, quel joyeux cri de triomphe, quand à force de patience et d'obstination, le succès eut récompensé ses efforts et qu'elle vit la montre remontée entièrement et prête à marcher, si elle l'eût voulu ! Mais tout au contraire, elle se hâta de la démonter aussi vite que possible, besogne au reste qu'elle trouva moins difficile que la première.

Elle posait sur la table la dernière pièce quand la
pendule sonna six heures.

— Six heures, s'écria-t-elle stupéfaite et comme
si elle sortait d'un rêve, six heures ! mais ce n'est
pas possible. Il me semble qu'il n'y a pas dix minutes que je me suis assise là. Ah ! sotte, et mon
mari qui va rentrer. Et mon dîner que j'oubliais et
qui brûle si j'en juge par l'odeur.

Elle courut à son fourneau et trouva, qu'en effet,
les pigeonneaux, par elle oubliés dans la casserole,
étaient en train de se carboniser, tandis que son
potage, réduit à l'état solide, pouvait se servir tout
d'une pièce en façon de gâteau. Le bouillon manquant à la ménagère il lui fallut recourir à la fontaine ; encore, forcée d'employer l'eau avec discrétion, ne réussit-elle qu'imparfaitement à ramener
sa semoule à l'état liquide. Le mari rentra sur ses
entrefaites ; il embrassa sa femme ; mais celle-ci
fut étonnée et inquiète de ne plus lui voir le même
air joyeux qu'il avait en partant. Tout au contraire,
il semblait rêveur, préoccupé, triste même ; il fit
maigrement honneur au dîner et ne parut pas s'a-
percevoir des mésaventures de la cuisinère, qui
d'abord tremblait de s'entendre gronder, sans avoir
une excuse spécieuse à présenter.

— Mais qu'as-tu donc, mon ami ? dit à son mari
la jeune femme dont les regards exprimaient une

tendre sollicitude, qu'as-tu ? Tu ne manges pas, tu
ne me dis rien. Quelle contrariété inattendue ?....
T'aurais-je fâché sans le vouloir ? Ma cuisine, à la
vérité, est un peu... faible aujourd'hui.

— Non vraiment ! Elle est parfaite, au contraire.

— Oh ! parfaite ! voilà qui me prouve que tu es
distrait et que bien décidement tu as quelque chose,
si ce n'est pas contre moi...

— Contre toi, bonne et belle (c'était le petit nom
d'amitié qu'il lui donnait parfois) contre toi, Louise,
que j'aie de l'humeur, et pourquoi ? Est-ce que tu
m'en donnes jamais l'occasion ? N'es-tu pas pour
cela trop sage, trop gentille, gentille pour que ton
bourru de mari, même alors qu'il prend ses mines
de hibou ? Tu peux être tranquille, chère petite, tu
n'es pour rien....

— Ah ! j'avais donc raison ; et il a bien réel lement quelque chose qui t'occupe ?

— Eh bien oui, amie, il faut bien te le dire puisque je ne saurais rien te cacher et ne puis me taire
pas plus que mentir. Figure-toi, qu'en revenant des
Batignolles, j'ai rencontré notre docteur, et quelque temps nous avons fait route ensemble.

— Je ne vois rien là....

— Ecoute jusqu'au bout. Tout en marchant je
lui parlai de ces douleurs de tête dont je souffre
parfois et aussi de certaine fatigue dans la vue

à la suite de quelque veille laborieuse. Il devint
grave et après avoir réfléchi tout en m'examinant
attentivement, il me dit qu'il fallait prendre garde
à ces symptômes, me ménager davantage ; car,
sans vouloir m'alarmer, ajouta-t-il, il ne devait pas
me le dissimuler, on pourrait craindre que ces petits
accidents ne fussent les préludes, vagues sans doute
encore, d'une affection ophtalmique, d'une amau-
rose peut-être. Cette confidence, je te l'avoue, m'a
tout bouleversé, et, à la seule pensée d'un tel malheur, j'ai senti.... Oh ! une angoisse ! une terreur !... moi aveugle, conçois-tu, chère, aveugle à
mon âge !

— Pauvre amie dit la femme toute émue, et avec
l'accent de la tendre affection. Le docteur avait bien
besoin.... La première fois que je le verrai, il peut
compter sur mon compliment, t'effrayer ainsi ! Mais
nous n'en sommes pas là.... grâce au ciel, ces Messieurs de la faculté ne sont pas infaillibles. Tous
les jours on entend parler de leurs bévues même
aux plus habiles.

— Oh ! je sais bien, reprit le mari devenu moins
soucieux, je sais bien qu'il ne faut pas toujours
prendre à la lettre.... s'effrayer trop vite....

— Je ne mets pas, d'ailleurs, en doute le savoir
et l'expérience de ces Messieurs, de notre docteur
en particulier. Seulement tu n'ignores pas, ami,

qu'il est un peu de l'école de M. Tantpis et que, jugeant tous les malades des étourneaux sans raison,
il est prompt à leur mettre, comme on dit, la puce
à l'oreille, crainte des imprudences.

Quoiqu'elle s'efforçât ainsi de rassurer gaîment
son mari, la jeune femme n'en resta pas moins quelque temps sous le coup de cette confidence qui
l'avait vivement émue ; et ce lui fut un motif de
plus de persévérer dans ses projets. Le pressentiment d'un malheur la tourmentait et ajoutait par
un motif sérieux à l'attrait vif autant que singulier
qu'elle éprouvait pour le métier d'horloger.

III

Elle continua, toujours de plus en plus attentive,
à suivre du regard le travail de son mari, en s'essayant à mettre à profit ces leçons indirectes aussitôt qu'elle se trouvait seule, ce qui arrivait assez
souvent. M. Odoul sortait forcément chaque jour
pendant un temps plus ou moins long, soit pour des
courses chez les fabricants, soit pour des remon-
tages de pendules chez ses pratiques. Il suffit d'une
heure ou deux employées chaque jour par la jeune
femme à de nouveaux essais pour, qu'au bout de
de quelques semaines, elle connût les éléments du
métier et pût démonter et remonter le mouvement
le plus compliqué presque avec l'habileté d'un ouvrier. Et elle avait eu ce bonheur, grâce d'ailleurs
à une extrême prudence, qu'aucun accident ne la
trahît, auprès de son mari dont la surprise, plus
tard, devant ses progrès, devait être pour elle une
petite fête et une innocente vengeance. Il ignorait
si complètement qu'il avait en elle une élève dans
son art, qu'elle pouvait impunément se permettre,

en tapinois, quelques malices, dont elle s'amusait toute seule ensuite comme un pensionnaire. Plus d'une fois, il arriva que l'horloger, en prenant le matin une montre qu'il avait placée la veille sur la table avec l'intention de procéder le lendemain au nettoyage, trouva la besogne faite. La jeune femme avait profité d'une absence dans l'après-midi ou la soirée pour se donner ce plaisir.

— Mais c'est singulier, disait alors le mari, incroyable ! j'aurais parié n'avoir pas touché à cette montre et cependant je la trouvé nettoyée et en parfait état. Je me savais un peu sujet aux distractions, femme, mais, vraiment, cela devient trop fort, et pour peu que je continue, j'en viendrai, comme ce Monsieur de l'histoire, à faire de véritables sottises, à mettre dans la poche ta pantoufle pour mon livre de messe, et prendre à l'église le chapeau du pauvre homme pour le bénitier. J'en viendrai à oublier le numéro de la maison et jusqu'à mon nom.

— Le mien aussi ? demanda la jeune femme avec un malicieux sourire.

— Oh ! pour cela impossible ! ce n'est chez moi que la tête qui a de ces oublis ; et ton nom il est là au plus profond de mon cœur. Ne crains rien, va, ceux que j'aime, ma Louise, je les aime bien.

— Et ils te le rendent ! reprit Madame Odoul, en

tendant la main à son mari avec le sourire du bonheur.

— Après cela, je me trompe peut-être ; cette montre sans doute ne m'avait pas été remise pour le
nettoyage, mais pour quelque réparation ; je verrai,
à moins, que par hasard, je sois somnambule et que
je me relève la nuit pour travailler.

Et la jeune femme, à cette idée de rire aux éclats
et de se moquer de son mari qui du reste ne semblait
pas parler sérieusement. Toutefois, voyant que ce
qu'il jugeait ses distractions et ses étourderies finis-
sait par le préoccuper réellement, elle s'abstint de
ces espiègleries, ou ne se les permit que plus rarement et pour ménager la transition. Cependant elle
continua son apprentissage ; mais, les premières
difficultés surmontées, elle se vit plus souvent arrêtée et elle ne tarda pas à comprendre que sans quelques conseils plus directs, elle n'avancerait pas
aisément dans la pratique. Pourtant elle ne voulait
pas s'ouvrir encore à son mari. Une circonstance
imprévue et toute providentielle vint la tirer d'embarras. Des affaires de famille, qui ne souffraient
pas de retard, obligèrent son mari à s'absenter
pour un voyage de quelques semaines. Encore que
ce fût pendant la morte-saison, il voulait, pour ne
pas mécontenter sa clientèle, qu'on pût donner
satisfaction aux plus pressés. Prendre un ouvrier

chez lui, d'un autre côté ce n'était pas possible,
puisqu'il laissait la jeune femme seule à la maison.
Il ne lui convenait pas davantage d'envoyer les pratiques chez quelque autre qui, peu délicat, eût cherché à les retenir pour lui-même. Grand embarras !
Par bonheur, il eut, sur ces entrefaites, la visite
de son vieux maître d'apprentissage, retiré aux
Petits-Ménages avec le peu qui lui restait de ses
économies, englouties, pour la plus grande partie, dans une banqueroute. Voyant la perplexité
de M. Odoul, le digne vieillard s'offrit à venir chaque jour passer quelques heures chez son ancien
élève pour la besogne courante.

— Avec cette tête-là, dit avec un sourire le sep-
tuagénaire en touchant son front chauve et ses
cheveux tout-à-fait blancs, il n'y a pas à craindre
le babil des méchantes langues à propos de mes
visites. J'ai deux fois l'air du grand-papa de ta
gentille femme.

L'offre fut acceptée avec reconnaissance et Mme
Odoul, en particulier, remercia avec effusion le digne homme de sa complaisance qu'elle comptait
bien mettre à contribution largement. En effet, son
mari parti, dès la première visite du vieillard qu'attendaient, avec le plus gracieux accueil, un friand
goûter et certaines chatteries qui ne pouvaient dé-
plaire à un pensionnaire des Petits-Ménages, elle

lui fit, sous le sceau du secret, confidence de ses
projets et termina en disant qu'elle avait compté
sur l'obligeance du vieux maître d'apprentissage
de son mari pour achever de l'initier aux secrets du
métier. Le bonhomme, dans l'admiration surtout
quand il l'eut vue à l'œuvre et qu'il eut jugé de son
intelligence et de son adresse parce qu'elle avait appris seule, promit de n'épargner rien pour qu'elle de-
vînt en peu de temps une artiste consommée. Et il tint
parole ; pendant les quelques semaines que dura le
voyage de M. Odoul, le vieil horloger, ancien élève
de l'illustre Bréguet, mit un tel zèle dans son en-
seignement, et la jeune femme, de son côté, grâce
à son intelligence et à sa dextérité en profita si
bien, qu'elle pouvait maintenant triompher de toutes les difficultés et achever seule de se perfection-
ner. Ce qu'elle fit quoique moins assidûment après
le retour de son mari. Pendant quelque temps même
elle dut suspendre presque complètement, forcée de
s'occuper d'un travail bien différent, de la layette
d'un marmot de l'un ou de l'autre sexe, qui promettait de faire incessamment son apparition dans
le monde et de venir ainsi ajouter au bonheur du
jeune ménage.

Au bout de quelques mois, en effet, Mme Odoul
était mère d'une jolie enfant, comme disent les
bonnes gens, un amour de petite fille, qu'elle et

son mari ne se lassaient pas de couvrir de baisers;
et souvent penchés à la fois sur le berceau, se souriant à l'envi, ils se disputaient les caresses du
chérubin.

— Vraiment, bonne et belle, disait parfois M.
Odoul à sa femme, nous sommes trop heureux, c'est
le paradis sur la terre. J'ai peur de quelque malheur
et que cela ne dure pas.

— Oh ! répondait en riant la jeune femme, n'aie
donc pas de ces idées ; jouissons de ces beaux jours
que le bon Dieu nous envoie et ne songeons qu'à
l'en remercier. La croix, sans doute, viendra pour
nous comme pour les autres, car tous ont la leur.
Mais ayons confiance que le bon Dieu alors, en nous
l'envoyant, nous donnera le courage. Demandons-
lui dès à présent de nous épargner les épreuves les
plus douloureuses ou de nous les alléger par la
résignation.

Quoique nourrice maintenant en même temps que
ménagère et de plus en plus occupée, Mme Odoul
ne perdait pas absolument de vue son grand projet.
Bien qu'elle aimât son enfant, en mère tendre et
dévouée, elle ne prétendait pas qu'il fût pour elle
un prétexte à l'oisiveté. Elle eut trouvé ridicule et
blâmable de jouer comme une petite fille des journées entières à la poupée et de tenir sur les bras
l'enfançon qui pouvait tout aussi bien et même

9.

mieux dormir dans son berceau. La chère bambine
d'ailleurs était douée du plus heureux naturel qu'on
ne gâta point en cédant tout d'abord pour l'apaiser
à ses impatiences et à ses caprices. La mère put
ainsi, tout en veillant sur son trésor avec une constante et ardente sollicitude, continuer à s'occuper
de son intérieur ; et, sans que rien ne souffrit, profiter souvent des absences de son mari pour reprendre la pince et la loupe, afin, suivant l'expression
des gens du métier, de ne pas perdre sa main.
Aidée, au besoin, par les conseils du vieux maître
d'apprentissage, elle devint ainsi, toujours à l'insu
de son mari, réellement une ouvrière habile.

IV

Plus d'une année s'était écoulée depuis la naissance de l'enfant, qu'on avait pu sévrer depuis
quelques jours. La jeune femme n'avait plus à
craindre, à cause de son lait, le danger si terrible
souvent en pareil cas, des soudaines émotions, et ce
fut bien heureusement, car une cruelle épreuve
vint la frapper tout à coup. Une après-midi elle
travaillait, s'inquiétant de ne pas voir rentrer son
mari sorti depuis plusieurs heures, quand, soudain,
elle entend dans l'escalier un bruit de pas précipités, puis on sonne vivement à la porte ; elle court
ouvrir, et on voit entrer sa concierge qui lui dit
d'une voix haletante :

— Madame.... pauvre Madame, je monte bien
vite pour vous prévenir.... Vous préparer.... au
malheur !

— Un malheur, s'écria Mme Odoul éperdue. Qu'y
a-t-il ? qu'est-ce ? mon Dieu ! mon mari ! c'est mon
mari sans doute.... mort peut-être ?

— Oh ! non, rassurez-vous, bonne Madame.

Grâce au ciel, le malheur n'est pas si grand, quoique l'accident ait été grave. Votre mari n'est que blessé, sûrement il s'en tirera.

— Mais au nom du ciel, où est-il ?

— Je l'ai laissé dans un fiacre en bas où il était comme évanoui. Mon mari avec un autre Monsieur s'occupait à le faire revenir.

Mme Odoul n'avait pas entendu la fin de la phrase ; et la concierge parlait encore, que déjà la jeune femme se trouvait en bas de l'escalier, pour tendre les bras à son mari horriblement pâle et qui sortait du fiacre appuyé ou plutôt porté sur les bras du concierge et du cocher, aidés d'une autre personne. Il avait du sang à la figure ; le sang tachait ses vêtements souillés aussi de boue ; et sa main droite pendait enveloppée d'un mouchoir tout ensanglanté.

— Mon pauvre ami, dit la jeune femme tout en larmes, en embrassant le blessé. Mais que t'est-il donc arrivé ? Comme tu es pâle ? Et ces blessures, et ce sang, d'où viennent-ils ?

— Chère femme ! chère.... bonne ! Dieu soit loué, si je meurs, du moins maintenant, ce sera dans tes bras.

— O mon Dieu, se pourrait-il ? serait-ce aussi grave ?

— Non, non, amie, ne t'effraie pas. Quoique j'aie

été un peu violemment secoué. Ce n'est rien, ce n'est rien. Tu sauras !.... là-haut je te dirai.... mais d'abord qu'on m'aide à monter.

Le pauvre blessé, ne se soutenant qu'avec effort, fut porté jusqu'à sa chambre, où, étendu sur le lit, il s'évanouit de nouveau. Pendant que sa femme s'occupait à le faire revenir, un médecin du voisinage, amené par la concierge, visitait ses blessures. Après s'être assuré qu'il n'y avait à la poitrine qu'une simple contusion, il enleva le mouchoir qui couvrait sa main et alors celle-ci apparut sanglante, déchirée, mutilée, comme si elle eut été prise et broyée dans l'engrenage de quelque horrible machine. Tel n'était point cependant l'accident qui avait eu pour l'infortuné des suites si cruelles, et qui menaçait de le priver peut-être complètement de l'usage de sa main.

M. Odoul, comme sa femme l'apprit ensuite d'un témoin oculaire, descendait, pour revenir à son domicile, fort tranquillement la rue de Vaugirard, lorsque tout à coup il entend derrière lui de grands cris et un fracas de voiture. Il se retourne et il aperçoit à quelque distance un vigoureux cheval attelé à une lourde charrette qu'il entraînait comme il eût fait d'une brouette. Emporté d'un galop furieux, son conducteur laissé derrière sans doute, l'animal descendait fougueusement la rue et devant lui on s'écartait avec épouvante. Odoul, rasant les maisons, n'avait rien à craindre ; mais au milieu de la rue, à quelques pas devant lui, des enfants, surpris dans leur jeux, couraient les plus grands dangers. Deux surtout, un petit garçon et une petite fille, le frère et la sœur sans doute, en voulant se sauver, étaient tombés, et, embarrassés l'un dans l'autre, il était infaillible que cheval et charrette leur passeraient sur le corps avant qu'ils pussent se relever. Et cependant, de l'autre côté, au deuxième étage, une malheureuse femme, la mère sans doute, avec des cris de désespoir et d'horrible angoisse, debout sur la fenêtre, le corps penché en avant, semblait prête à se précipiter au risque de se briser sur le pavé pour courir au secours des pauvres petits. Elle l'eût fait sans doute, si tout à coup les bras d'une autre femme ne l'eussent enlacée et retenue de force. M. Odoul cependant avait vu d'un coup d'œil l'imminence du péril en même temps que les chances de salut. Une seule presque s'offrait.... qu'on arrêtât court le cheval furieux avant qu'il pût arriver jusqu'aux enfants. Mais, quel bras assez vigoureux, quel cœur assez intrépide pour cela ? Qui oserait se dévouer au risque d'être renversé et broyé sous les pieds de l'animal ? Aussi tous fuyaient avec terreur.

Mais Odoul, avec l'élan de son généreux cœur et

au cri de la mère surtout, ému dans ses entrailles de père, ne put rester spectateur impassible de la terrible scène. Calculant la distance avec autant d'audace que de sang-froid, d'un bond il est au milieu de la chaussée, à quelques pas en avant des enfants qu'il couvre de son corps, et saisissant des deux mains la bride du cheval au moment où il arrive sur lui à fond de train, par un puissant effort il l'oblige à reculer. Mais l'animal, plus furieux et se cabrant, enlève presque de terre le vaillant jeune homme qui lutte désespérément pour le maîtriser. Il y réussissait, et déjà les enfants, entraînés par des mains courageuses, étaient sauvés, quand le cheval fit un écart, qui saisissant la main droite de M. Odoul, rejeté violemment en arrière, il s'efforça de la broyer entre ses dents. La douleur fut horrible pour le jeune homme déjà affaibli par un coup de pied reçu en pleine poitrine. Il lâcha la bride et, rendant le sang par la bouche et par les narines, il roulait à terre, sous les pas du cheval, s'il n'eût été retiré à temps par des ouvriers accourus d'un chantier voisin et qui bientôt, en réunissant leurs efforts, furent maîtres du cheval. M. Odoul, à moitié évanoui, porté d'abord dans une pharmacie, dès qu'il eut repris ses sens, supplia qu'on le conduisît chez lui ; et c'est ainsi que, placé dans un fiacre et accompagné par un des témoins de la scène ra-

contée par nous, il avait été ramené dans sa maison.

V

Le docteur, après le premier appareil posé sur la blessure, déclara qu'il reviendrait le lendemain matin avec un confrère et, qu'à la suite de la consultation, aurait lieu, l'opération et peut-être l'amputation si elle était jugée nécessaire ce qui semblait malheureusement bien à craindre. En effet, le lendemain, le docteur et son confrère, d'après l'état des plaies déclarèrent l'amputation de plusieurs phalanges et les plus utiles d'une nécessité impérieuse, immédiate. A cette condition seulement ils pouvaient répondre de la vie du blessé : mais d'ailleurs ils ne dissimulaient pas que la plaie faite dans les tissus déchirés, longtemps douloureuse, ne se guérirait que fort lentement. Et même alors la main mutilée comme l'avant-bras, atteint dans les nerfs essentiels, ne rendraient plus les même services gênés par de l'engourdissement et de la raideur. Il fallut bien se soumettre à la décision des docteurs et l'opération eut lieu sans retard avec un succès complet d'ailleurs. Il est vrai que M. Odoul, qui avait retrouvé toute son énergie, la subit avec

un courage stoïque ; le désir de ne pas ajouter à
l'affliction de sa femme lui fit supporter avec calme
presque avec le sourire aux lèvres, l'angoisse des
plus cruelles souffrances. Il sentait doubler son courage quand les regards de la pieuse épouse, fixés
sur lui avec une ineffable compassion, lui disaient
qu'elle souffrait, par le cœur autant que lui de ses
douleurs. Et avec quelle douce joie, oubliant son
mal, le pauvre blessé vit le visage de la jeune femme
s'illuminer d'une expression presque céleste, quand
le médecin murmura d'un air satisfait ; « C'est fini,
vous pouvez être tranquille. Rien à craindre maintenant. » Il est si bon de se savoir aimé d'un amour
sincère. Et l'affection de la jeune femme, cette affection chaste, ardente, dévouée, semblait accrue
encore depuis la veille et son mari à ses yeux s'était
comme transfiguré par l'héroïsme de son dévouement. Aussi, pendant les jours et les nuits qui suivirent, elle veillait empressée et inquiète dans sa
sollicitude presque jalouse et jamais assez rassurée,
bien que le médecin lui répétât chaque matin et
d'une manière plus affirmative que la guérison était
certaine quoique lente. Puis combien n'était-elle pas
heureuse des témoignages de cordiale sympathie
prodigués au blessé ! Nous aimons à pouvoir dire
que les plus empressés à venir, dès le premier jour,
le matin et le soir, s'informer de l'état de M. Odoul,

furent le père et la mère des enfants qu'il avait, on sait à quel prix, sauvés d'une mort certaine. L'ingratitude, à la vérité, eût été odieuse, mais, hélas ! on en voit souvent de si tristes exemples. Il n'en fut pas ainsi cette fois, grâce au ciel.

Ces braves gens appartenaient tout-à-fait à la classe populaire ; le mari était ouvrier menuisier, la femme faisait des racommodages. Ils témoignaient pour le blessé d'un intérêt vif et sincère, et, avec des accents où l'on sentait le cœur, ils semblaient ne pouvoir se lasser de le remercier, de remercier surtout la jeune femme d'un service qu'ils disaient avec raison le plus grand qu'on pût leur rendre. C'étaient là pour M. Odoul des consolations réelles et bien faites pour adoucir l'épreuve si cruelle qu'elle fût. En effet, les premiers jours surtout, malgré de vives souffrances, il paraissait nonseulement calme, résigné, mais presque gai, et c'était avec un front serein et le sourire aux lèvres qu'il accueillait les visiteurs. Pourtant sa femme crut remarquer que souvent, quand elle tournait la tête ou paraissait occupée dans l'autre pièce, le malade qui ne se croyait pas observé, devenait sombre, et son regard se fixait avec une expression poignante de tristesse sur le berceau dans lequel jouait ou dormait leur enfant. Une après-midi même, entrant tout à coup, elle surprit son mari,

qui commençait à se lever, assis près de l'enfant
endormie et la contemplant d'un air de douleur
pendant que de grosses larmes coulaient sur ses
joues.

— Mais, mon pavre ami, dit la tendre épouse
courant à lui, oh ! maintenant j'en suis certaine,
cette fois encore tu ne me dis pas tout ! non, non,
tu ne me trompes pas avec tes sourires. Il est quelque chose qui te ronge et te torture et sans doute
tu le tais, crainte de m'affliger. Crois-tu donc que
je ne souffre pas plus cruellement de ton silence ?
Allons, qu'as-tu ? souffres-tu davantage de ta pauvre main ?....

— Non, ma Louise, non, bonne, dans la main
sans doute je ressens toujours mes élancements ;
mais ce n'est pas là pourtant que je souffre le plus,
là surtout est mon mal.

Et il portait la main à sa poitrine.

— Au cœur ?

— Oui, au cœur ! murmura-t-il d'une voix
étouffée.

— Et pouquoi ! Et comment donc ? Est-ce qu'il
te manque quelque chose sous ce rapport, et n'es-
tu pas riche, riche de ces trésors les plus précieux
de tous, les trésors de l'affection ? A ton malheur, si
cruel qu'il soit, n'est-il pas une compensation ? Ces
amis si dévoués, ta femme qui t'aime, le bon Dieu

sait comment, ta si gentille enfant, notre chérubin....

— Ah ! interrompit l'infortuné avec un profond
soupir, presqu'un sanglot, c'est-là surtout d'où vient
mon tourment. Vous mes bien-aimés, vous qui
remplissez mon cœur, vous faites à la fois ma consolation et ma douleur.

— Comment cela ?

— Tu me le demandes ? Quoi ! faut-il te le dire,
chère femme ? Oh ! ne comprends-tu pas mon inquiétude et que j'aie pour vous, mes saints amours,
le souci incessant, dévorant de l'avenir ? Puis-je ne
pas songer que nos économies ne dureront pas toujours, que les dépenses vont vite, trop vite, avec la
maladie ? Et alors veux-tu que je ne me dise pas
que, nos ressources épuisées, je ne pourrai rien
pour vous, la faim vient-elle frapper à notre porte,
s'asseoir à notre foyer ! Avec cette main mutilée,
avec ce bras pour longtemps presque paralysé, chère
femme, ne sais-tu pas que j'ai perdu notre gagne-
pain à tous, notre richesse, notre fortune ? Moi,
votre soutien, je deviens une charge et inutile fardeau. Non, bonne, non, je ne doute pas de la Providence, crois-le bien, j'ai confiance en Dieu. Mais
enfin je ne puis vouloir l'impossible. Que sera le
travail de ton aiguille, pauvre amie, absorbée déjà
par le soin du ménage, de l'enfant et du triste inva-

lide ? Quelle ressource aurons-nous autre que les aumônes de la charité ?

— Et voilà, dit la jeune femme avec un sourire et une larme, voilà la cause de ton chagrin, la seule? la pénible préoccupation de l'avenir, la crainte de voir ta femme souffrir de la misère, la crainte aussi de ne pouvoir élever, comme le veut ton cœur, notre chère enfant ?

— Assurément ! c'est parce que je vous aime, c'est à cause de vous !...

— Et cette crainte dissipée, tu redeviendrais calme et tu retrouverais, ami, ton bon sourire et ta gaieté?

— Certes ! mais par malheur, c'est là tout simplement le miracle impossible. Et à moins d'une fortune qui nous tombe du ciel, à moins d'un oncle inconnu qui, revienne de la Californie d'où l'on ne revient guère, je ne vois pas par quel moyen !...

— Il n'est pas besoin d'un prodige; et le moyen, dont se servira la Providence pour nous tirer d'embarras, et plus simple est à notre portée. Nous l'avons; grâce à Dieu, chez nous, sous la main.

— Je ne comprends pas.

— Tu ne peux plus, toi, mon pauvre ami, travailler de longtemps au moins, mais d'autres le peuvent à ta place.

— Oui, en les payant.

— Ta clientèle nous reste, une clientèle excellente.

— La belle avance.

— Quoi, si un ouvrier courageux, dévoué, assez intelligent s'offrait ?....

— D'abord il faudrait le trouver tel, et, supposé qu'il nous restât longtemps fidèle, et travaillât sans arrière pensée vis-à-vis de la clientèle, il faudrait le payer, le payer largement, ce qui absorberait le plus clair du bénéfice.

— Mais si l'on n'avait rien à lui donner, s'il faisait la besogne pour le plaisir de la faire, et par affection pour toi; pour nous.

— Pourquoi cette supposition absurde ? dit le mari presque avec amertume, Je ne te croyais pas, en vérité, d'humeur à plaisanter sur un pareil sujet, et dans les circonstances où nous nous trouvons.

— Mais je ne plaisante pas, c'est très-sérieusement au contraire, que je t'annonce un ouvrier déjà, je crois, passable, et qui, aidé de tes conseils surtout, en se perfectionnant, sera pour toi la main que tu n'as plus et suffira, j'espère, à la besogne. Et pour cela il ne demande point d'argent, rien, rien, que ta bonne amitié, et de partager avec nous le pain qu'il gagnera pour tous.

— Ah ! ça, voyons, est-ce un rêve ? que me dis-tu là? Je ne vois personne autour de nous !.... Ah!

s'il est sur la terre un pareil ami, s'il est quelque part, cet homme qui veut être pour nous plus qu'un frère, ah ! qu'il vienne donc, qu'il vienne bien vite ! j'aurais hâte de lui dire que je l'aimerai comme j'aime ma femme et mon enfant ! S'il existe. Oh ! s'il est possible qu'il existe, ma Louise et j'en doute encore, mais amène-le-moi pour que je l'embrasse comme j'embrasserai mon père à son dernier jour, pour que je le serre mille fois sur mon cœur !

— Il est dans tes bras, dit la jeune femme, ne pouvant résister plus longtemps à son émotion: et se penchant vers son mari, tout inondé de ses larmes, et qui la regardait avec ds grands yeux fixes et muet de saisissement et de stupeur.

— Toi, toi !... murmura-t-il enfin à traves l'é-motion. Comment cela est-il possible? Vraiment tu me fais peur mon Dieu, mon Dieu ! oh ! ta raison ou la mienne après tant de secousses !.... Oh ! bonne, dis-moi, que tu n'es pas folle ?

— Mais non, pauvre ami, je suis comme toi par-faitement saine d'esprit, sois-en sûr.

— Mais alors je ne comprends pas?.... comment peux-tu devenir mon ouvrier. Madame l'horlogère ajouta-t-il en souriant. Pour savoir notre métier, il faut l'avoir appris, et ces choses-là ne sont pas de celles qu'on devine eût-on comme toi de l'esprit jusqu'au bout des doigts.

— Allons, je vois qu'il te faut, comme à l'apôtre incrédule, l'évidence pour te convaincre, la preuve de fait ! Eh bien donc, la voilà !

Et prenant l'une des montres qui se trouvaient accrochées à l'établi, elle la démonta et la remonta tout entière en quelques instants sous les yeux de son mari avec une prestesse et une facilité dont il resta confondu. Puis, elle lui montra successivement plusieurs autres montres à lui apportées la vieille de son accident pour des réparations diverses et quelques-unes fort graves. Il n'avait pu, bien entendu, y toucher et cependant toutes marchaient parfaitement.

— Ma Louise, ma chère et excellente femme dit M. Odoul avec l'accent d'une profonde émotion, il n'y a que le bon Dieu qui sache ce que je sens là pour toi ! Moi qui ne croyais pas pouvoir t'aimer davantage, le jour béni où, si heureuse et oubliant tes souffrances, tu mis dans mes bras le cher ange qui est là. Vois-tu, bonne vois-tu ma toute belle, j'ai bien souffert depuis quelques jours, j'ai été malheureux au point même, je puis te l'avouer maintenant, d'avoir presque regret à ce que j'avais fait, une mauvaise pensée que, grâce à Dieu, j'ai repoussée.

— Oh ! j'en suis sûre.

— Mais maintenant va. j'oublie tout ou plutôt

10

je me vois récompensé de tout. Non, non, je puis te
le dire et c'est devant Dieu que je parle, sincèrement, du fond de mon cœur, j'ai tant de joie en ce
moment que je ne voudrais à aucun prix que ce qui
est arrivé ne fût pas arrivé. Et toi, toi, chère enfant,
dit le père en se penchant sur le berceau et embrassant sa fille, c'est toi que je charge après le bon
Dieu de la récompense. Donne à ta mère une fille
qui lui ressemble.

— Allons, mon ami, c'est assez d'émotions pour
toi et pour moi trop de compliments. Tu me fais beaucoup meilleure que je ne suis. Mais tant mieux, ajouta-t-elle radieuse que tu sois redevenu toi-même,
gai et souriant, parce que maintenant... maintenant... attends un moment pour que j'achève la
phrase (elle disparut dans la pièce voisine et revint
aussitôt tenant à la main un magnifique bouquet),
maintenant, reprit-elle, on a plus de plaisir à te
souhaiter ta fête ; car c'est aujourd'hui et je ne l'a-
vais pas oublié.

— Oh tu n'oublies rien, dit M. Odoul, comme
étouffé par l'émotion et prenant les deux mains de
sa femme dans la sienne en même temps que le bouquet ! Je vois bien à l'arrangement de ces fleurs
qu'elle main les a disposées, et quelque chose de
ton cœur a passé dans leur parfum.

VI

Cette journée devait être la journée aux douces émotions et plus tard aux heureux souvenirs. Nos deux époux commençaient à peine à se remettre, et, dans la joie sereine de deux cœurs sûrs l'un de l'autre, à causer plus tranquillement de l'avenir et de leurs nouveaux projets, lorsqu'on frappa à la porte. Mme Odoul ouvrit et elle vit entrer, suivis de leur mère, les deux enfants du menuisier armés chacun d'un énorme bouquet. Tous étaient en grande toilette et dans leurs plus beaux atours. Les deux enfants s'avancèrent un peu timidement, puis tout à coup se tournant vers leur mère, elle-même presque embarrassée ils parurent hésiter.

— Pour le Monsieur ou pour la Dame, maman ! dit le petit garçon, enfant de cinq à six ans et qui paraissait l'aîné. Lequel des deux est Eugène ?

— C'est moi, mon petit ami, dit M. Odoul en souriant. Est-ce donc pour moi ce beau bouquet ?

— Ah ! oui.

— Vous m'excuserez, Monsieur, Madame, dit la mère troublée. Il n'est pas, tant s'en faut, aussi beau que nous l'aurions voulu, mon mari et moi, c'est pourtant ce qu'on fait de mieux chez le marchand. Mais nous vous devons tant ! Pardon d'être venus ! c'est peut-être bien osé à nous qui vous connaissons depuis si peu de temps.

— Non, Madame, car vous êtes pour nous déjà des amis.

— Merci, Monsieur, de cette bonne parole. Mais voilà ! nous vous avions entendu plusieurs fois nommer par Madame de votre petit nom, ce qui fait que nous le savions, mon mari et moi. Et vrai, nous nous serions crus des ingrats de laisser passer la fête sans vous amener les enfants, sans venir nous-mêmes. Car mon mari, retenu à son travail, se promet d'être ce soir ici. Mais en attendant le petit a de sa part un billet. Donne, Pierre, donne ton papier à Monsieur.

L'enfant alors tira de dessous sa blouse une lettre qui, par son volume, ressemblait à un placet ministériel et il la tendit triomphant à M. Odoul qui commença par embrasser le marmot sur les deux joues, puis, prenant la missive, il la décacheta et lut ce qui suit:

« Monsieur et cher sauveur et bienfaiteur.

» Les petits, à mon défaut, vous porteront, ainsi
» que mon épouse, les souhaits de notre affection,
» en attendant que je puisse, moi, me permettre de
» vous serrer la main de tout cœur et comme un
» homme à un homme ; je le fais dès à cette heure
» en intention. Oh ! c'est entre nous, à la vie à la
» mort, et ce que je vous dois, je vivrais mille ans,
» que je n'oublierais pas. C'est qu'un père, allez,
» est un père et quoiqu'on ne soit qu'un ouvrier,
» sans la polissure de l'éducation, on aime ses mar-
» mots, oh ! oui, on les aime, et l'on se ferait tuer
» et hacher pour eux en cent morceaux. Voilà ? aussi
» vous devez comprendre. sans que je vous le dise
» plus au long, puisque je sais d'ailleurs que ça
» vous gêne, si je pourrais être un ingrat, si j'au-
» rais à cœur de vous prouver, autrement qu'en
» paroles !.... enfin suffit, je m'entends.
   » Il faut donc que je vous ouvre mon cœur, là,
» avec franchise, et comme un ami parlant à un
» ami, un frère à un frère. Inutile d'ajouter que
» je suis à mille lieues, ah ! certes de vouloir dire
» quoi que ce soit qui puisse vous chagriner. Je
» m'en voudrais seulement d'y penser. Ah bien ?..

                              10.

» mais j'ai des yeux! pour lors j'ai aussi des idées,
» des pensées, des inquiétudes qui me tracassent
» la cervelle et le cœur tellement que la nuit je
» n'en dors pas. Voici : je sais, excusez-moi de vous
» le dire, je sais que vous n'êtes pas ce qu'on
» appelle un richard, ayant des maisons ou des
» rentes. Votre état, quoique plus avantageux que
» le nôtre, et avec lequel on est un bourgeois,
» pourtant exige qu'on ait la main en même temps
» que la tête à son service. Jugez de mon chagrin,
» comme de ma reconnaissance, quand je songe
» à ce que vous coûte ce que vous avez fait pour
» nous; quoi! la main droite, juste votre gagne-
» pain et celui de la femme et de l'enfant. Pour
» lors, je ne puis pas ignorer à quoi cela m'oblige,
» et je serais un sans cœur et un rien de rien si je
» disais ; tant pis! et dormais ensuite sur les oreilles.
» Ah! bien sûr le bon Dieu m'en punirait plus tard
» dans mes enfants !

» Mais, grâce à Dieu, tant s'en faut qu'au con-
» traire, et je ne pense quasi plus qu'au moyen
» de faire et de bien faire ce que je dois. Pour lors,
» je n'ai pas deux chemins, et je vais droit au but.
» Les médecins et les apothicaires ça coûte cher !
» vous avez peut-être besoin d'argent ? or, ne vous
» gênez pas. Mon épouse a dans sa poche quelques
» billets de cent. Ça dormait à la caisse. Je les ai

» retirés à votre intention. Ainsi pas de cérémonies !
» Bien entendu ce n'est qu'un petit à-compte. Vous
» voilà, vous, notre ami, excusez-moi de vous ap-
» peler ainsi; vous voilà à peu près manchot, et, en
» conséquence, fort gêné pour gagner votre vie ;
» c'est ma faute, à savoir, celle de mes bambins, qui
» flânait sur la voie publique et qui sans vous, à
» l'heure qu'il est, dormiraient à Mont-Parnasse.
» Je sais à quoi ça m'engage.

» Assez bon ouvrier, je gagne mes quatre francs,
» quatre francs cinquante par jour régulièrement,
» et la bourgeoise sa pièce de trente sous. Pour
» lors, nous partagerons en frère, par la moitié le
» total jusqu'à ce que vous soyez sortis d'embarras
» et même toujours, s'il est besoin à la grâce de
» Dieu, voilà. Point de remerciements ! c'est une
» dette que j'acquitte et jamais, jamais assez,
» quand avec l'argent je donnerais dix onces de
» mon sang. Vous ne me refuserez pas bien en-
» tendu; vous avez trop de cœur, de bonté, de droit
» sens, pour céder à une mauvaise pensée de va-
» nité. Vous songerez d'ailleurs à la femme et à la
» chère enfant, et vous accepterez comme j'offre,
» rondement.

» Votre très humble serviteur et dévoué de cœur,

» EUSTACHE ROBERT. »

La lettre lue et non sans qu'il lui fallut plus d'une fois porter la main à ses yeux, M. Odoul la tendit à sa femme en disant :

— Lis mon amie, lis, tu comprendras bien cela toi. Ah ! voilà le cœur tel que Dieu l'a fait.

M\ue Odoul lut la lettre, et c'est avec de grosses larmes dans les yeux qu'après l'avoir achevée, elle dit à la femme du menuisier :

— Vous avez pour mari, Madame, un homme d'un grand cœur.

— Oh ! ce n'est pas pour le flatter, mais il a de ça, et elle se frappait la poitrine. Mais d'après la manière dont vous prenez la chose, et je m'en réjouis, sans doute vous accepterez ?

— La lettre, oui, dit M. Odoul, pour la garder dans nos souvenirs de famille comme l'un des plus précieux, comme le témoignage vivant d'une généreuse gratitude ! Merci, merci mille fois et du fond du cœur ! Dites bien à votre mari, Madame, comme j'espère le lui dire bientôt moi-même que je suis profondément touché, attendri, reconnaissant de son offre ! Mais, grâce au ciel, grâce au dévouement de mon excellente femme qui a trouvé moyen de me suppléer nous n'avons pas besoins que nos amis se mettent pour nous dans la gêne peut-être, s'imposent aucun sacrifice. Notre avenir est assuré.

— A la bonne heure ! mais enfin, si jamais !....

car on ne sait pas ce qui peut arriver ! si jamais vous aviez besoin de pouvoir compter sur des amis, oh? promettez-moi de nous donner la préférence.

— Je vous le promets, digne femme.

— Ce sera avec bien de la joie... nous serons heureux mon mari et moi, que l'occasion se présente de vous rendre service. Et maintenant, ajouta-t-elle en se levant.

— Oh ! mais, dit Mme Odoul en la forçant à se rasseoir, j'espère bien que vous ne vous en allez pas ainsi ou du moins que vous nous reviendrez ce soir avec votre mari et que nous dînerons tous en famille.

—Mais c'est que... je ne sais... je crains...

— Oh! d'abord je ne vous laisse sortir qu'à cette condition et que si vous dites franchement: .oui

— C'est trop de bonté et vraiment...

— Est-ce oui ?

— A une invitation faite de si bon cœur on ne peut pas répondre : non! mon mari heureusement quitte son atelier à six heures, je ne crains pas de vous faire trop attendre.

—Ne vous inquiétez pas, on attendra autant qu'il faudra. L'important, c'est qu'il n'y ait pas de place vide.

— Le soir, en effet, une même table réunissait toutes ces excellentes gens. Et à voir tous les fronts si

radieux, et l'épanouissement des visages, et les
sourires, et les regards, et les serrements des mains
et les bonnes paroles qui s'échangeaient d'une façon
si cordiale et n'empêchaient point de faire honneur
au dîner, on sentait que tous étaient heureux d'un
bonheur sincère, que les cœurs vraiment de la fête
battaient tous à l'unisson,

Au dessert, le brave menuisier, tendant son verre
que remplissait M. Odoul, dit gaîment :

— Oh! cette fois pas de mélange et, serviteur à
la carafe, je le bois à la vôtre, cher Monsieur,
comme à celle de votre respectable et aimable
épouse et de votre belle petite fille.

— Et je vous le rends sincèrement, répondit
M. Odoul, si je ne puis vous faire raison qu'avec de
l'eau rougie, le cœur y est.

— Merci, merci, reprit le menuisier avec l'accent
d'une mâle émotion. Ah! c'est bien vrai qu'il y a
encore dans le monde des braves gens et de bons
chrétiens. Ça fait du bien à penser et surtout à voir.
Mes amis, cœurs d'or, je ne vous souhaite pas de
malheur, et bien au contraire, je donnerais mon sang
pour l'empêcher. Et cependant je serais content de
prendre un peu ma revanche. Je voudrais que l'occasion se présentât de me jeter dans l'eau ou dans
le feu pour l'un de vous.

LES ÉTRENNES

DU

BON DIEU.

I

—Hé! comment! je ne me trompe pas,c'est bien
sept heures qui sonnent à la paroisse ! Un jour de
l'an se réveiller si tard!... et cette pauvre Gabrielle,
chère petite sœur, qui va m'arriver peut-être transie
et affamée, quand mon feu n'est pas même allumé
et que le chocolat dont je lui ai promis la friandise
pour le déjeûner d'étrennes est encore dans le tiroir,
en tablettes. Allons, vite, vite, paresseuse ! Parce
qu'on a veillé peut-être jusqu'à minuit ou une heure,
on se croit le droit de faire la grasse matinée. En
punition, demain vous vous lèverez à cinq heures,
et vous prendrez votre café sans sucre, Mademoiselle.

Tout en parlant ainsi et se grondant elle-même,
Hélène Chartemps (tel était le nom de la jeune fille)
relevait les cendres du foyer, sous lesquelles elle

retrouva quelques tisons qui se ravivèrent au contact de l'air. Bientôt, à l'aide de copeaux et de nouveau bois, un feu splendide brillait dans l'âtre de l'unique et petite chambre que la jeune fille occupait rue Servandoni, derrière Saint-Sulpice.

—A la bonne heure ! dit-elle dans quelques minutes j'aurai de la braise qui me servira pour le déjeûner. Du moins l'enfant ne se gèlera pas en attendant. Au ménage maintenant. Eh bien ! à quoi pensé-je ? Ma prière du matin que j'oubliais ; je commence bien l'année ! Mais le bon Dieu ne m'en voudra pas : cette chère Gabrielle, quand elle me vient ainsi toute une journée, c'est un si grand bonheur, une si grande fête pour elle et pour moi, qu'il est bien permis d'en perdre la tête. Je l'aime tant cette gentille sœur qui le mérite si bien ! Elle aussi m'aime de tout son cœur. Orphelines, cela se comprend, nous sommes l'une à l'autre toute une famille, et nous avons reporté sur une seule tête l'affection partagée naguère. Allons, bavarde, la prière d'abord ; c'est par là qu'on aurait dû commencer. Nous causerons après si nous avons du temps de reste.

Et la jeune fille, s'agenouillant devant le lit, en face du crucifix orné de la branche de buis bénit, pria quelques instants avec une ferveur qui donnait un caractère plus touchant encore à sa figure natu-

rellement expressive. Elle se relevait à peine quand
on frappa vivement à la porte de la chambre,

— C'est elle ! murmura Hélène avec un sourire
de bonheur, et je la reconnais.

Elle courut ouvrir, et tout aussitôt une jeune fille
entra, qui, se précipitant dans les bras de sa sœur,
l'embrassa plusieurs fois avec effusion,

— J'arrive enfin, dit-elle ensuite ; ce n'est pas
sans peine ! Ces petites filles n'en finissent pas de
me la souhaiter bonne et heureuse, et aussi de s'ha-
biller. Madame m'avait bien donné congé dès le
chant du coq ; mais la sous-maîtresse, ma compagne, se trouvait seule pour veiller à la toilette de
toute cette marmaille, chose grave un jour comme
aujourd'hui, et il y aurait eu trop d'égoïsme à ne
pas lui venir un peu en aide. Le cœur pourtant me
tirait bien fort de l'autre côté. J'avais si grande peur
de n'être pas la première à t'embrasser ! Mais j'arrive
à temps, car la porte était fermée au verrou encore.

— Exprès ! Je m'étais bien promis de n'ouvrir à
personne avant toi, et je me serais même gardée de
descendre, de peur qu'on ne m'arrêtât au passage.
Mais je te retiens là près de la porte à causer, pauvre
mignonne, et je te sens toute grelottante. Il fait
bien froid dehors ?

— Un froid noir, une bise glaciale, mais sans
cette affreuse boue de l'an passé avec laquelle il eût

11

fallu des échasses de cinq pieds aux visiteurs pour trotter dans Paris sans gagner le rhume.

— Mais approche donc du feu.

— Bon ! me crois-tu, chère sœur, une petite vieille ? Va, je suis réchauffée déjà rien que de t'avoir vue. Ah çà ! ma bonne Hélène, s'embrasser, c'est très-bien, mais cela ne suffit pas. Et les petits cadeaux ?... Tu sais le proverbe... permets...

— Petite interrompit Hélène en souriant, c'est justement ce que j'allais te dire en te donnant cette bourse, faite par moi, bien entendu. Elle est verte, ta couleur de prédilection. ·

— Oh ! bien, répondit Gabrielle, riant à son tour, c'est une bourse aussi que j'ai faite pour toi, seulement elle est bleue. Nous échangerons. Mais vois-tu bonne, comme je ne suis pas, moi, une artiste dans ce genre d'ouvrage, et que ma main sait mieux tenir la plume que l'aiguille, j'ai mis dans ce vilain petit sac quelque chose qui lui donne, à défaut du travail, une valeur.

— Décidément nous sommes bien sœurs par le cœur et par l'âme comme par le sang, car nous ne pouvons avoir, même séparément, une idée sans nous rencontrer. J'ai fait comme toi : il y a là-dedans deux pièces d'or que j'ai amassées un peu sou par sou à l'intention de ma Gabrielle. J'avais pensé d'abord à t'offrir un cadeau sous forme de robe ;

mais j'ai préféré te laisser la liberté du choix, un plaisir qui vaut bien celui de la surprise.

—J'ai fait la même réflexion, toujours par suite de la sympathie sans doute. Mais, chère sœur, mon cadeau est plus modeste que le tien, encore que j'aie vidé ma tirelire ; car j'avais une tirelire.

— Je te gronderai ; avec tes modestes appointements, pour amasser ce pécule, tu te seras, bien sûr, imposé des privations.

—Eh bien ! où seraient le mérite et le plaisir sans cela ?

— Une autre fois je te défends... oh ! mais sévèrement, sérieusement du moins !.... Ta position ne te permet pas de me faire des cadeaux.

— Te crois-tu donc plus riche, une Madame Crésus ?

— Non, mais je gagne cependant davantage.

—Tu dépenses en conséquence, ce qui fait compensation ; car tu n'es pas comme moi nourrie, chauffée, blanchie, et le reste.

— Enfin, les cadeaux, c'est mon droit, comme l'aînée.

— De deux ou trois ans à peine. Je n'en porte pas moins respect et soumission à ta primogéniture, excepté sur l'article en question. Allons, bonne, faut-il nous quereller ainsi à force d'être trop bien d'accord ?... Scellons le réconciliation et faisons la paix... en déjeûnant ; car voilà ton chocolat prêt, si j'en juge par l'odeur.

— Déjeûnons, enfant gâtée ; il faut toujours faire ce que tu veux.

Le léger repas du matin terminé en quelques minutes, Hélène acheva le ménage et procéda à sa toilette, qui l'occupa peu d'instants ; car, en jeune fille sensée, elle comprenait que, dans une position de fortune modeste, la coquetterie, toujours fâcheuse, peut devenir l'écueil, cause du naufrage, et que la simplicité est à la fois conseillée par la prudence et par le bon goût. Gabrielle pensait de même. Les dures leçons du malheur n'avaient point été perdues pour ces jeunes filles qui, élevées dans l'aisance avaient vu tout à coup leurs parents ruinés par de fausses spéculations. Leur père, cause et victime à la fois du désastre, n'avait pas tardé à succomber au chagrin. Sa femme le suivit de près dans la tombe, laissant sans autre ressource que celle du travail les deux orphelines, dont l'aînée comptait dix-huit ans à peine. Mais une éducation solidement chrétienne et l'exemple de leur mère, femme au cœur viril, avaient trempé fortement le caractère des jeunes filles. Loin de s'effrayer d'une existence qui semblait devoir être pour elles toute de luttes, elles s'y résolurent vaillamment, prêtes, s'il le fallait, aux plus rudes combats. Hélène habile, à tous les ouvrages de main, avait appris naguère d'une amie à racommoder la dentelle. Elle se perfectionna et se fit un état de ce qui ne devait être pour elle d'abord qu'un délassement. Gabrielle resta, en qualité de sous-maîtresse, dans le pensionnat où elle avait été élevée, et dont la directrice l'avait prise en affection à cause de ses qualités à la fois aimables et sérieuses. C'est ainsi que nous retrouvons les deux jeunes filles dans la petite chambre de la rue Servandoni.

— Maintenant, dit Hélène en s'enveloppant dans son châle un modeste tartan de couleur sombre, il s'agit d'arrêter le programme de la journée.

— Cela te regarde, sœur, répondit Gabrielle. Dès lors que nous sommes ensemble, c'est le principal, et avec toi tout m'est agréable, même les visites de cérémonie.

— Chère petite, voici. D'abord nous allons à l'église entendre la messe; notre première visite au bon Dieu, comme toujours. Après cela, les quelques visites de parenté et de politesse. Puis une promenade dans le beau quartier pour donner un coup d'œil aux magasins et boutiques, afin d'éclairer notre choix. Nous déjeûnerons en courant d'une brioche, et nous irons dîner chez la vieille cousine, qui nous attend avec une pâtisserie de sa composi-

tion. Me voilà prête, mes gants seulement à mettre.
Maintenant partons.

Et les jeunes filles sortirent.

II

Elles se rendirent à l'église, qui n'était qu'à quelques pas et entendirent la messe avec plus de recueillement encore qu'à l'ordinaire. Le jour de l'an, jour de folie ou d'ennui pour la foule des enfants, grands et petits, est pour le chrétien digne de ce nom le jour des réflexions sérieuses. Quel sujet de méditations plus graves que cette année qui commence, laissant derrière elle l'année qui vient de finir, écoulée si rapidement, et tant d'autres dont la fuite ne fut pas moins prompte! Que de choses à demander à Dieu au moment d'ouvrir ce nouveau sillon, dans lequel on peut trouver à moissonner moins de roses et d'épis que de chardons et de ronces! Les deux sœurs prièrent donc avec une ferveur toute particulière. Cependant, vers la fin de la messe, elles ne purent se défendre de quelques distractions causées par une circonstance assez singulière. Entre les deux chaises basses qui leur servaient de prie-Dieu se trouvait un espace assez grand. Tout à coup, à cette place vide, elles virent agenouillé, les mains jointes, et priant avec ardeur, un charmant enfant d'une dizaine d'années tout au plus, qu'on aurait pris pour un séraphin, n'eût été son costume. Il portait, et à ce qui semblait, pour tout vêtement, une blouse noire d'une étoffe quelconque, sans trous ni taches, mais très-élimée. Sa figure des plus gracieuses, mais amaigrie par suite des privations sans doute, s'encadrait dans une chevelure blonde dont les boucles un peu mêlées témoignaient, par leur désordre que la main de la mère n'avait pas encore passé par là. Hélène remarqua avec surprise et émotion que l'enfant, tout en priant avec une ferveur admirable, les yeux fixés sur la Vierge, de temps en temps soupirait profondément, et plusieurs fois elle vit sur cet aimable visage enfantin l'expression de la douleur et même d'une poignante angoisse, mieux attestée encore par les larmes qui, tremblant au bord des paupières, glissaient lentement sur les joues pâlies du chérubin. Dans un de ces moments où la figure de l'enfant rayonnait de cette expression à la fois douloureuse et extatique, les yeux des deux sœurs se rencontrèrent, et leur regard à l'une et à l'autre attendri par la compassion, semblait dire : Pauvre petit ! lui aussi sans doute est orphelin, il pleure sa mère.

La messe finie, l'enfant se leva, essuya ses yeux, ramassa sa casquette et se dirigea vers la porte de sortie qui s'ouvre sur la rue Saint-Sulpice. Hélène et Gabrielle le suivirent et furent plus émues que jamais en voyant l'enfant mettre dans la bourse de l'aveugle une pièce de deux sous, la seule qu'il possédât sans doute; car, à quelques pas de l'église, il s'arrêta d'un air d'admiration plutôt que de convoitise devant une boutique où brillaient en étages dans la montre de magnifiques oranges. L'enfant, regardant les oranges cotées à des prix modestes et cependant fort belles, mit instinctivement la main dans la poche de sa blouse, mais il la retira aussitôt d'un air de tristesse. Hélène, qui avait suivi tous ses mouvements, s'approcha et lui dit :

— Mon petit ami, vous regardez ces oranges avec des yeux qui semblent dire qu'elles vous font bien envie.

—Oh ! pas pour moi, Mademoiselle. répondit l'enfant devenant tout rouge.

— Il ne faut pas rougir pour cela, mon enfant, quand ces beaux fruits vous tenteraient pour vous-même, à votre âge, quoi de plus naturel ?

— Autrefois je ne dis pas, je les aimais bien et j'en étais aussi friand qu'un autre, mais plus aujourd'hui, et quand je les regardais ainsi avec l'air du désir, oh ! allez mademoiselle, ce n'était point à moi que je songeais.

—Et à qui donc ?

11.

— A maman, qui ne reçoit d'étrennes de personne, à maman si bonne et si malheureuse,

— Mais votre papa ?

—Je n'ai plus de papa. Il est mort l'autre hiver, laissant maman bien chagrine et moi aussi.

— Et c'est pour eux sans doute, demanda Hélène, que tout à l'heure à l'église vous priiez de si bon cœur ? C'est votre maman sans doute qui vous y avait envoyé ? Mais comment ne vous accompagnait-elle pas ?

— Hélas ! Mademoiselle, ma pauvre maman est au lit, malade ayant de plus ma petite sœur à garder.

— Vous avez une sœur ?

— Oh ! oui, et bien, bien gentille, quoique petite encore. C'est à elle aussi que je pensais en regardant les oranges.

— Et quel âge a votre sœur ?

— Quel âge ! répéta l'enfant qui paraissait réfléchir, quel âge ! Je ne puis pas trop vous dire, moi. Dame ! il n'y a guère que trois ou quatre jours que je l'ai vue pour la première fois dans le berceau, près du lit de maman.

— Je comprends, dit Hélène souriant et tout à la fois essuyant une larme.

Gabrielle ne paraissait pas moins émue. Toutes deux avaient une envie démesurée d'embrasser le gentil enfant. Elles se continrent pourtant.

— Mon petit ami, reprit Hélène en prenant la main de l'enfant d'un air d'affection, voulez-vous me faire un grand plaisir, oh là ! bien grand ?

— Très-volontiers, Mademoiselle, si je le puis ; vous avez l'air si aimable et si bon ! Que faut-il pour cela ?

— Prendre parmi ces oranges quelques-unes des plus belles et les emporter pour votre maman et votre chère petite sœur.

— Oh ! Mademoiselle, dit l'enfant dont les joues se colorèrent de nouveau vivement, ce n'est pas difficile cela, et je ne demanderais pas mieux ; mais... mais... c'est que... Et il hésitait.

— Vous n'avez pas d'argent, lui murmura discrètement Hélène à l'oreille. Ne vous en inquiétez pas ; ma sœur et moi nous paierons.

—Mademoiselle, oh ! vous êtes bonne, plus que bonne, dit l'enfant, dont la figure illuminée par le sourire était devenue radieuse, et je vous remercie, là, du cœur. J'accepterais bien, mais j'ai une crainte, c'est que cela fasse de la peine à maman que j'aie reçu ce cadeau de quelqu'un qu'elle ne connaît pas. Elle pourrait croire que je l'ai demandé, et elle est un peu fière, maman ; car nous n'avons pas toujours été comme à présent, oh ! non.

— Je comprends, mon petit ami, dit Hélène pendant que sa sœur approuvait du regard et du geste, et cette crainte part d'un bon cœur. Mais si nous portions avec vous les oranges à votre maman, cela lui ferait-il aussi de la peine ?

— Oh ! je ne crois pas, et au contraire, une visite comme la vôtre, de personnes si avenantes et si bonnes, ne pourrait que lui être agréable, car elle n'en reçoit plus guère. Je suis sûr même qu'aujourd'hui elle n'attend personne. Elle sera bien surprise, mais bien joyeuse de voir que quelqu'un ait pensé a elle, et quelqu'un qui ne lui était de rien encore, dit le naïf enfant.

— A merveille alors ! reprit Hélène choisissant une demi-douzaine des plus belles oranges. Nous nous chargeons des oranges, ma sœur et moi ; maintenant conduisez-nous, mon petit ami.

— Tout de suite ; ce n'est pas bien loin d'ici, rue Mazarine.

Les deux jeunes filles suivirent l'enfant, et bientôt on arriva rue Mazarine.

— C'est ici, dit l'enfant en s'arrêtant devant une maison d'assez médiocre apparence : l'escalier au fond du corridor et tout en haut. Mais il faut vous le dire, oh ! ce n'est pas brillant chez nous, Mesdemoiselles, murmura-t-il presque d'un air de honte.

— Mon petit ami, ce n'est pas la chambre que

nous allons voir, mais votre maman. Mieux valent
de bons cœurs que de beaux meubles.

Et on monta les six étages.

— Maman ne dort pas, dit l'enfant qui avait ouvert avec précaution la porte de la mansarde. Entrez, s'il vous plaît, Mesdemoiselles. Maman, ce
sont des personnes bien aimables qui viennent pour
te voir et te souhaiter la bonne année.

— A moi ? dit la mère avec l'accent de la surprise, en se soulevant sur son séant.

A la vue des jeunes filles dont le visage lui était
complètement inconnu, plus étonnée encore, elle
murmura :

— Mesdemoiselles ou Mesdames, il y a méprise
sans doute et vous vous trompez de porte ; car vos
traits, vos figures, toutes charmantes d'ailleurs, je
ne me les rappelle en aucune façon. et mes souvenirs...

— Ne cherchez pas davantage, dit Hélène, car
vous chercheriez, Madame, inutilement. Nous nous
voyons en effet pour la première fois. C'est bien à
vous pourtant que s'adresse notre visite. J'espère
qu'elle ne vous semblera pas indiscrète, surtout
quand vous saurez dans qu'elles circonstances nous
nous permettons une pareille démarche. Ce n'est
point une vaine curiosité qui nous a conduites ici,
ma sœur et moi, mais une sympathie profonde, un

intérêt des plus vifs, qui n'a pu que s'accroître depuis que nous vous avons vue. Oh! oui, ajouta la jeune fille en jetant un furtif coup d'œil dans la mansarde, où quelques vieux meubles, derniers et tristes débris d'une meilleure fortune, ne trahissaient que trop la gêne et le dénuement extrême.

Hélène raconta en peu de mots sa rencontre avec l'enfant et leur conversation, qui avait motivé et excusait, espérait-elle, sa visite. Elle termina en tirant de sa poche la provision d'oranges.

— Et vous me parlez d'excuses, Mademoiselle! dit la jeune femme dont les yeux se remplirent de larmes. Vous craignez l'indiscrétion, vous qui venez, oh! envoyées par le bon Dieu certainement, visiter la pauvre abandonnée, vous qui m'apportez, par votre douce présence, la plus grande, presque la seule consolation que j'aie eue depuis six mois que tous les malheurs m'ont accablée! Ah! si vous saviez toutes mes douleurs, toutes mes angoisses, et sans jamais avoir personne à qui pouvoir les dire!

— Oh! mais maintenant parlez, parlez, pauvre dame; laissez s'épancher votre cœur gros de larmes, s'écria Gabrielle avec élan, car ce ne sont pas des oreilles seulement, mais des cœurs, des cœurs sympathiques qui vous écoutent. Vous parlez à des chrétiennes, à des amies, à des sœurs.

— Je le sens là, dit l'infortunée appuyant la main
sur sa poitrine. Je lis dans vos yeux la vraie bonté,
la tendre compassion. Oh ! soyez bénies mille fois,
soyez bénies d'avoir eu pitié de la pauvre délaissée ;
que le bon Dieu vous en récompense. Mon histoire
d'ailleurs est bien simple, quoique bien triste, et je
pourrai la raconter en quelques mots.

III

Mariée de bonne heure par mes parents, morts depuis, j'habitais la ville de L..., où plusieurs années je vécus heureuse. Mon mari payait ma vive affection d'une tendresse égale. A défaut de patrimoine, une place de sous-chef dans les bureaux de la préfecture nous donnait une grande aisance. Mais nous avions le tort, chèrement expié depuis, de ne pas songer assez à l'avenir. Peu ou point d'économies ; la recette s'équilibrait avec la dépense et encore pas toujours, parce que mon mari, dans l'entraînement d'une générosité irréfléchie, ouvrait trop facilement sa bourse à ses amis. Puis ce pauvre Jules, par l'illusion d'un fatal amour-propre dont je n'étais tout-à-fait exempte, insistait sur la nécessité de tenir son rang, et, comme il disait, me voulait certain luxe de toilette. « La femme d'un employé, me répétait-il, ne peut aller vêtue comme celle d'un artisan. Tu ne dois pas te mettre plus mal que madame une telle, madame une telle (et il me citait les femmes de certains de ses collègues guère plus sages que nous). Veux-tu donc que moi j'aie à rougir de te donner le bras? » Par condescendance, par respect humain, et, je dois l'avouer, un peu aussi par coquetterie, je cédais. Il résulta de tout cela des dettes dont le chiffre alla grossissant et qui aboutirent enfin à des scènes fâcheuses à un espèce de scandale dans la ville. Le contre-coup s'en fit bientôt sentir dans les bureaux de la préfecture. Mon mari fut mandé dans le cabinet du préfet et réprimandé vertement, non par celui-ci, mais par un jeune conseiller faisant les fonctions de secrétaire général. Dans la fatuité de son inexpérience, sans tenir compte des services rendus à l'administration par mon mari, aussi zélé que capable, ce Monsieur le traita comme un magister de village fait d'un bambin d'écolier. Mon mari, chez lequel un cœur excellent n'empêchait point par malheur la violence d'un caractère hautain et presque indomptable, répondit avec colère en donnant séance tenante sa démission ; elle fut acceptée, et il s'obstina plus tard à ne faire aucune démarche pour qu'on la lui rendît, ce que des amis nous disaient possible. On l'avait séduit par la promesse d'une place à Paris dans une grande entreprise industrielle qui se créait, disait-on, sous les plus brillants auspices, et il fut décidé que nous irions chercher fortune dans la capitale, cette autre Californie des pauvres provinciaux qui viennent ici le plus souvent pour n'y trou-

ver que la misère et les déceptions. Nous partîmes
n'emportant rien ou peu de chose, et laissant là-bas
quelques dettes encore, le produit de la vente du
mobilier n'ayant pu suffire à tout payer. Nous ar-
rivâmes à Paris dans ces conditions fâcheuses.
Mon mari cependant obtint presque aussitôt la
place en question : il toucha même sur ses appointements un à-compte qui nous permit de nous meu-
bler, mais plus que modestement. Nous nous croyions
sauvés ; illusion, hélas ! La fameuse entreprise
échoua comme bien d'autres, ou plutôt resta à l'é-
tat de projet, j'allais dire de chimère ; mon mari
fut remercié, et, malgré de continuelles et infati-
gables démarches, plusieurs mois s'écoulèrent sans
qu'il lui fût possible de trouver autre chose. Par-
lez-moi d'un bon état pour un homme ; je ne sais
pas de pire ressource que celle d'une place soumise
à tant d'éventualités, d'une place... à trouver surtout.

Nous vivions, le bon Dieu sait comment, d'un
chétif travail de couture que j'étais parvenue à me
procurer dans une maison de confection. Mais mon
mari souffrait horriblement dans son orgueil et dans
son cœur de cette situation. Il n'avait pas comme
moi le bonheur de ces divines croyances qui nous
expliquent les misère de la vie et font qu'on se
résigne au jour de l'épreuve. Lui, broyé par le

malheur, niait la Providence ou la blasphémait. Et
un matin, il y a de cela six mois... Pardon, Mesdemoiselles, si je m'arrête un peu, dit la pauvre femme
s'interrompant avec des sanglots, mais ces souvenirs sont si terribles...

— Pauvre dame, n'en dites pas davantage, si ce
récit vous fait mal. Hélas! le reste nous le devinons,
murmura Gabrielle.

— Oui, Mademoiselle, oui, l'infortuné, et c'est là
pour moi un surcroît de douleur, son affection pour
nous n'allait pas jusqu'au sacrifice de son amour-
propre, jusqu'à cette mâle abnégation de la tendresse sans égoïsme, ou plutôt sa raison s'égara
dans les angoisses du désespoir. Un matin donc il
sortit après m'avoir embrassée d'une façon qui me
semblait étrange. Peu d'instant après, j'entendis en
bas, sous nos fenêtres, comme la chute d'un corps
lourd et en même temps une grande rumeur qui
s'élevait de la rue. Je ne sais quelle voix intérieure
me dit soudain : C'est lui ! Je me précipite à la fenêtre que j'ouvre en tremblant. Hélas ! mon pressentiment ne m'avait point trompée. C'était bien mon
pauvre mari qui gisait sanglant sur le pavé, la tête
fracassée par une horrible chute. Il s'était jeté en
bas d'un grenier qui surplombait le sixième. Je
m'élance dans l'escalier, dans quel état, vous devez
le comprendre. J'arrivai encore assez à temps pour

lire dans son dernier regard comme un remords
pour entendre le mot de pardon qui expira sur ses
lèvres avec son dernier souffle. Ah! Mademoiselle
ce que j'ai souffert alors, il n'est pas de mots pour le
dire.

— Pauvre amie, nous le comprenons; les consolations ne vous manqueront plus maintenant, dirent
à la fois Hélène et Gabrielle en serrant de nouveau
avec effusion les mains de l'infortunée. Mais calmez-
vous, calmez-vous, ajouta Hélène; mère, pensez à
la chère orpheline qui est là dans ce berceau. N'ou-
bliez pas que vous êtes nourrice, que votre lait c'est
sa vie.

— Vous avez raison, Mademoiselle, mais j'ai fini
sur ce triste sujet. Mon mari mort, malgré ma santé
compromise par de si rudes épreuves, je luttai contre
le découragement, suite du chagrin. Je sentais que
je me devais à mon pauvre Henri.

— Tu m'appelles, maman? dit l'enfant qui, assis
près de la cheminée où s'éteignait un maigre feu,
surveillait une bouillotte dont il attendait en vain
l'ébullition; tu m'appelles?

— Non, mon ami, ne fais pas attention. Je compris
que je me devais à ce cher enfant, comme à celui
que je portais dans mon sein, orphelin, hélas! avant
de naître. Je me remis au travail, à un travail souvent
insuffisant par le faible prix de la main d'œuvre.

Nous en vécûmes pourtant, ou à peu près, jusqu'à ces derniers temps où j'ai dû m'aliter en donnant le jour à la chère petite qui est là. Une digne femme, ma voisine, dont le cœur vaut mieux que la fortune et un vieux médecin appelé par elle, m'ont assistée par charité dans ce terrible moment. Il me restait un peu d'argent que j'avais économisé à force de privations ; mais, hélas ! en de pareil cas, l'argent va si vite ! Ce matin, en cherchant dans ma bourse...

Et la pauvre dame hésitait, rougissant et balbutiant.

— Parlez à cœur ouvert, chère dame, point de fausse honte, dit Hélène avec affection. L'amitié doit tout savoir, et nous ne sommes plus pour vous des étrangères, n'est-il pas vrai ?

— Oh ! non, certes, mes bonnes Demoiselles. Ce matin donc, en ouvrant ma bourse je vis qu'il y restait quelques sous à peine. Oh ! j'eus alors un moment d'affreux découragement, presque de désespoir. Puis en tournant les yeux vers ce berceau, la confiance en Dieu me revint bien vite. Je me dis qu'il ne pourrait oublier cette innocente créature et sa mère infortunée. Je ne pouvais, moi, aller lui souhaiter la bonne année au pied de l'autel ; j'appelai mon Henri, pauvre petit auquel je souffrais tant de ne pas faire, comme à l'ordinaire, son cadeau, et je lui dis en l'embrassant et tirant deux sous de la bourse :

Mon cher enfant, tu le sais, je suis si pauvre à présent, que je ne puis rien te donner, à mon grand chagrin. Prends pourtant ceci pour qu'au moins aujourd'hui tu ne déjeûnes pas avec du pain sec, et qu'il ne soit pas dit que tu n'as pas eu d'étrennes.

— Est-ce que tu ne m'as pas embrassé ce matin? murmura-t-il en pleurant et m'embrassant.

Il voulait me rendre les deux sous. Je refusai et j'ajoutai :

— Aujourd'hui ma première visite devrait être pour le bon Dieu; tu la feras à ma place. Tu vas aller à l'église le prier...

— Qu'il t'envoie tes étrennes et à ma petite sœur aussi, dit-il soudain.

— Le prier d'avoir pitié de vous, chers enfants, et un peu de moi à cause de vous.

— J'y cours, chère maman; j'ai fait ce matin ma prière, comme toujours, mais je la redirai chez le bon Dieu, et va, de tout mon cœur.

— Je n'en doute pas, mon ami; mais emporte les deux sous.

— Puisque tu le veux, je les garde, me répondit-il; j'ai mon idée, d'ailleurs.

— Brave enfant ! nous savons ce qu'il en a fait, murmura Gabrielle attendrie. Nous vous raconte-

rons cela, heureuse mère, pour que vous soyez consolée dans votre enfant.

— Et voilà, Mesdemoiselles, comment vous l'avez
rencontré à l'église, et ce qui m'a valu le honheur
de votre visite. J'en remercie le ciel et mon Henri.

— Nous aussi, dit Hélène, car le bonheur est
partagé. Nous nous réjouissons, ma sœur et moi,
d'être arrivées si à propos et de pouvoir aider à vous
tirer d'embarras. Justement nous avions fait, à l'intention l'une de l'autre pour la circonstance, des
économies qui n'ont pas encore trouvé leur emploi.

Vous les accepterez de bonne amitié, comme nous
vous les offrons, ajouta-t-elle en glissant sous l'o-
reiller la petite bourse bleue ; Gabrielle en fit autant
de la verte.

— Oh ! Mesdemoiselles, dit la malade avec des
larmes dans les yeux, je suis touchée au dernier
point... mais je ne puis pas... je ne dois...

— Eh ! prenez à titre de prêt, si cela vous gêne,
interrompit Hélène avec la brusquerie de son bon
cœur. Vous ne pouvez refuser d'ailleurs, sinon pour
vous, du moins pour ces pauvres enfants, pour votre
Henri et pour ce cher ange que vous appelez... Que
est le nom de baptême de la petite, mon amie ?

— Faut-il l'avouer ? dit la mère un peu confuse ;
c'est bien mal à moi, et je me le reproche, la pauvre
mignonne n'est point baptisée encore, un peu parce

que j'ai été trop tourmentée ces jours-ci, mais surtout faute de parrain et de marraine.

— Que cela ne vous arrête plus, car nous serons heureuses, ma sœur ou moi...

— Oh! ce sera moi, dit Gabrielle à sa sœur avec l'accent de la prière.

— Au lieu d'une marraine vous en avez deux... à choisir.

— Et j'accepte, j'accepte toutes les deux, s'il est possible, dit la mère en tendant la main à Hélène et à Gabrielle. Vous êtes si bonnes en vérité, Mesdemoiselles, que je ne sais comment vous remercier.

— Que parlez-vous de remerciments mon amie? Il n'y a pas grand mérite à se faire ainsi plaisir à soi-même, Voilà donc qui est convenu.

— Mais il nous manque toujours le parrain.

— Eh! dit gaiment Gabrielle en montrant Henri, n'avons-nous pas là un gentil compère? Avec deux marraines, le parrain peu bien n'avoir que la moitié de la taille

— Mais c'est qu'il n'est guère en toilette, mon pauvre Henri, et il ferait peu d'honneurs aux marraines.

— Ne vous en inquiétez pas, reprit Hélène je me charge de cela comme des dragées; car il n'y a pas de baptême sans dragées. Maintenant occupons-nous des préparatifs; il ne faut pas remettre à demain.

Une heure ou deux après cette conversation, Hélène, portant la petite fille dans ses bras, sortait pour se rendre à l'église, précédée de Gabrielle et de Henri triomphant, qui se haussait sur la pointe du pied pour prendre le bras de la belle Demoiselle; car il ne voulait pas être conduit par la main comme un bambin.

12

IV

Nous profiterons de leur absence à tous pour faire
une visite au premier étage, où se passait en ce
moment même une petite scène assez intéressante
et qui se lie à notre sujet, surtout par le dénouement. L'appartement du premier était occupé par
le propriétaire de la maison, riche négociant à peu
près retiré des affaires, quoique jeune encore, et,
disait-on, plus que millionnaire. M. Desjardins
n'était point d'ailleurs un commerçant comme on
en voit trop aujourd'hui, pressés d'atteindre le but,
n'importe par quels moyens. Il pouvait à bon droit
s'honorer de sa fortune acquise rapidement, et, la
chose rare, par les voies les plus légitimes. Le génie du commerce, qu'il possédait à un haut degré,
n'avait point chez lui tué le cœur, n'empêchait
point la noblesse des sentiments. Il appréciait dans
le monde autre chose que l'argent et les billets de
banque. Il croyait à la probité, à la vertu, aux affections. Il aimait sa femme, il aimait sa fille, une charmante espiègle de sept à huit ans qu'il gâtait en
père idolâtre, et presque un peut trop. Naturellement

généreux, pour elle il devenait prodigue. Or, l'on
pense si les cadeaux de circonstances avaient manqué à l'enfant. Grâce à son père comme à une parenté nombreuse, elle se trouvait à la tête d'un
magasin tout entier de joujoux, entre lesquels
plusieurs magnifiques, une poupée parlante, une
superbe tombola, un ménage tout en porcelaine et
en plaqué, etc. Ces cadeaux avaient été reçus le
matin par elle avec les plus joyeuses exclamations;
aussi M. Desjardins fut-il surpris, en rentrant après
quelques courses, de trouver l'enfant pensive et
même l'air presque triste ou ennuyé au millieu de
sa collection de joujoux. Elle était seule dans la
chambre à coucher, des visites retenant sa mère au
salon.

— Eh! qu'as-tu donc Berthe? lui dit son père.
Pourquoi cette figure sérieuse? D'où vient que tu
ne joues pas? Tu me paraissais ce matin si heureuse! ces beaux joujoux ne t'amuseraient-ils déjà
plus!

— Si vraiment, père; mais c'est qu'en ce moment je suis préoccupée beaucoup de quelque chose
et je réfléchis.

— Ah! Mademoiselle est dans ses jours de mé-
ditation. Et à quoi pense Mademoiselle? y a-t-il indiscrétion à le demander?

— Tu te moques de moi, papa; mais si tu savais

ce dont il s'agit, je suis bien sûre... Dis-moi, cher père, tous ces joujoux que voilà valent-ils beaucoup d'argent?

— Hé! une somme assez ronde. Mais quelle étrange question me fais-tu là? Aurais-tu par hasard envie de battre monnaie avec tes cadeaux du jour de l'an, et veux-tu te faire marchande de joujoux?

— Peut-être, si je trouvais des acheteurs. Crois-tu qu'un marchand me les reprendrait... pour de l'argent?

— Pour de l'argent! dit le père surpris; et qu'en ferais-tu de cet argent? qu'as-tu besoin d'une si grosse somme? Ce que j'ai mis ce matin dans ta bourse ne doit-il pas suffire et au delà à ta nouvelle fantaisie?

— Non, père; ce que j'ai dans ma bourse n'est presque rien auprès de ce qu'il me faut.

— Mais alors Mademoiselle, je veux savoir... dit le père en fronçant le sourcil.

— Oh! tu n'as pas besoin pour cela de me faire de grands yeux, cher petit papa. D'abord, je sais bien que tu n'es pas méchant, même quand tu prends l'air croquemitaine. Et puis, je n'y mets point de mystère. Voici pourquoi je veux me défaire de mes joujoux. Tu sais bien la dame noire du sixième, emménagée au dernier terme, et qui paraissait si triste quand nous la rencontrions quelquefois dans l'escalier avec son gentil petit garçon?

— Oui.

— Eh bien! il paraît que la pauvre dame se trouve dans de très-grands embarras et dans une vraie peine. J'étais tout à l'heure dans l'office, et j'entendais la concierge dire à la cuisinière que cette bonne dame était au lit, manquant d'argent probablement, puisqu'elle ne peut travailler, et cela avec deux enfants, car elle en a deux maintenant; le bon Dieu vient de lui envoyer une gentille petite fille, outre son aîné. Il fait bien ce qu'il fait, le bon Dieu, c'est La Fontaine qui le dit, et je le crois d'autant plus que tu me le dis aussi; mais pourtant n'aurait-il pas pu choisir pour la pauvre dame un autre cadeau d'étrenne? Eh! ne ris donc pas, père, avec cet air là, quand moi j'ai si grande envie de pleurer.

— De pleurer?

— Oui. Après avoir entendu la concierge qui disait d'autres choses plus tristes encore, je suis revenue, les larmes aux yeux, n'ayant plus du tout le cœur au jeu. Et c'est alors que j'ai pensé à vendre tout cela pour venir en aide à la pauvre mère et à ses enfants; car moi je puis bien me passer de joujoux, mais elle et ses chers petits ne peuvent se passer de pain.

12.

— Et cette idée t'est venue ainsi de toi-même, à toi toute seule, Berthe ? demanda le père profondément ému.

— Oui, père ; y a-t-il du mal à cela?

— Du mal, chère enfant Oh! bien au contraire. Cela me montre que ton bon petit cœur est meilleur encore que je ne croyais, et je te trouve deux fois plus gentille. Viens, que je t'embrasse, enfant, pour le plaisir que m'a fait ta confidence et pour la joie qu'en aura ta mère.

— Oh! alors puisque tu es content, tu ne me blâmes plus de vouloir vendre mes joujoux?

— Non, certes ! Mais pour que tu n'aies pas la peine de chercher un amateur, c'est moi qui te les achète, (Pour te les rendre bientôt, murmura-t-il en *à parte*.)

—Merci, père, merci, dit l'enfant frapprant joyeusement ses petites mains l'une contre l'autre. Oh! que tu es bon, papa, et que je t'aime!

— Tiens, j'ai là justement dans mon portefeuille un beau billet de banque tout neuf; prends-le. Tu y joindras ce petit mot, ajouta le père écrivant à la hâte quelques lignes sur un demi-feuillet qu'il plia et dans lequel il enveloppa le soyeux papier de la banque.

— Merci encore, père. Quel bonheur! Comme ils vont être heureux, là-haut ! Tiens, voilà tous les joujoux qui maintenant sont à toi, dit l'enfant déposant, non sans un soupir peut-être, la belle poupée dans son berceau. Je ne garde que cette boite de bonbons.

— Ah! dit le père en souriant.

— Ce n'est pas pour le motif que tu crois, et par friandise. Non, c'est une idée que j'ai, ne voulant pas faire de la peine à cette pauvre dame en l'humiliant. Et maintenant je cours prier Françoise de m'accompagner là-haut.

— Va, petite, c'est Dieu qui t'envoie, dit le père en embrassant l'enfant et tournant vite la tête pour essuyer une larme.

Or, pendant que ceci se passait au premier étage, c'était fête aussi dans la mansarde du sixième. Parrain, marraine et filleule étaient revenus de l'église, et la mère, dans la joie de son cœur, les embrassait tour à tour, et même un peu tous ensemble, avec effusion. Le premier moment passé Hélène dit à la mère:

— Maintenant, mon amie, il faut prendre du repos. Vous aurez votre part de la collation et des dragées, mais plus tard; quant à présent, un bouillon suffit. Point d'imprudence, et tout ira bien. Il s'agit seulement de vous remettre promptement sur pied. J'ai souvent plus de besogne que je n'en puis faire; je vous apprendrai mon métier plus lucratif que les travaux de lingerie. En quelques mois vous serez au courant, et alors...

— Oui, mais pendant ces quelques mois il faudra vivre, dit la pauvre mère avec anxiété.

— Sans doute, sans doute, répondit Hélène, dont la figure s'assombrit. Bah! reprit-elle gaîment, commencez par vous rétablir, plus tard on avisera. Ne devons nous pas compter sur la Providence?

En ce moment on frappa discrètement à la porte; Henri courut ouvrir, et Berthe entra suivie de la femme de chambre de sa mère.

— Mademoiselle Berthe! dit l'enfant.

— La fille du propriétaire! reprit sa mère étonnée.

— Pardon, Mesdames, murmura Berthe rouge de plaisir et un peu d'embarras, pardon si je me permets de venir ainsi vous faire visite.

— Je ne m'en plains pas, Mademoiselle, et c'est un plaisir auquel je ne m'attendais pas.

— Je ne voudrais pas être indiscrète, mais j'ai entendu dire que vous aviez une petite fille qui est un amour par sa gentillesse. Moi qui ai tant d'amitié pour mes poupées, vous comprenez que je raffole bien plus encore d'un vrai bébé. Aussi, j'ai été tourmentée tout d'abord d'un désir extrême d'embrasser le vôtre, et un peu hardiment sans doute, quoique avec la permission de papa, je suis montée.

— Et vous avez bien fait, Mademoiselle; je ne puis

que vous en savoir beaucoup de gré. Voilà ce cher
ange; ajouta la mère découvrant l'enfant, qui,
fatiguée sans doute de sa récente promenade, s'était
endormie.

— Mais qu'elle est gentille! oh! mignonne à
croquer! je vais l'embrasser, mais doucement, doucement, pour ne pas l'éveiller. Une autre fois qu'elle
aura les yeux ouverts, je me dédommagerai. Maintenant, Madame, permettez-moi, en remercîment
de votre bon accueil, de vous offrir quelques-uns
de mes bonbons du jour de l'an.

Et Berthe présentait à la malade une boîte de
bonbons enveloppée dans un beau papier glacé sur
lequel se croisait une faveur rose.

— Mais vous êtes trop aimable, mon enfant, trop
gracieuse en vérité, et je ne sais comment reconnaître...

— Quoi! pour cette bagatelle! Pardon maintenant de vous quitter si vite ; papa m'attend. Mais je
prendrai la liberté de venir voir le chérubin.

— Je l'espère, dit la mère.

— Madame, Mesdemoiselles..., reprit Berthe en
saluant avec un certain sourire et un regard un
peu malicieux ; puis elle se hâta de sortir.

— Maman, voyons la boîte, dit Henri en s'approchant. Oh! bien, il y a de l'or jusque sur l'enveloppe; cela promet.

La mère coupa le ruban et déchira le papier qui servait d'enveloppe.

— Tiens ! dit l'enfant désappointé, c'est une boîte de dragées comme les autres. Mais le dedans, voyons.

La mère ouvrit la boîte, et le rond en dentelle enlevé, tout d'abord elle aperçut un papier qu'elle déplia ; mais la boîte faillit échapper de ses mains, et elle poussa un cri à la vue du billet de banque.

— Seigneur ! mon Dieu ! mais regardez donc, Mesdemoiselles : avec les bonbons un billet de banque, un billet de 200 francs ! murmura-t-elle, près de défaillir. Mes pauvres enfants ! Et sur cet autre papier il y a quelque chose d'écrit. Veuillez lire, car pour moi je suis si troublée, que je n'y vois plus.

— Sur ce papier, dit Hélène, il y a un peu griffonné par exemple : *Quittance de loyer pour l'année courante mil huit cent cinquante-sept.* Signé D. SJARDINS.

— Est-ce possible ? murmura la mère.

— Eh bien ! s'écria Gabrielle voilà un propriétaire comme il n'en est pas sans doute dans Paris à la douzaine, la perle, le phénix assurément de l'espèce.

— Oh ! Mesdemoiselles, je n'en crois pas mes yeux ; c'est un rêve que je fais. Quoi ! tant de bonheurs et si inattendus à la fois ! Tenez, ce matin

encore cette chambre me paraissait un tombeau, et
à présent, bien que le ciel au dehors soit toujours
aussi sombre, il me semble que le soleil inonde de
ses plus chauds rayons la mansarde transformée en
palais de fée, et je crois y respirer la bonne odeur
d'un parterre tout en fleurs. Je me trouve dans un
vrai paradis. Mes bonnes amies, soyez heureuses
de ma joie, car c'est à vous que je la dois; c'est
votre visite qui m'a porté bonheur...

—Que dites-vous ? interrompit Hélène. Non, c'est
votre courage dans l'épreuve, c'est votre pieuse résignation, votre généreuse et sainte confiance dans
la Providence, c'est la prière et le bon cœur de ce
cher enfant qui vous valent ces récompenses. Mon
petit ami, vous avez été exaucé: *voilà les étrennes du
bon Dieu.*

UNE PETITE FILLE

D'HARPAGON

I

Il y a des gens qui sont mal logés, mal couchés, mal habillés, et plus mal nourris, qui souffrent du passé, du présent et de l'avenir, dont la vie est comme une pénitence continuelle et qui ont ainsi trouvé le secret d'aller à leur perte par le chemin le plus pénible : ce sont les avares.

(LA BRUYÈRE.)

L'usage seulement fait la possession.

(LA FONTAINE.)

J'étais, il y a quelques temps, à la campagne chez des amis, je me promenais seul dans le jardin, un jardin un peu jeune encore, mais qui promet, surtout comme potager et comme verger. J'admirais ou je n'admirais pas les carrés de choux, de haricots et d'artichauts, les bandes de laitue en serre-file, les épinards, je ne puis pas dire verts comme pré, car, ils étaient rouges.

— Des épinards rouges ! s'exclame d'un air d'ébahissement incrédule le lecteur parisien qui peut-être ignore en quoi le seigle diffère de l'avoine.

13

— Oui, lecteur, oui, gracieuse lectrice, que cela peut intéresser davantage en votre qualité de maîtresse de maison, des épinards rouges, et d'un beau rouge tirant sur le cramoisi ; plantés de distance en distance dans les plates-bandes, ils meublent à merveille, et de loin font l'effet de magnifiques fleurs pour peu que le soleil du midi rayonne sur leurs longues feuilles de la couleur que j'ai dit. Cette couleur se change, à la cuisson, en un beau vert d'émeraude.

— Hum ! murmure le lecteur peu convaincu, si ce n'est pas là une histoire faite à plaisir, si le conteur ne veut pas se divertir à nos dépens....

— Ah ! Monsieur !...

— J'aurais grand'peur que cela ne fît un fort méchant plat et je m'en défierais tout autant que des jeunes pousses d'orties qu'on proposait naguère de substituer aux épinards traditionnels. Vous avez fait, Monsieur l'auteur, l'expérience de ce nouveau mets dont vous nous parlez ?

— Pas précisément, mais je le crois excellent sur la parole de mes hôtes, des gens d'un autre âge, Philémon et Baucis, ménage modèle, et qui ne se permettraient pas le plus petit mensonge... pour tous les épinards du monde. Mais, s'il vous plaît, c'est assez sur ce point et même trop ; car je ne sais comment ma plume a fait ainsi l'école buis-

sonnière ; ce n'est aucunement des légumes de mes
amis que je voulais parler, ni même de leurs pru-
nes, encore qu'elles en vaillent bien la peine, mais
de leurs fleurs, de leurs rosiers surtout, ou plutôt
d'une rose.

— Votre histoire ou votre conte débute en logo-
griphe.

— Peut-être... mes amis donc ne donnent pas
tout absolument à l'utile, aux vulgarités de la prose
c'est-à-dire aux arbres fruitiers et aux légumes. Il
y a dans le jardin aussi le petit coin de la poésie,
un très joli petit, oh ! petit parterre où se cultivent,
pour l'agrément des yeux, (car faut-il ne songer
qu'à l'estomac ?) toutes les fleurs de la saison, et en
particulier de très-belles roses. Or, en dépit de la
mode qui extravague dans les caprices de son
humeur changeante pour les parures du jardin
comme pour les robes et s'entête des plus absurdes
nouveautés, je suis toujours, moi, pour la tradition,
et je maintiens la rose, avec son parfum délicat et
sa forme élégante, la reine des fleurs. Aussi m'é-
tais-je arrêté avec admiration devant une magnifique rose-thé, qui, à elle seule, valait tout un parterre et s'épanouissait splendide dans toute sa fraî-
cheur. Je la contemplais depuis quelques minutes
et ne me lassais pas de la regarder, quand le jardinier s'approcha. Un homme étonnant que ce jar-

dinier et qui mériterait bien que je vous fisse un
peu son portrait, n'était que je ne veux pas me lancer dans une digression nouvelle ! Il faut de la discrétion ; et notre homme, si je l'écoutais, pourrait
me mener loin. Quoique très laborieux, toujours
occupé des yeux et de la main, échenillant, émon-
dant, arrosant, il cause volontiers, mais uniquement de son état, de ses arbres, de ses fleurs, de
ses rosiers ou de ses melons,(ce n'est pas celui-là
qui vous parlera politique). Il est jardinier, mais
par une vraie vocation, avec réflexion et avec passion. Et ce paysan, qui n'a guère eu d'autre éducation première que celle qu'on donnait, il y a quelque cinquante ans au village, en vous parlant de
son art (car en son genre c'est vraiment un artiste)
s'anime, s'enflamme ; il s'exprime avec élégance,
avec une éloquence que n'avaient pas toujours les
Messieurs en habit noir que j'entendais naguère
longuement jaser à la tribune.

Mais bavard, voilà que je me laisse entraîner de
nouveau à la digression et j'oublie, moi, les premières règles de mon métier, qui ne permettent
d'intéresser le lecteur aux personnages épisodiques
qu'autant qu'ils prennent part à l'action générale.
Or, mon jardinier, lui, à mon grand regret, comme
l'ombre chinoise, ne doit faire qu'apparaître pour
dire un mot, un petit mot et disparaître *subito*.

Je contemplais donc en amateur la rose en question, quand le brave homme, me voyant si attentif, me dit :

— Vous aimez les fleurs, Monsieur ?

— Certes ! il faudrait être un sauvage....

— Alors il y a bien des sauvages dans le monde. Car il vient ici tous les dimanches des nuées de parisiens, et de ma fenêtre — ce jour-là, grâce à Dieu, je me repose, — je n'en vois pas deux sur cent qui s'arrêtent pour donner un coup d'œil d'amateur au parterre du propriétaire, mon voisin, si séduisant à voir (le parterre) même à travers la grille. Ils passent tous comme des volées de moineaux francs. Vous n'êtes pas de ce tempérament, Monsieur, et cela me fait plaisir, parce que je vous estime. Oh ! oui vous aimez nos chères fleurs tout de bon, j'ai d'abord vu cela dans vos yeux. Vous trouvez cette rose en particulier bien belle.

— Ravissante, admirable !

Le fait est que je n'en vois pas deux comme elle dans le jardin. Quel dommage que cela dure si peu !... La rose sera toujours la reine des fleurs, mais n'ayant à jouir que peu de son triomphe. Et encore ne faut-il pas qu'un accident imprévu.... Celle-ci, par exemple, sans la visite que j'ai faite aujourd'hui au jardin, probablement n'eût pas vu la fin de la journée. Avant quelques heures, fanée, flétrie, la honte de cette tige dont elle faisait l'orgueil...

— Comment cela ?

— Tenez, dit-il, entr'ouvrant délicatement la corolle et tirant du milieu des feuilles, à l'aide d'une pince subtile, un petit ver qu'il me montra, tenez, vous voyez bien cela.

— Oui.

— Eh bien ! il n'en eût pas fallu davantage pour nous gâter la rose tout entière. Un de mes clients, propriétaire dans une autre commune, et quelque peu misanthrope, auquel je montrai comme à vous la chose certain jour, me fit une réflexion assez singulière. — Ah ! murmura-t-il d'un air d'humeur il n'y a pas que les roses qui soient, ainsi et les femmes donc ! chez telle qui semble parfaite il suffit d'un petit défaut pour nous gâter tout le reste.

— Vous pensez bien que je gardai pour moi le compliment et n'en fis aucunement part à la dame du logis, une très aimable personne à laquelle je ne vois, moi, que de bonnes qualités. Mais sait-on où le soulier vous blesse ? comme disait un vieux de la vieille au temps des Romains.

II

Or, l'anecdote du brave jardinier me revint plus d'une fois depuis à l'esprit, et, récemment encore, à l'occasion d'une jeune femme que je rencontre de temps en temps dans le salon d'une respectable dame, dont l'amitié m'est précieuse. C'est par elle que j'ai su tout au long l'histoire de cette personne, histoire qui peut-être mérite de ne pas rester inédite, quoique le sentiment, si cher aux faiseurs de romans, anciens et nouveaux, n'y joue qu'un médiocre rôle et n'y joue même aucun rôle.

Mme de Vermont, qui a maintenant de 25 à 26 ans, est une de ces femmes comme un célibitaire, s'il n'est plus jeune, n'aime pas à en rencontrer ; car elles rendent plus cuisants ses regrets ou lui peuvent donner de cruels et trop tardifs repentirs, s'il a renoncé volontairement, par la crainte de certains ennuis, par l'indépendance de son humeur aux bonheurs de la famille. Plus jolie que belle,

mais surtout gracieuse, aimable, souriante, Mme
de Vermont joint aux avantages extérieurs d'autres plus précieux, les solides vertus, la haute
raison, en même temps que la douceur du caractère, et l'enjouement d'un esprit vif et cultivé. Véritablement on la dirait parfaite et son nom n'est
jamais prononcé, même par d'autres femmes, qui
pourraient être ses rivales, qu'avec bienveillance.
Il n'en fut pas toujours ainsi et naguère, en rendant
justice à ses bonnes qualités, on manquait rarement d'ajouter : mais c'est dommage, bien dommage qu'elle ait ce triste défaut qui offusque à lui
seul tous ses mérites et finira par lui gâter complètement le cœur et l'esprit.

— Oui, sa parcimonie.

— Dites son avarice, son avarice sordide...

— Le fait est...

— Et quoi de plus monstrueux ? de si misérable
vice, ennemi de toute pitié et de tout noble sentiment chez une jeune femme. Que sera-t-elle à 60
ans.

Malheureusement la médisance n'exagérait pas ;
et encore était-elle la médisance puisque ce triste
penchant se trahissait au-dehors, visible pous tous,
soit dans les actes, soit dans les paroles ?

Chose inouïe chez une jeune femme et dans sa
position de fortune, Mme de Vermont portait des

robes et des chapaux antidatés, des étoffes depuis
longtemps passées de mode; mais qu'elle obtenait
ainsi à moitié prix. Elle faisait elle-même les façons
et les raccomodages, ne se trouvant pas humiliée
de sortir avec une robe bariolée de pièces. Les
gants lui coûtaient ving-cinq centimes et n'en du-
raient pas moins indéfiniment, toujours par le même
système de reprises. Jamais elle ne prenait de voi-
tures, pas même un omnibus. Qu'on juge de ce
qu'il en devait être chez elle pour le bois, l'éclai-
rage, le combustible. Sa lésine, toujours en éveil,
ne tarissait pas en avertissements aux domesti-
tiques, en observations, en instructions qui faisaient hausser les épaules derrière elle. Par exemple, interdiction du pain frais, même sur la
table des maîtres, parce qu'on en mange davantage ; *idem*, pas de bon vin, parce qu'il fait
trop boire. Pour les domestiques l'eau pure, bien
entendu, ou de mauvais cidre. D'ailleurs pour tous,
l'ordinaire le plus ordinaire et que bien des artisans
eussent trouvé chétif. Aux fenêtres on voyait des
rideaux jaunis par le long usage ; le blanchissage
les aurait usés. Une fois le mois, et à peine encore,
on ôtait la housse des fauteuils pour qu'ils prissent
l'air, mais sans les battre ni les brosser crainte de
les user. Madame demandait compte des allumettes
et se plaignait qu'une seule fût brûlée inconsidé-

13.

rément. Elle ordonnait de garder les coquilles
d'œufs pour en faire de la cendre et ainsi du
reste.

Un matin, son mari oublie sur la cheminée son
porte-monnaie qui contenait une trentaine de
francs. Le surlendemain elle regarde dans la bourse
et lui dit :

— Tiens, tu as dépensé de l'argent ?

— Moi, non !

— Mais si vraiment.

— Je ne me rappelle pas...

— Il te manque 12 sous.

— Ah ! oui, j'ai acheté des cigares.

— Des cigares ! Comment dépenses-tu ton argent pour des choses dont on peut si bien se passer. Une autre fois je te gronderai.

La jeune femme tenait malheureusement trop
de sa mère qui fut Mme Lésine en personne. Elle-
même racontait que lorsqu'elle était petite fille
encore, certain jour, sa mère lui défendit de sauter
à la corde, tout au moins de multiplier autant les
doubles tours.

— Pourquoi donc maman ? demanda-t-elle.

— Cela use trop les souliers ! répondit la mère
de plus grand sang-froid.

D'après ce qui nous a été raconté, la malheureuse
femme est morte plutôt d'inanition que malade

d'une maladie quelconque ; elle est morte de pri-
vation de nourriture en même temps que du froid.
Cependant lorsque, par suite de son état de faiblesse, elle fut forcée de s'aliter, la domestique.
Au moment où, de ses deux mains tremblantes,
elle saisissait les pincettes, elle se sentit défaillir,
et tomba à la renverse. La domestique rentra
juste à temps pour l'empêcher d'être brûlée, nous
ne dirons pas vive, car elle la reporta sur son lit
morte, morte victime de sa misérable passion.

La fille semblait avoir trop bien profité des leçons de sa mère, en dépit du proverbe : *A père
avare fils prodigue*! sa fortune et celle de son
mari s'élevaient à 25 ou 30 mille livres de rente,
et pourtant Mme de Vermont s'évertuait à toute
les lésineries que j'ai dites. Elle désespérait par
cette triste manie son mari, homme de cœur et
d'intelligence, et d'une humeur toute différente. Il
confiait un jour son chagrin à l'un de ses amis,
vieux camarade de collège et lui faisait ainsi s es
doléances :

— Ma pauvre femme me désole, je ne sais plus
qu'y faire, toutes mes observations sont en pure
perte... Et puis, ces femmes sont tellement cap-
tieuses et insinuantes, la femme surtout qu'on
aime, que je me laisse presque aller à croire
qu'elle a raison et que sa parcimonie n'est que de

l'économie. Parfois j'ai peur moi-même d'être sur la pente de ce vilain défaut. Je donnerais deux doigts de ma main, ah ! la main tout entière pour la corriger, mais c'est un miracle impossible...

— Oh ! impossible ! si tu le voulais bien !

— Tu te moques.

— Écoute, ta femme est une femme d'esprit, et, ce qui vaut mieux, une femme de cœur ! Le sien du moins, autant que j'en ai pu juger, ne me paraît pas encore gangréné absolument par cette lèpre.

— Je suis heureux de le croire.

— Il y a donc de la ressource ; il y a de la ressource, si tu veux suivre mon conseil. J'ai confiance dans le succès par une première expérience. Il ne t'en coûtera ni la main ni même le doigt, mais il pourra t'en coûter quelques billets de banque.

— J'en donnerais vingt de bon cœur, si j'étais sûr du résultat.

— J'espère que tu en seras quitte à moins. Mais il te faudra essuyer quelques temps la mauvaise humeur de ta femme.

— Ma femme saura donc ?

— Impossible autrement ! C'est à cause d'elle, devant elle, que devront se faire les dépenses ! à son nez, j'allais dire à sa barbe.

— Ah ! diable.

— Mon bon, aux grand maux les grands remè-
des, et tu peux m'en croire pas de temps à perdre.
Pour peu que tu attendes, il sera trop tard, la maladie deviendra chronique, prends-y garde. Il y
va de tout pour toi, si le courage te manque, de
ton bonheur dans le présent et dans l'avenir !

— Tu as raison, je suis décidé. Mais... que faut-
il faire

— En deux mots, voici mon conseil et ta consi-
gne. Ta femme est avare, car il faut nommer,
entre nous, les choses par leur vilain nom ; pour
la corriger, deviens prodigue, prodigue jusqu'à
ce qu'elle crie : grâce et merci.

— Au fait c'est une idée ! une idée ingénieuse,
ce semble, et dont je veux faire l'essai pas plus
tard que ce soir. Mais tu te dévoueras pour la première fois à être mon complice.

— Comment cela ?

— Je t'invite à dîner. Tu sais, il faut t'attendre,
de la part de ma femme, à de fâcheuses mines.

— Je n'ai pas oublié sa figure la dernière fois
que j'eus le plaisir ou le déplaisir de m'asseoir à
ta table, côte à côte de la belle-mère. Leur accueil
si peu gracieux à toutes deux, je puis te l'avouer
maintenant, a été depuis la cause véritable de mes
refus persévérants malgré tes invitations réité-
rées !

— Je m'en doutais !... Mais, je tâcherai.. moi, de faire contrepoids.

— Puis-je ne te dissimulerai pas, que, sans être friand, je suis accoutumé à un ordinaire moins cénobitique. Dîner chez un homme qui a vingt-cinq à trente mille francs de rente et sortir affamé ou bourré de harricots et de pommes de terre, c'est absurde. Autant s'empoissonner à 32 sous, dans les officines du Palais-Royal. A défaut de la qualité, on a la variété et l'on se rattrape sur la quantité.

— Cela n'arrivera plus, sois en sûr suis-moi et j'espère, tu seras content.

M. de Vermont descendit à la cuisine avec son ami.

— Qu'y a-t-il pour le dîner ? demanda-t-il à la domestique.

— Comme à l'ordinaire, monsieur, le pot-au-feu, la soupe et le bœuf.

— Et puis ?

— Une salade.

— Et ensuite.

— Mais c'est tout, madame trouve que c'est beaucoup déjà.

— Ainsi pas de rôti ?

— Du rôti quand il y a du bouilli ? monsieur sait bien que ce n'est guère ici l'habitude. Deux plats de viande ! Ah bien.

— J'ai quelqu'un à dîner aujourd'hui ! Un ami
que j'invite.

— Du monde à dîner ici, pardon, monsieur,
la première nouvelle... Et madame qui ne préviens
pas ! !...

— Ma femme ignorait l'invitation, car c'est en
son absence que j'ai engagé l'ami dont je reçois la
visite. Mais n'importe ! Allumez vos fourneaux et
que le dîner soit ce qu'il doit être. Ayez une belle
volaille, un entremets sucré avec vos légumes. Des
fruits et de la pâtisserie pour dessert.

— Ah bien ! mais ! s'écria la cuisinière ouvrant
de grands yeux, mais tout cela, Monsieur, fera
une grosse dépense, et Monsieur sait que Madame
a ses idées. Peut-être trouvera-t-elle...

— Faites ce que je dis, je prends tout sur moi.

— Mais pourtant, Monsieur... si Madame... si
ma maîtresse...

— Vous m'avez entendu, plus d'observation ! si
Madame est la maîtresse, je suis le maître. Vous
allez faire immédiatement, et de point en point, ce
que j'ordonne, sinon vous sortirez demain.

— Du moment que Monsieur parle ainsi...

— Est-ce l'argent qui vous manque ?

— Dame, Monsieur, j'ai encore dix-neuf sous
dans le tiroir.

— Voilà 30 francs, et si cela ne suffit pas, vous

m'en redemanderez. Ah ! qu'on ait soin d'allumer de suite le poële dans la salle à manger.

— Mais, Monsieur, d'abord, vous savez bien, on se passe de feu d'ordinaire. Puis il n'est que 3 heures et l'on dine à 6 ou 7. C'est brûler inutilement du bois. Madame, bien sûr, grondera et trouvera.

— Madame trouvera que vous avez bien fait d'obéir, dit d'un ton sec M. de Vermont. Une fois pour toutes, Joséphine, à l'avenir, quand je commande quelque chose, pas de réflexions, si vous ne voulez pas vous brouiller avec moi.

— C'est bien, Monsieur, ce que j'en faisais n'était point à mauvaise intention, mais parce que Madame jusqu'ici... mais, du moment que Monsieur change de système, on s'y conformera.

— A la bonne heure ! Je sors avec mon ami, Vous préviendrez Madame qu'elle aura du monde, et vous lui direz que je la prie d'aviser à sa toilette. Quant à vous, Joséphine, ne perdez point de temps pour vos achats.

— Oui, Monsieur.

M. de Vermont et son ami sortirent, et Joséphine après eux pour courir au marché d'où bientôt elle revint avec un panier rempli de provisions, matétériaux bruts qu'il s'agissait de transformer de la manière la plus appétissante. Joséphine, qui avait

étudié sérieusement dans Carême, en cuisinière
habile, avait le goût de son état ; aussi se désolait-
elle de l'ordinaire de plus en plus frugal de M. et
Mme de Vermont. Il fallait, pour qu'elle s'y rési-
gnât, son affection pour la jeune femme qu'elle
avait connue tout enfant chez un vieux parent.
Devant la perspective d'un vrai dîner à exécuter,
et cette occasion qui se présentait si rarement de
déployer son talent, elle se sentit rajeunie de dix
ans, et se mit gaîment à l'œuvre. Bientôt tous les
fourneaux flambèrent, les casseroles, si longtemps
muettes commencèrent à chanter à l'envi : dans
la cheminée, où les araignées avaient eu tout le
loisir de tendre leur toiles, resplendit un feu clair
et brillant, et la broche tourna ornée d'une pou-
larde des plus blanches et des plus grasses qui venait du Mans... ou d'ailleurs. Joséphine la veillait
et la couvait des yeux avec une sollicitude extrême, telle vraiment qu'on ne l'eût pas vue plus
inquiète si la pauvre bête n'eût pas eu le cou
coupé et que d'un instant à l'autre elle eût pu prendre sa volée. Néanmoins, malgré cette attention
particulière qu'elle donnait au rôti, elle s'occupait
non moins curieusement de préparer les éléments
essentiels d'un entremets sucré et d'une autre friandise de dessert qu'elle avait particulièrement à
cœur de réussir.

Elle était tout entière absorbée dans cet important travail, et comme on dit à l'office, dans son coup de feu, quand Mme de Vermont rentra, et, suivant son habitude, en donnant un coup d'œil à la cuisine. A la vue de ces préparatifs, et de ce luxe culinaire depuis longtemps tout-à-fait inconnu dans sa maison, elle crut rêver, et, bouche béante, s'arrêta à l'entrée de la cuisine plus ébahie que le bon Sancho devant les montagnes de victuailles des noces de Gamaches, mais moins réjouie que lui. Enfin, reprenant ses esprits, elle s'avança, le front sévère, et, d'un ton sec qui trahissait plus que du mécontentement, elle dit à la cuisinière :

— Hé, qu'est-ce que cela signifie ? Ne vous avais-je pas dit ce matin : comme à l'ordinaire, le le pot-au-feu et quelque légume. Voulez-vous donc nous ruiner, malheureuse fille ; Quelle idée avez-vous eue et pourquoi ces prodigalités ?

— C'est par l'ordre de Monsieur, Madame, je ne fais que ce qu'il m'a commandé.

— Monsieur ?

— Oui, Madame, Monsieur en me donnant sa bourse, m'a dit qu'il aurait quelqu'un à dîner, un ami et peut-être deux.

— Un ami à dîner, et sans m'avoir consultée ! murmurait Mme de Vermont, à la fois surprise et irritée.

— C'est une visite qu'il a reçue pendant l'absence de Madame, et la cause s'est faite ainsi tout de suite. Monsieur paraissait tenir beaucoup à ce que le dîner fût convenable, un dîner d'amateurs.

— C'est incroyable ! reprit la jeune femme, c'est inconcevable ! puis elle ajouta, s'dressant à la domestique ; mais s'il n'a qu'un convive ou deux il me semble que vous pouviez.... y mettre plus d'économie. Il y aura là à manger pour douze personnes.

— Oh ! pas tout-à-fait répondit Joséphine, réprimant avec peine un sourire. Ah ! pardon, Monsieur m'a prié de dire à Madame de se tenir prête pour six heures et de faire quelque toilette.

— Comment, dit Mme de Vermont avec dépit, me prend-il pour une petite fille ? Ne sais-je pas ce que j'ai à faire ? Puis, parce qu'il lui plaît d'avoir à sa table quelque pique-assiette, il faudra que je me gêne ? Je me trouve bien ainsi et je resterai telle.

— Pardon, Madame, reprit Joséphine. Avec tout le respect que je lui dois, que Madame me permette de lui dire : elle fâchera Monsieur, car à son air j'ai bien vu qu'il avait la chose fort à cœur et il parlait d'un ton décidé que je ne lui connaissais pas, que Madame ne lui connaissait pas sans doute elle-même.

— C'est singulier ! murmura Mme de Vermont préoccupée ; un pareil changement, si subit, en quelques heures, chez lui toujours si bon, si facile, toujours content et qui ne voulait que ce que je voulais.

Elle monta dans sa chambre, et, un peu calmée, se rappelant fort à propos que l'un des premiers devoirs de l'épouse est la condescendance, elle se décida à changer de toilette. Je ne dis pas que la coquetterie n'y fut pas pour quelque chose : quelle fille d'Eve ne se souvient parfois de sa mère ? Mais Mme de Vermont s'était si fort négligée depuis quelque temps, par suite de ses exagérations d'économie, qu'à peine trouva-t-elle une robe passable à mettre ; encore était-ce une robe de couleur foncée et qui, assez mal faite, lui donnait un air monacal fort peu gai. Elle semblait, avec sa figure allongée et contrainte surtout, s'être habillée pour une cérémonie funèbre, beaucoup plus que pour un festin. Aussi son mari, qui rentra sur ses entrefaites, parut-il médiocrement édifié du costume de sa femme. Il fronça le sourcil, et, d'un ton assez bref, il lui demanda :

— Ne savais-tu pas que nous avions du monde, mon ami Bénédict et son frère ? Il m'eût été agréable de te voir leur faire honneur au moins par une toilette suffisante.

— Mais, mon ami, j'ai mis ma plus belle robe.

— Ta plus belle robe, cette guenille noire ? Je ne
t'en fais pas mon compliment. Mais, ne dois-je pas
le savoir, moi qui te laissais faire, en vrai sot,
quand tu refusais mes cadeaux et qui me crevais
les yeux pour n'y pas voir clair. Ne me suis-je pas
senti humilié plus d'une fois, d'avoir à mon bras
une femme mise de si petite façon.

— Comment, murmura Mme de Vermont, avec
des larmes dans les yeux, tu as pu rougir de moi,
de ta femme.

— Non pas de toi, mais de ta mise de duègne
juive.... il n'en sera plus ainsi désormais. Dès demain, je t'en préviens, j'achète des étoffes pour
une demi-douzaine de robes et je t'envoie un esca-
dron d'ouvrières.

— Et moi je m'oppose.... je ne consens pas... à
ces folies..

— Folies ! à la bonne heure ! dit M. de Vermont
d'un ton ferme, mais j'entends qu'il en soit ainsi.

— Mais tu veux donc nous ruiner, mon ami dit
Mme de Vermont, avec consternation. Quelle est
cette manie de dépense qui te prend tout à coup
comme un accès de fièvre ? Ce dîner par exemple ?

— Écoute, ma chère amie, dit le mari d'un ton
plus amical mais toujours ferme, ce que je fais, je

le fais à bon escient et avec une résolution très arrêtée ; il faut donc en prendre ton parti. Nous me-
nons depuis trop longtemps une existence absurde
pour des gens dans notre position. Avec trente
mille francs de rente, davantage peut-être, nous
faisons plus triste figure que des employés à deux
mille francs. Nous ménageons, nous épargnons,
entassant, empilant. Dans quel but.

— Mais, mon ami, il faut de la prévoyance ! Qui
sait l'avenir et ce qui arrivera plus tard ? Il n'est
pas de fortune qui résiste au manque d'économie.

— L'économie, à la bonne heure ! mais tenons-
nous-en là, et prenons garde à l'excès en ce genre
pire pour moi que la prodigualité. Arrive qui
plante qui vivra verra, l'argent est rond, c'est pour
rouler ! Autant de proverbes excellents formulés
par la sagesse des nations et que je veux désormais
mettre en pratique.. raisonnablement d'ailleurs. Ne
touchons point au capital, soit, mais employons le
revenu à nous faire honneur et plaisir, à nous
comme aux autres. Voilà mon programme pour
l'avenir ! tout au plus je tolèrerai l'économie d'un
billet ou deux de mille francs par année pour les
circonstances imprévues. Ordonne, je te prie qu'on
serve sans retard, car voilà nos amis. En effet, les
deux convives entraient en ce moment, et bientôt
on se mit à table.

Le dîner commença d'une façon assez mélancolique ; malgré les efforts de Mme de Vermont pour
être gaie et faire un aimable accueil aux hôtes de
son mari elle paraissait soucieuse, attristée, mal
à l'aise. Plus d'une fois surtout elle ne put retenir
un soupir quand on apportait sur la table un mets
nouveau ou la bouteille pleine, calculant sans
doute en *à parte* la dépense. Mais M. de Vermont
et ses convives ne semblaient pas y prendre garde
et ils n'en continuaient pas moins de remplir leurs
verres et de manger du plus franc appétit. Tous
les trois d'ailleurs étaient gens d'esprit et non pas
des goinfres pour lesquels la table est le but. La
conversation s'anima, vive, étincelante, amusante,
quoique toujours honnête ; si bien que peu à peu
Mme de Vermont se laissa gagner à l'attrait. Son
front se dérida, et, encouragée par les sourires de
son mari, et par le bonheur qu'elle lisait dans ses
yeux, par la joie qu'il semblait éprouver de la voir
toute gracieuse, et sprituelle, elle oublia les tristes
culculs et prit de cœur enfin sa part de la fête. Ce
fut d'un air cordial et avec un acent sincère
qu'elle répéta après son mari aux convives, quand
ils se retirèrent : à bientôt, Messieurs, au revoir !

III

Mais la nuit porte conseil, dit le proverbe. Puis ce n'est pas en une heure, en un jour, qu'on se guérit d'un mal enraciné, passé dans le sang en quelque sorte, d'un penchant sucé avec le lait. Dès le lendemain Mme de Vermont était revenue à son naturel, son mari en eut la preuve au déjeuner où pour sa femme et lui on servit seulement et strictement trois œufs sur le plat, deux biscuits 1/2 et une pelure de fromage restée du dîner de la veille.

— C'est là tout le déjeuner? demanda M. de Vermont à sa femme.

— Oui, mon ami. Oh! nous aurons assez, car moi d'abord je n'ai pas faim. C'est que, vois-tu, Joséphine n'est pas sortie ce matin; elle avait trop à faire après la soirée d'hier. Et il ne restait rien du dîner, mais rien, pas même une carcasse, tes amis et toi, vraiment, vous avez mangé comme des ogres.

— C'est que nous avions faim. Tu n'as rien autre chose à me donner? C'est bien tout ton déjeuner?

— Sans doute. Il me semble que c'est plus que

suffisant, trois œufs à six liards pièce. Tu deviens bien difficile, et tu te contentais jadis à moins.

— Oui, j'avais cette sottise de grignoter en écolier mon pain presque sec avec quelques pruneaux et des coquilles de noix. J'ai assez de ce régime qui ne m'a pas engraissé. Ce n'est pas vendredi d'ailleurs aujourd'hui pour que je fasse à la fois abstinence et maigre chère. Bien obligé ! ajouta-t-il en se levant.

Eh bien ! où vas-tu donc?

— Déjeûner au restaurant voisin, une maison excellente et dont je n'ai eu qu'à me louer quand j'étais garçon.

— Au restaurant, toi, en me laissant seule? Ce n'est pas possible? Tu ne me ferais pas ce chagrin?

— Si, vraiment.

— Mon ami, j'ai eu tort, j'en conviens ; mais je t'en prie ne fais pas cela. Un peu de patience, je vais dire à Joséphine....

— Non, c'est inutile! Il ne faut pas déranger la pauvre fille qui, depuis hier, a eu bien assez de tracas. J'aurai plus tôt fait... Allons, au revoir! je rentrerai vers six heures pour dîner... si le dîner me convient.

— Comment, mon ami, d'ici là je ne te verrai pas, tu ne reviendras pas? D'habitude pourtant nous sortions ensemble l'après-midi.

14

— Nous sortirons encore..... quand tes robes seront faites.

— Et M. de Vermont se hâta de quitter la chambre car il avait dû se faire violence pour parler sur ce ton décisif et ne pas sauter au cou de sa femme en voyant dans ses yeux de grosses larmes. Les larmes coulèrent sans contrainte après son départ. Mme de Vermont avait éprouvé une contrariété si vive de cette nouvelle et dure leçon de son mari, qu'elle résolut bien de ne plus s'exposer désormais à pareille chose. Elle fut sur ses gardes pour le dîner et donna des ordres en conséquence à Joséphine. Mais malheureusement elle ne lui donna que fort peu d'argent, et la cuisinière ne put rapporter du marché que les éléments d'un très-maigre festin.

M. de Vermont rentra vers six heures comme il l'avait promis. Sa femme l'attendait pour le dîner et elle eut le bon esprit, en l'embrassant gaiement et sans bouderie sotte, de ne paraître se souvenir de la scène du matin que pour lui dire :

— Tu es bien aimable d'être revenu! Mais ce soir, j'espère, tu seras content. J'ai bien fait mes recommandations à Joséphine. Tu verras.

On se mit à table, et, après le potage et un hors-d'œuvre quelconque, la cuisinière apporta comme la veille, une volaille rôtie, mais qui, pour la mine et la taille, ressemblait à l'autre presque comme une mauviette à un dindonneau, un éperlan à un brochet :

— Je te gâte, hein? dit la jeune femme d'un air triomphant, de la volaille encore, mais puisque tu l'aimes!.... Un beau poulet, j'espère? mais aussi qui ne m'a pas coûté moins de trois francs.

— Tu appelles cela un poulet? répondit ironiquement le mari à sa femme déconcertée Ma bonne, tu n'as pas la main heureuse. Ton prétendu poulet, mais c'est un hareng saur!... C'est bien celui-là dont on peut dire qu'il n'a que la peau et les os. Ma chère amie, je ne me nourris pas avec des squelettes. Ici, Diane, ici.

Diane était une chienne de chasse qu'affectionnait M. de Vermont et qu'il avait conservée non sans peine, car sa femme ne tolérait pas volontiers cette *bouche inutile*. Aussi Diane par sa maigreur témoignait assez qu'on ne la nourrissait pas tout-à-fait plantureusement. Elle se trouvait en ce moment à la cuisine; mais, à la voix de son maître et flairant d'instinct quelque bonne aubaine, elle accourut et fut d'un bond auprès de M. de Vermont.

— Tiens, pauvre bête, tu as assez jeûné, dit celui-ci, en fourrant dans la gueule de l'animal le poulet tout entier, régale-toi. Tes dents d'ailleurs sont meilleures que les miennes.

Mme de Vermont regardait son mari, muette de

stupéfaction et aussi de douleur, car elle était loin
de s'attendre à cette déception.

M. de Vermont sonna alors Joséphine qui accourut.
Elle ouvrit de grands yeux, en apercevant son poulet dans la gueule du chien pendant que son maître,
d'un autre côté, souriait d'un air de satisfaction.

— En voilà une d'idée, pensa-t-elle, une volaille
d'un écu en guise de pâtée à cet animal! Singulier
ménage à présent! Madame qui rogne sur tout et
liarde et lésine que c'est une pitié! Et Monsieur, tout
au contraire, qui semble mettre son plaisir à jeter
l'argent par la fenêtre. Ah bien! où allons-nous?

— Joséphine, dit M. de Vermont, vous voyez le
cas que je fais de votre soi-disant poulet! une vraie
carcasse.... une malheureuse bête, morte du ver
solitaire.

— Dame, aussi, Monsieur, pour le prix!...

— Que m'importe le prix! tâchez de mieux choisir
dorénavant et payez ce qu'il faut. Mais je n'en ai
pas moins bon appétit, moi. Allez au restaurant et
dites qu'on monte de suite un dîner pour trois personnes.

— Oui, monsieur, répondit la cuisinière qui sortit.

— Pour trois personnes! murmura Mme de Vermont! Mon ami, il me semble... que c'est beaucoup.

— Non, vraiment! Ne faut-il pas que tes domestiques mangent? Elles aussi ont assez longtemps

jeûné, tout du moins assez vécu de pommes de terre et de haricots rouges.

Oh! décidément, reprit Mme de Vermont avec un accent qui indiquait tout à la fois l'humeur et l'affliction, décidément c'est un parti pris de me contrarier.

— Nullement, ma chère amie, dit avec une gravité pleine d'affection M. de Vermont, il m'en coûte d'agir comme je le fais, mais c'est dans notre intérêt à tous deux.... j'ai ma ligne de conduite arrêtée.... sache-le bien. Je veux te corriger à tout prix d'une qualité devenue chez toi un véritable et déplorable défaut. Plus tu seras économe, j'entends dans le mauvais sens du mot, plus tu dois t'attendre à me trouver prodigue.

Cette ferme déclaration de son mari, et les petites scènes par nous racontées firent faire de sérieuses réflexions à Mme de Vermont, et pendant quelques jours, elle se montra plus raisonnable; son mari n'eut que peu l'occasion d'appliquer son système.

Un matin cependant, une domestique emportant une assiette et un verre laissés sur la cheminée, fit un faux pas, le verre tomba et se brisa en éclats.

— Voyez, la maladroite, la sotte! s'écria Mme de Vermont avec humeur. Ne pouviez-vous faire plus attention! Un verre de cristal brisé, et ma dou-

14.

zaine dépareillée! C'est une ruine qu'une pareille fille!

Et pendant plusieurs minutes elle continua sur ce ton pendant que la domestique, confuse et tout étourdie de ces bruyants reproches, ramassait les débris.

M. de Vermont, occupé dans la pièce voisine, entendit ces éclats de voix. Impatienté, il jeta son livre, vint dans le salon et s'informa de la cause du tapage. Sa femme lui montra avec un geste tragique les débris du verre. Il haussa les épaules, puis, allant droit à la cheminée, il prit sur le marbre un très-beau vase en porcelaine qui s'y trouvait comme ornement, et, avec un sang froid impertubable le lança à l'autre bout de la chambre. Alors, montrant les morceaux à sa femme :

— Au moins voilà de quoi crier pour quelque chose, lui dit-il. Et il rentra dans sa chambre.

A quelque temps de là, une après-midi, dans un de ces jours de pluie et d'affreuse boue comme il en fait trop à Paris Mme de Vermont rentra avec ses bottines tachées par le macadam et les pieds tout humides.

— Pourquoi n'avoir pas pris une voiture par un temps pareil? lui demanda son mari.

— J'avais trop de courses à faire.

— Raison de plus.

— Oh! non, il m'eût fallu prendre un fiacre ou un remise à l'heure et cela coûte trop cher.

— C'est différent! très-bien dit le mari.

Le lendemain, peu après le déjeûner, un domestique en livrée se présenta, en disant, le chapeau ciré à la main et d'un air respectueux :

— La voiture de Monsieur est en bas.

— Comment ta voiture? demanda la jeune femme étonnée

— Oui, ma voiture, ou plutôt la tienne. Comme je ne veux pas que tu gagnes des rhumes ou des fluxions en trottant ainsi dans les boues de Paris comme une ouvrière, j'ai pris une voiture au mois, en attendant que j'achète un équipage et des chevaux, si je le juge préférable.

— Est-ce vraiment possible? s'écria Mme de Vermont en joignant les mains. Mais à quoi penses-tu?

— A ta santé qui m'est assez précieuse pour que je ne regarde pas à la dépense. C'est sous ce rapport surtout que je ne veux pas d'économie.

— Mais, mais....

— Il n'y a pas de mais.

— Enfin, nous nous ruinerons à mener un train pareil.

— De ce côté là, sois sans crainte. Pas plus que toi, je n'ai envie de faire une telle sottise et je sais assez bien calculer pour ne pas compromettre l'é-

quilibre de notre budget. Mais il est des devoirs de
position, et la richesse a les siens; c'est mal les
remplir que d'entasser si chichement ses revenus.
L'or, dans la société, c'est comme le sang dans le
corps humain, qui, en se portant du centre aux extrémités, vivifie par la circulation tous les membres.
S'il s'amasse, au contraire, sur un seul point et se
coagule, alors tout le reste souffre et s'appauvrit.
De même, nous qui sommes riches, si nous ne savons pas dépenser noblement, si l'or ou l'argent
s'immobilise dans nos mains au lieu de se répandre
largement, que deviendront les autres, tous ceux
qui vivent de leur travail, de leur industrie?

— La femme de chambre interrompit heureusé-
ment la conversation qut tournait à l'économie
politique, en entrant et disant :

— La concierge, Madame Jennequin, désire parler à Monsieur.

— Qu'elle entre! répondit M. de Vermont.

La concierge parut bientôt après.

— Je vous demande bien des pardons, Madame
et Monsieur, dit-elle, de vous déranger.

— Vous ne nous dérangez pas, Madame Jennequin,
dit avec bienveillance M. de Vermont. On vous voit
toujours avec plaisir.

— Vous êtes bien bon, mon digne locataire, et
bien indulgent pour le pauvre monde, je le sais;

aussi, me suis-je permis, j'espère sans indiscrétion, Monsieur, de venir tout franchement vous demander un petit service.

— S'il dépend de moi, ce sera bien volontiers.

— Voici la chose, Monsieur. Dans notre maison habite aussi, mais tout en haut dans les mansardes, un brave jeune homme, un *artisse*, comme ils disent. Il paraît que c'est un métier qui n'enrichit guère ; car je vois le pauvre garçon du matin au soir obstiné à trimer avec le crayon sur de grands carrés de papier, ou bien à étaler du rouge, du bleu, du vert, sur des toiles qui me font l'effet de devants de cheminée, mais cossus. Il y perd les yeux tant il s'actionne à son enluminure. Et tout de même, il ne gagne quasiment pas de quoi se nourrir de panade et autres légumes, lui et sa bonne femme de mère. Puis, quand vient le terme, je le vois toujours en retard. Cette fois encore, quand je lui ai porté la quittance, il m'a répondu : « Impossible, Madame Jennequin, impossible en ce moment. Mais en attendant les espèces qui, je ne vous le cache pas, peuvent se faire attendre, veuillez offrir au propriétaire, comme preuve de ma bonne volonté et en même temps comme garantie, ce petit tableau, le meilleur que j'aie fait.

Donc, vous pensez ma figure à cette proposition, d'autant que je craignais fort, si je m'avisais de faire

la commission, que le propriétaire, ancien négociant
en vins, ne me jetât le morceau de toile à la figure
en me disant de donner congé au locataire. Aussi,
réflexion faite, Monsieur, je suis venue vous trouver
pour vous demander conseil, car vous vous y connaissez, et vous saurez me dire si c'est là une mar-
chandise qui soit un brin de défaite.

La concierge alors tira de dessous son tablier la
toile en question que M. de Vermont lui prit des
mains. Après l'avoir examinée quelque temps d'un
air de satisfaction, il dit :

—Ce jeune homme a du talent, un vrai talent !
Madame Jennequin, comment le nommez-vous ?

— André Daviel.

— Je n'ai point vu encore ce nom sur les livrets.
N'importe ! Ce paysage est ravissant, dessin étudié,
couleur attrayante et vraie, c'est la nature prise
sur le fait; ce qui n'empêche point le peintre de
mettre dans son œuvre le sentiment et la poésie.

— Comment, Monsieur de Vermont, vous voyez
tant de choses sur ce méchant bout de toile? Ah
bien, c'est drôle ! ah bien !

— Et ce jeune homme vous a-t-il dit ce qu'il
voudrait vendre ce tableau?

— Pas précisément! Mais, à vue de pays, j'ima-
gine qu'on lui donnerait de cela une pièce de vingt
francs!....

— Veuillez lui dire que je serai heureux, moi de garder son tableau pour 300 francs, à la condition qu'il me fera un pendant.

— Vous dites 300 francs? demanda Madame Jennequin ébahie.

— Sans doute, et l'œuvre vaut davantage peut-être.

— Ah bien! Ah bien! je cours vite lui conter la bonne nouvelle à ce pauvre garçon. Ah bien! vous allez le rendre fièrement joyeux! Et la maman donc? Monsieur Vermont, tenez, je ne sais pas si vous faites là une bonne affaire, j'en doute même un peu; mais, à coup sûr, c'est une bonne action, qui, de votre part au reste, ne m'étonne pas.

— Mon ami, dit, non sans hésitation Mme de Vermont à son mari, aussitôt que la concierge fut sortie, je ne te blâme pas, certes, d'un premier et généreux mouvement que je comprends; mais n'y mets-tu pas un peu d'exagération? Pour un objet de luxe après tout....

— Toujours le langage de la ménagère! dit en souriant M. de Vermont.

— Oh! reprit vivement la jeune femme, je ne nie pas le mérite de l'œuvre, bien que je ne puisse comme toi l'apprécier en amateur. Ce tableau me rappelle admirablement la belle campagne et le ciel du bon Dieu. Puis il y a là-dedans un je ne sais quoi

qui me donne à la fois envie de sourire et de pleurer.
Cependant, c'est payer bien cher!....

— Chère amie, mais, *ce je ne sais quoi*, dont tu
parles, cause de ton émotion, c'est l'âme, c'est le
cœur de l'artiste qu'il a fait pour ainsi dire passer
dans la toile. Quel plus digne emploi de la richesse
que d'encourager, de récompenser ces sublimes
labeurs de l'intelligence!

En ce moment, après un violent coup de sonnette
qui retentit dans tout l'appartement, on entendit
ouvrir la porte de l'antichambre, puis celle du salon
et un jeune homme à la barbe inculte, à la chevelure longue et plus qu'en désordre, vêtu de la mauvaise blouse du rapin, entra ou plutôt se précipita
dans la pièce où se trouvaient M. et Mme de Vermont, laissant à peine à la femme de chambre le
temps d'annoncer : M. André Daviel.

— Est-ce vrai, Monsieur, demanda-t-il à M. de
Vermont presque de l'air d'un fou et sans paraître
s'apercevoir de la présence de la jeune femme, est-
ce vrai ce que vient de m'annoncer la concierge?
Vous achetez mon tableau 300 fr. et vous m'en
commandez un second?

— Oui, monsieur, je crains seulement de les
payer trop au-dessous de leur valeur.

— Non, Monsieur, non, et bien s'en faut, car le
marchand, lui, m'en offrait 15 francs.... avec le

cadre. Merci, Monsieur, merci, pour moi, mais surtout merci pour ma pauvre mère, car nous étions au bout de nos ressources !.... Puis, voyez-vous, je perdais courage, j'en étais à douter de moi !.... mais maintenant, maintenant, oh ! je sens qu'il y a quelque chose là, (et il se touchait le front) et pour votre pendant je veux vous faire un chef-d œuvre. Excusez ma visite, dans ce costume surtout, je ne pensais pas trouver ici une dame, (ajouta-t-il d un air confus) ; mais le procédé m'avait touché au cœur, et, pressé de vous en remercier... je n'ai fait qu'un saut de l'atelier à l'appartement. Encore une fois, veuillez m'excuser, mille pardons, Madame, je ne voudrais pas à vos yeux passer pour un sauvage.

— Un instant, Monsieur, qu'au moins je vous remette....

Mais déjà l'artiste avait disparu et M. de Vermont eut peine à le rejoindre dans l'escalier pour lui donner les 300 fr.

— Mon ami, dit Mme de Vermont à son mari, quand celui-ci rentra, tu as bien fait, c'est moi qui avais tort. Ce jeune homme a l'air un peu bizarre et original, mais c'est un bon fils ! et l'on sent à travers cette fougue un vaillant cœur.

15

IV

Malgré ces élans de plus en plus fréquents et ces généreux retours sur elle-même, Mme de Vermont n'était point guérie complètement encore, elle l'était moins même que son mari ne pensait. Il en eut la preuve à quelques jours de là.

Un soir, la domestique monte une lettre à l'adresse de Mme Vermont, lettre déposée quelques instants auparavant chez la concierge.

— C'est singulier, dit la jeune femme à son mari, une écriture pour moi complètement inconnue et cet affreux papier! quelque aumône encore qu'on sollicite.

Elle ouvrit la lettre, mais à peine eut elle regardé la signature qu'elle jeta un cri de surprise! Aline Dorland, reprit-elle ensuite, une ancienne condisciple, une élève de notre pension. Je l'avais absolument perdue de vue depuis lors. Quel griffonnage! C'était bien la peine d'avoir appris à écrire sous un maître aussi habile! Mais on dirait que sa main trem-

blait en tenant la plume? Ah! mon Dieu, mon Dieu!
s'écria Mme de Vermont interrompant sa lecture et
portant la main à ses yeux. La pauvre enfant, que
m'apprend-elle! tous les malheurs à la fois! Ecoute
mon bon ami, écoute.

Et Mme de Vermont lut avec l'accent d'une vive
émotion ce qui suit.

« Madame!

« Je me permets une démarche peut-être indis-
« crète, peut-être téméraire. Mais il me semble
« voir le doigt de la Providence dans la circonstance
« qui m'a fait vous rencontrer et surtout vous recon-
« naître après tant d'années. Hier, vous étiez à
« l'église de St-Germain-des-Prés, assistant pieuse-
« ment à la messe; je m'y trouvais aussi. Malade,
« épuisée par la faiblesse et le besoin, je m'y étais
« traînée pour demander, comme on demande en
« pareil cas quand on est mère, pour demander au
« bon Dieu d'avoir pitié de mes enfants, de mes
« orphelins; car hélas! ils n'ont plus de père et je
« suis restée veuve après quelques années de mé-
« nage. Une maladie, suite du chagrin et de la
« fatigue, m'enleva mon mari associé dans une
« maison de commerce, entraînée à la faillite par
« de fausses spéculations que sa prudence n'avait pu
« empêcher. Avec ce pauvre ami je perdais notre

« appui à tous, et, mes dernières ressources épui-
« sées, j'essayai vainement d'y suppléer par mon
« travail. Le travail manquait le plus souvent, ou,
« ma santé ruinée, ne me permettait pas de suffire
« à ses exigences trop impérieuses; et alors j'étais
« remerciée. Aussi nous tombâmes mes enfants et
« moi, dans la détresse, et, s'il me faut vous l'a-
« vouer, dans la plus affreuse misère.

« Quand je vous ai vue et reconnue... bien vite,
« car je vous retrouvais telle qu'à la pension, quoique
« plus belle encore, mon cœur a battu d'une douce
« espérance; j'ai rendu grâce à Dieu de m'avoir
« exaucée. Je ne pouvais douter qu'une si bonne
« chrétienne ne fût une personne charitable. Mais
« cependant je n'osais vous aborder, vous parler
« moi-même, vous comprenez cela avec votre noble
« cœur, alors j'ai dû vous écrire; je le fais d'une
« main tremblante, quoique avec une pleine con-
« fiance. Oh! oui, j'en ai là, au fond du cœur la
« certitude, quand vous aurez lu cette lettre et sur-
« tout la signature qui la termine, vous aurez des
« larmes dans les yeux. Vous ne refuserez pas à
« une ancienne condisciple... de lui tendre la main.
« Peut-être vous êtes mère, et le bon Dieu vous
« aura fait cette grâce puisque vous êtes mariée à
« ce qu'on m'a dit, car je m'étais permis de vous

« suivre, vous aurez pitié de mes chers enfants en
« pensant aux vôtres.

« Veuillez, Madame, me permettre de me dire,

« Votre bien respectueuse et dévouée,

« ALINE DORLAND, veuve BERNIER.

« Rue Pavée-Saint-André. »

— Pauvre enfant! pauvre petite! dit, après cette
lecture, Mme de Vermont, sincèrement émue. Oh!
certes, je veux lui venir en aide.... une telle prière
qui pourrait ne pas y répondre? Mon secours, à cette
bonne Aline, ne lui manquera pas! N'est-ce pas, mon
ami?

— Je ne puis que t'y encourager! répondit M. de
Vermont radieux. Et j'applaudis d'avance...

—Quel malheur seulement que je sois clouée sur
ce fauteuil et ne puisse courir à l'instant chez l'infortunée.

Depuis deux ou trois jours, en effet, à la suite
d'une chute, la jeune femme, d'après l'ordre du
médecin et par mesure de précaution au moins,
était condamnée à garder la chambre.

— Que j'ai donc regret à cette indisposition qui
m'arrête si mal à propos, continua-t-elle. J'aurais
été si heureuse de porter moi-même à cette pauvre
affligée ce dont je puis disposer, avec les consola-

tions et les encouragements de l'affection. Mais je
m'en repose sur toi, mon ami, pour me suppléer et,
je n'en doute pas, avec l'empressement de ton bon
cœur.

— Dès demain, je l'aurais fait ce soir s'il n'était
pas si tard. Que faut-il porter à l'infortunée, à ton
ancienne camarade ?

— Oh! pas précisément, car ce n'était qu'une
enfant quand moi déjà grande.... mais n'importe!

— Que penses-tu qu'on pourrait?...

— D'abord du linge, une robe ou deux, de celles
que je ne mets plus! quelques bouteilles de vin et
un peu d'argent, une dizaine de francs par exemple.

— Dix francs! répéta M- de Vermont avec l'accent de la surprise.

— Trouves-tu que ce soit trop?

— Trop!

— Pas assez alors?

— Peut-être, répondit M. de Vermont, qui, se rappelant promptement l'état de souffrance de sa femme,
craignit une discussion ou pour elle du moins une
contrariété qui pourrait aggraver son indisposition.
Il faut, reprit-il, avant tout que je fasse une première visite rue Pavée-St-André, afin de voir par
mes yeux. Je jugerai mieux ainsi de ce qu'il convient de faire..... raisonnablement, ajouta-t-il, de
peur d'inquiéter sa femme.

— A la bonne heure! dit celle-ci, je m'en rapporte à ta prudence, parce qu'enfin, tout en écoutant son cœur, il ne faut pas se jeter dans les prodigalités.... inutiles.

Dés le lendemain, avant huit heures, M. de Vermont sortait pour sa visite et bientôt après il montait, au numéro de la rue Pavée-St-André, un escalier noir, humide, presque infect.

— Au sixième! avait dit la portière qui, là, ne se
décorait pas du titre de concierge, la porte en face,
entrez en frappant, car la locataire est au lit; si
c'est pour de l'ouvrage, vous tombez mal.

Arrivé au sixième, M. de Vermont, après avoir
frappé discrètement, entra et le plus pénible spectacle attrista ses regards. Sur un misérable grabat,
composé d'une vieille couchette recouverte de paille,
gisait la pauvre veuve, mal enveloppée de quelques
lambeaux de couverture grise. En entendant ouvrir,
elle leva la tête et montra une longue figure pâle,
maigre, ridée, sur laquelle, suivant l'expression
vulgaire, la mort était peinte. Son bras, plus dé-
charné encore et qu'elle tira de dessous la couverture, annonçait les ravages de la maladie.

Au pied du lit, agenouillés sur un lambeau de
tapis, on voyait deux petits enfants de quatre à
cinq ans, aussi pâles et aussi maigres que leur
mère.

M. de Vermont, navré de ce tableau de pitié, s'approcha du lit et dit à la malade qui le regardait avec l'air de la surprise :

— Je suis M. de Vermont, je viens de la part de ma femme indisposée elle-même et qui a le regret de ne pouvoir vous rendre visite.

— Mon Dieu ! murmura la malade, dont les yeux se ranimèrent, mon Dieu ! merci, le pressentiment ne m'avait pas trompée.

M. de Vermont interrogea avec bonté la pauvre dame, qui lui dit que, le lendemain même du jour où elle avait rencontré sa femme, elle s'était vue forcée de prendre le lit. Ses enfants seraient morts de faim, sans la charité d'une voisine fort pauvre elle-même. C'est cette bonne fille ajouta-t-elle qui s'est chargée de porter ma lettre commencée depuis plusieurs jours et que je n'ai pu terminer qu'hier.

M. de Vermont profondément ému, s'efforça par d'affectueuses paroles de relever le courage de la malade.

— Mme de Vermont, dit-il, ne peut venir vous voir, mais elle ne manquera pas pour cela à sa compagne d'enfance. Je tâcherai de la suppléer de mon mieux et de faire ce qu'elle eût été heureuse de faire elle-même. Soyez tranquille, pauvre dame, pour vos enfants comme pour vous ; vous ne serez plus, j'espère, exposée à de telles misères.

Mme Bernier voulait le remercier.

— Laissons cela, dit-il, c'est ma femme que vous remercierez plus tard ; quant à présent, il faut pourvoir au plus pressé.

L'excellent homme, avec la générosité de son cœur et sous le coup de son émotion, ne sut pas faire les choses à demi. Un médecin appelé immédiatement, ayant déclaré la chambre inhabitable pour la malade, M. de Vermont s'inquiéta tout aussitôt d'en trouver une autre : mais, sur l'avis du docteur, dans un quartier différend et dans un air plus sain. Il loua, rue de Fleurus, deux petites pièces qu'il meubla sans luxe, avec simplicité même, mais cependant d'une manière convenable. Aussi n'en fut-il pas quitte, pour cette seule dépense, avec un billet de 1000 fr. Et ensuite il fallut pourvoir aux besoins de la famille jusqu'au rétablissement de la mère. M. de Vermont prit la somme nécessaire chez son notaire en lui recommandant le silence vis-à-vis de sa femme. Il jugea prudent de laisser tout ignorer à celle-ci, quant à présent, et d'attendre qu'elle fût guérie pour lui faire ses confidences. Il la rassura d'ailleurs sur la situation de Mme Bernier qui, « malade à la verité, dit-il, et assez gravement, ne pouvait tarder à se rétablir, grâce aux soins intelligents du médecin amené par lui. Les secours envoyés par sa femme aideraient la mère et les

15.

enfants à attendre des jours meilleurs, certains avec
la possibilité du travail. » Deux ou trois fois encore,
les deux époux eurent à ce sujet de courtes conversations; puis, Mme de Vermont, tranquillisée par
le langage de son mari, et d'ailleurs préoccupée de
sa propre maladie dont elle s'exagérait la gravité,
oublia ou parut oublier complètement cet incident.
Peut-être, s'il faut l'avouer, le silence qu'elle gardait sur son ancienne compagne, avait-il, même à
son insu, pour cause une triste arrière-pensée et la
crainte de nouveaux appels à sa générosité.

V

A quelque temps de là, une après-midi, Mme de Vermont, entrée pour prendre un livre dans un petit boudoir, contigu à une chambre de bonne, entendit, par la porte légèrement entr'ouverte, ce fragment de conversation entre sa femme de chambre et une camarade de celle-ci.

— Je sais maintenant, disait l'amie, ce que ton Monsieur vient faire si souvent au numéro 11 de la rue de Fleurus, non loin de la maison que nous habitons depuis quelques jours. Je me suis rencontrée par hasard dans notre loge avec la concierge du numéro en question, qui justement causait de ton maître. Mais elle n'en parlait pas pour en médire, bien au contraire. A l'entendre c'est un phénomène pour la bonté, un Vincent-de-Paul. « Figurez-vous, nous disait-elle, qu'il y a chez nous au troisième, une pauvre femme malade, et seule avec deux petits enfants. C'est le bon Monsieur de Vermont, qui prend soin de tout ce monde; il a loué pour eux le logement, meublé et honnêtement à ses frais. Il paie la garde, il paie le médecin, le pharmacien, enfin tout. Ça lui coûte gros bien sûr, et depuis des semaines que cela dure, il doit en avoir pour une bonne somme. Ah! bien, il n'a pas seulement l'air d'y penser, et il donne l'argent comme si c'était des cailloux! » Mais ajouta la domestique s'adressant à son amie : Que dit de cela ta maitresse, elle si regardante?

Madame, je crois, l'ignore; Monsieur ne lui aura rien dit, crainte de la contrarier à cause de sa maladie.

La conversation en resta là, et Mme de Vermont rentra chez elle sous le coup d'une violente émotion. D'une part elle était terriblement préoccupée du chiffre auquel pouvaient s'élever les dépenses faites par son mari, et son imagination inquiète les grossissait jusqu'à des sommes fabuleuses. D'un autre côté, une pensée misérable était venue ajouter à son anxiété et ne la torturait pas moins cruellement. Par instants elle se demandait si le mobile de ces générosités, à ses yeux excessives, était parfaitement désintéressé? si dans la personne qui en était l'objet, elle n'avait pas une rivale. Puis, comme il arrive toujours en pareil cas, ces fantômes, par le travail de l'imagination, dans son état maladif surtout, lui semblèrent bientôt des réalités. Ses doutes prirent corps, et en s'exaspérant l'agitèrent tellement, lui devinrent un si affreux tourment, qu'en proie à une sorte de fièvre, elle voulut sortir à tout prix de cette poignante incertitude. Sans attendre le retour de son mari, et malgré l'heure avancée, elle sonna la femme de chambre, et, à la grande surprise de celle-ci, donna l'ordre de faire atteler immédiatement. Bientôt après, enveloppée dans un grand châle, elle montait seule, dans sa voiture, en donnant à voix basse au cocher l'ordre de la conduire rue de Fleurus. A l'entrée de la rue, elle fit arrêter et descendit, puis se dirigea vers la maison que l'on sait, d'un pas chancelant, soit par suite de sa faiblesse physique, soit à cause de son émotion.

Elle entra au numéro 11, et passa rapidement devant la loge en disant avec un petit mensonge dont elle rougissait :

— Chez la jeune femme malade du troisième, je suis dame de charité.

— Bien, madame, vous la trouverez seule en ce moment.

— Seule! ah! dit Mme de Vermont se sentant comme soulagée d'un grand poids en apprenant qu'elle n'aurait pas à se trouver d'abord en face de son mari.

Elle monta non sans effort les trois étages. Arrivée

au terme de sa course, elle eut besoin de s'arrêter quelques instants, à la fois pour reprendre haleine et se remettre avant de frapper à la porte. Elle le fit enfin d'une main tremblante. Une voix faible répondit : *Entrez, entrez!* Mme de Vermont ouvrit et se trouva en face de la malade ou plutôt de la convalescente, assise dans un fauteuil, et si maigre, si pâle, si exténuée qu'elle avait l'air plutôt d'une morte que d'une vivante. Elle ne la reconnut pas, on le comprend, après tant d'années de séparation et avec la différence des âges beaucoup plus sensible à l'époque où les deux femmes s'étaient rencontrées jeunes filles qu'en ce moment. Mais il suffit d'un regard jeté sur cette pâle figure, type de candeur et d'honnêteté, pour que Mme de Vermont sentît s'évanouir toute ses craintes! Puis, à la vue de deux jeunes et charmants enfants jouant près de leur mère une pensée lui vint à l'esprit avec le souvenir de la lettre de Mme Bernier, et elle ne douta bientôt plus que l'infortunée ne fut son ancienne condisciple, Aline Dorland. Celle-ci l'avait reconnue plus vite encore.

— Toi, toi! dit-elle en essayant de se lever et les bras tendus vers la visiteuse avec une ineffable expression de bonheur, oh! que le bon Dieu soit béni! Toi ici, toi!... Ah! pardon, Madame, d'un premier mouvement dont je n'ai pas été maîtresse

et qui réveillait soudain en moi tant d'heureux
souvenirs ! Et puis la joie, la joie surtout de voir
de mes yeux celle à qui je dois tant, à qui je dois
la vie de mes enfants et la mienne, ma chère bienfaitrice !

— Ta bienfaitrice ! dit Mme de Vermont avec
l'accent de la surprise ! Le peu que j'ai fait ne mérite pas...

— Oh ! tu appelles cela peu de chose ! généreuse
amie ? interrompit Mme Bernier avec tout l'élan de
son cœur, en portant à ses lèvres la main de Mme
de Vermont qu'elle couvrait de larmes et de baisers.
Puis maintenant tu me regardes avec l'air de la
surprise ? Vas-tu faire l'ignorante et crois-tu que je
ne sache pas ?... Oh ? pardon si j'y reviens et si je
m'oublie. C'est plus fort que moi, j'ai le cœur si
gonflé de ce que je voudrais pouvoir te,... non,
vous, dire qu'il faut m'excuser un peu.

— Mais vraiment, Aline, je trouve ta reconnaissance exagérée, excessive.

— Allons, petits, continua Mme Bernier en s'a-
dressant à ses enfants, qui, intimidés et silencieux,
se tenaient par respect à distance, tout en se haus-
sant sur la pointe du pied par l'insctint de la curiosité ; venez, chers anges, et embrassez la main de
la belle Dame, mais, bonne, voyez-vous plus encore
que belle, et remerciez-la comme vous remercieriez

la sainte Vierge, notre mère du ciel, si elle était là.

Mme de Vermont, de plus en plus étonnée, et attendrie, regardait la jeune femme, regardait les enfants qui bégayaient un remercîment auquel elle coupa court en les embrasssnt tous deux avec effusion.

— Oh ! merci, merci, encore de ces bons baisers, dit la mère en pressant de nouveau la main de son amie sur son cœur; ils retentissent là ! Oh ! tiens embrasse-moi aussi pour que je sois tout-à-fait heureuse.

Mme de Vermont l'embrassa comme elle eût fait d'une sœur; puis elle interrogea son amie qui de nouveau avec un doux sourire, lui dit:

— Tu me regardes toujours, en vérité, comme si tu ne savais pas, chère bonne, tout ce que je te dois, tout ce que tu as fait pour moi, pour nous.

— Moi ?

— La singulière question ! Oui, toi, il est vrai par l'intermédiaire de ton mari venu en ton nom, mais seulement parce que la maladie te retenait à la maison. A présent, grâce au ciel tu vas mieux, puisque je te vois là. Mais, chère, j'ai de la joie à te le dire et tu seras heureuse de l'entendre: tu as un mari qui te vaut, oh ! il te vaut; car il t'a remplacée avec un cœur, avec un zèle, avec un dévouement !.... Il a été pour moi comme un

frère et pour mes enfants, pour mes orphelins, un
père, un vrai père ! Oh ! mon amie, qu'il est bon !
Et quelle délicatesse unie à tant de générosité ! Que
tu dois être fière d'un pareil époux et remercier
tous les jours et dix fois par jour le bon Dieu ! Oh !
tu ne seras pas jalouse assurément si je te dis que
je me sens une gratitude particulière pour l'homme
excellent qui venait à nous, les mains pleines de vos
bienfaits, et qui semblait plus heureux même que
ceux qu'il secourait. Mais j'ai tort de parler ainsi,
car ma reconnaissance ne vous sépare pas. Et tu ne
t'étonneras pas si je te dis que vous avez dans mon
cœur la meilleure place à côté de mes chers orphelins, la place laissée vide par ceux que j'ai tant
pleurés, mon père, ma mère, mon pauvre mari.

Puis comme si elle eût eu besoin de s'épancher
plus complètement, dans l'effusion de sa reconnaissance, elle se mit à raconter, à rappeler seulement
croyait-elle à son amie, tout ce que M. de Vermont
avait fait pour elle et ses enfants. La visiteuse écoutait ces touchants détails avec une profonde émotion et un peu de confusion. Dans ses yeux humides
ardemment fixés sur la malade, passaient fréquemment des éclairs joyeux, et sur ses lèvres entr'ouvertes errait un sourire de bonheur. Parfois aussi,
voir son front plissé, ses lèvres contractées, on l'eût
dit en proie aux plus sombres pensées, aux tortures

du remords; et en effet, alors, faisant un retour sur elle-même et comparant la conduite de son mari à la sienne, elle se prenait en horreur, elle se trouvait près de lui indigne, misérable.... A la fin, elle ne fut plus maîtresse d'elle-même, vaincue par la violence de ses émotions qui se firent jour par une explosion de larmes, de sanglots, d'exclamations de bonheur et de cris déchirants.

Ce fut au tour de Mme Bernier de s'étonner, et elle allait interroger son amie, lorsqu'un pas retentit dans l'escalier; on frappa à la porte et presque aussitôt M. de Vermont entra. En reconnaissant sa femme, il poussa un cri de surprise et sa surprise s'augmenta quand il aperçut les larmes dont elle était littéralement inondée.

Mais, à la vue de son mari, Mme de Vermont oubliant tout, oubliant ses larmes et sa faiblesse, s'était levée vivement et s'élançant vers lui:

— Mon ami, lui dit-elle avec l'accent d'une profonde émotion, je sais tout et je n'ai jamais été plus heureuse. Cette fois, tu m'as convaincue. Cet or que j'épargnais misérablement, j'ai compris comment il rapporte au centuple.... Merci de cette dernière et admirable leçon! Merci du sublime exemple.... Va, je le sens à mon cœur, tu n'auras plus à gémir, de ce qui t'a si souvent affligé! Je suis guérie, bien guérie !... Et pourvu que j'y sois de moitié, je ne demande pas mieux que tu nous ruines de cette manière.

I

> ...... A l'œil du chrétien le soir pur d'une vie
> Présage un jour plus beau dont la mort est suivie.
>
> (LAMARTINE.)

— Allons, ma Céleste, allons, bonne, encore quelques minutes, et l'aiguille marquera minuit. Trois heures d'étude au piano, c'est beaucoup quand toute la journée déjà tu t'es fatiguée soit à courir pour tes leçons, soit à quelque autre travail pour me suppléer, moi, pauvre infirme, qui ne puis presque en rien nous aider ! Allons, chère enfant, il faut se reposer, car à continuer ainsi plus longtemps tu te rendrais malade.

— Ne crains rien, mère, moi, si délicate autrefois, moi qui rentrais courbaturée de la moindre promenade en voiture.... quand nous avions une voiture, à présent je marcherais tout le jour, au plein soleil sans m'apercevoir de la fatigue. Le bon Dieu me fait cette grâce : sitôt que mes jambes paraissent s'alourdir, je pense à toi, et alors, alors, je prends de nouveau ma volée, légère comme un oiseau.

— Chère enfant, Ah! dans nos malheurs, Dieu m'a donné en effet cette immense consolation d'avoir une fille... une fille....

— Qui t'aime bien, voilà tout. Et cependant tu me grondes si souvent, sous prétexte que je travaille trop.

— C'est qu'aussi jamais de repos ni le jour ni la nuit....

— La nuit! je dors bien cependant quelques heures. Mais, vois-tu, mère, ce travail forcé, il la faut; puisqu'enfin j'ai ce bonheur d'avoir quelques leçons, veux-tu que je m'expose à les perdre, manque de talent! J'ai telle de mes élèves qui en sait presque autant que moi, ce qui ne veut pas dire qu'elle soit fort habile. Malheureusement jusqu'à la catastrophe, et tant que je n'étais qu'une demoiselle du monde, fille d'un millionnaire et sûre de ma dot, je m'occupai de la musique comme de ma broderie, par contenance. Et les bals et les fêtes où le père était si fier de me conduire, et par lesquels, malgré tes conseils, bonne et sage maman, je me laissais tourner la tête, me permettaient peu le travail suivi. Maintenant il faut rattraper le temps perdu et se dépêcher bien vite d'avoir du talent, puisque le talent, ce n'est pas seulement le pain du jour,

c'est l'aisance, c'est le bien-être, c'est la tranquillité
de l'esprit dont ma pauvre malade a tant besoin.

— Tu as beau dire, chère belle, trop est trop.
Entends-tu, voilà minuit. Allons, vite, notre prière
et va dormir du sommeil des anges.

Et les deux femmes s'agenouillèrent devant le crucifix. Puis bientôt après, la jeune fille dormait dans
son lit aux blancs rideaux de simple mousseline,
dormait du sommeil paisible de la sainte innocence.

Céleste, comme on l'a compris à son langage,
était artiste, et son talent sur le piano, talent modeste encore, était devenu, pour elle et pour sa
mère, l'unique ressource depuis la perte d'une fortune immense. Son père, riche banquier, avait été
ruiné, tout d'un coup et complètement, par une
catastrophe politique. Parti pour les colonies où
l'attendait une position honorable, il avait succombé,
presque en arrivant, aux fatales influences du cli-
mat, laissant sa femme et sa fille dans une position
difficile et qui eût été bientôt l'horrible misère sans
le courage de la jeune fille. Naguère enfant gâtée,
légère, frivole, nonchalante comme une créole, le
malheur avait fait d'elle une femme au cœur viril.
Son ardente affection pour sa mère l'avait transformée en même temps que les souvenirs d'une éducation sincèrement chrétienne, réveillés avec vivaci-
cité, lui faisaient comprendre que le travail, un

travail infatigable, pouvait seul assurer l'existence de sa mère en la sauvant, elle, des abîmes. Le ciel avait béni ses efforts, et toutes deux vivaient heureuses du produit d'un travail de jour en jour mieux rétribué.

Or, une semaine environ après la petite scène que nous avons racontée, la jeune fille, rentrant un soir, fut assez surprise de trouver avec sa mère dans le petit salon un jeune homme qu'elle avait rencontré plusieurs fois dans une des maisons où elle donnait des leçons.

Elle s'étonna beaucoup du ton amical, quoique respectueux, avec lequel il dit adieu à sa mère en la saluant elle-même profondément.

— Que penses-tu de ce jeune homme ? demanda la mère dès que la porte se fut refermée.

— Que veux-tu que j'en pense, maman, je ne le connais pas. Je sais seulement qu'on en pense et qu'on en dit beaucoup de bien chez les parents de mon élève. Quoique dans une position brillante, et lancé presque sans tutelle dans le monde, il a su, prudent et sage, garder sa raison. Homme de cœur et d'intelligence, il fait de sa fortune le plus noble emploi. Je ne puis donc qu'être disposée pour lui à l'estime.

— J'en suis heureuse, car alors !.... sais-tu quel était le but de sa visite ?

— Non, assurément, et je m'étonnais même... je
ne m'expliquais pas... à moins que ce ne fût pour
quelque leçon ?

— Non, ma Céleste, le bon Dieu n'a pas voulu
que notre épreuve, en se prolongeant, te condam-
nât plus longtemps à ces labeurs qui t'épuisent. Ce
bon jeune homme, vient ici pour me demander ta
main.

— Ma main, dit la jeune fille étonnée, ce n'est
pas possible, mère. Lui si riche, pouvant prétendre
aux plus brillants partis, et moi qui maintenant n'ai
rien....

— Il le sait, n'importe ! Il n'est pas comme tant
d'autres qui ne cherchent que l'or et l'argent. Il
estime avant tout le cœur et la noblesse des sentiments. La dot la plus précieuse à ses yeux c'est
une vertu sans tache. D'après ce qu'il a entendu
dire de toi par la mère de tes élèves, et ce qu'il a vu
par lui-même, il ne veut pas d'autre épouse que ma
Céleste... si elle y consent.

— C'est grave, c'est grave ! murmura Céleste
rêveuse ; je ne pensais pas, dans ma position, à me
marier. Je m'étais dévouée toute à toi, mère, à mon
art, au bon Dieu. Et, malgré les mérites de ce jeune
homme, mon premier mouvement serait de répondre : non ! Cependant nous y réfléchirons,
maman.

La jeune fille réfléchit en effet. Sa mère paraissait si heureuse de cette union qui, pour elle, assurait le bonheur de sa fille ; le jeune homme auquel on avait permis quelques visites se montrait si empressé, si plein de généreux sentiments, si tendrement respectueux, que Céleste peu à peu se laissa toucher. Son cœur s'ouvrit à une chaste affection, et elle donna son consentement ; mais, chose singulière, presque avec une sorte de regret et une vague inquiétude. Le mariage fut résolu. A quelques jours de là se signait le contrat par lequel le fiancé reconnaissait à sa future une magnifique dot, en même temps qu'il constituait à la mère un honorable revenu.

On habitait un port de mer sur l'Océan, et, après la réunion qui avait suivi la visite chez le notaire, les invités partis, le jeune homme proposa à sa fiancée et à la mère de celle-ci de profiter d'une splendide soirée d'été pour une promenade en mer. Fils d'un armateur, il possédait une ravissante embarcation qu'il conduisait lui-même à la voile et à la rame comme le marin le plus habile. L'offre fut acceptée avec bonheur. Et bientôt après, la nacelle, bercée par une brise caressante, sur une mer limpide où se reflétait un ciel d'un azur sombre mais qu'éclairaient des milliers d'étoiles, voguait rapide emportant ses trois passagers. Les heureux fiancés, que la mère écoutait souriante et

16

non moins heureuse, s'oubliaient dans leurs douces
conversations, dans les mille projets d'avenir, et
ils ne s'apercevaient pas que, le vent s'élevant peu
à peu, la barque, de plus en plus rapide, s'éloignait
dans une passe dangereuse au milieu des récifs.
Et pourtant l'imprudent pilote ne tenait le gouver-
nail que d'une main distraite. Tout à coup un choc
terrible ébranle la barque qui se fend de la quille au
mât. La mer aussitôt l'envahit et quoique assez
calme ne tarda pas à l'engloutir tout entière.

L'intrépide jeune homme, dès qu'il avait senti
la planche trembler sous ses pieds, par un premier
et instinctif mouvement, s'était élancé vers sa fiancée.

— Non, non, ma mère d'abord, sauvez ma mère !
s'écrie la noble enfant, se rejetant en arrière et
renversée par la secousse dans la mer où elle dis-
parait.

— Ma fille, sauvez ma fille, sauvez votre femme !
s'écrie de son côté la mère avec non moins d'énergie
et qui va se précipiter dans les flots.

— Mais déjà le jeune homme l'a saisie et d'un bras
vigoureux il nage vers un rocher en forme d'ilot,
peu éloigné sur lequel il la dépose. Puis il plonge
aussitôt pour ramener aussi sa fiancée. Mais déjà
le vent s'est levé, la mer écume et bouillonne avec
des mugissements sourds, et longtemps bondissant

haletant, au milieu des vagues, presque épuisé il cherche en vain. Désespéré, il plonge de nouveau, il plonge encore et toujours l'agitation violente de la mer, le ramène à la surface. Mais tout à coup, ô joie, ô bonheur ! une forme blanche a passé devant lui, glissant dans les eaux. C'est elle, c'est elle, la fille dévouée, la chaste fiancée. Il la saisit et, retrouvant des forces nouvelles, il put la conduire jusqu'au rocher où l'attendait la mère. De braves matelots ; qui de la côte, avaient entendu les cris de détresse arrivaient en même temps. La mère et le jeune homme montent dans la barque où l'on dépose également la jeune fille sans mouvement et qu'on essaie de rappeler à la vie. Vains efforts ! Les yeux restent fermés, ses membres immobiles, la bouche refuse de s'ouvrir : le cœur ne recommence pas à battre, et quand la barque a touché le bord, un médecin appelé déclare que l'asphyxie est complète, qu'on n'a ramené qu'un cadavre.

II

Qu'on juge de la douleur, du désespoir de la mère, de la douleur, du désespoir de l'infortuné jeune homme. On l'emporte chez lui dans le délire soudain d'une fièvre ardente. La mère plus maîtresse d'elle-même, plus forte parce qu'elle aimait plus profondément, sans une larme, sans un sanglot, mais pâle, plus pâle que le cadavre même, reposant sur ses genoux, refuse de quitter sa fille avec laquelle on la conduit dans leur demeure, si joyeuse il y a quelques heures à peine. Mais là sa douleur éclate, violente, passionnée, déchirante, quand elle se retrouve avec un cadavre dans cette chambre virginale où elle avait vu le matin sa fille lui sourire si radieuse. La pauvre morte, déposée sur le lit blanc, la mère exige qu'on la laisse seule, avec sa chère enfant, celle qui fut sa chère enfant.

Libre alors, et sans témoins importuns, de nouveau et plus terriblement, sa douleur fait explosion par les sanglots, les cris déchirants, les gestes convulsifs et les embrassements. Des murmures et des blasphèmes, hélas ! dans ce délire d'une première angoisse é happent de ses lèvres. Mais presque aussitôt l'infortunée les rétracte avec horreur, avec effroi et s'épanche en une prière désespérée qui demande à Dieu de lui rendre sa fille ou de la rappeler elle-même à lui. A la suite de cette supplication, elle s'est abîmée dans sa tristesse, quand, soudain, elle entend comme un soupir. Elle lève la tête ; en croit-elle ses yeux ? sa fille la regarde, sa fille ouvre la paupière d'un air d'étonnement comme quelqu'un qui sort d'un rêve étrange !. sa fille lui sourit.... Eperdue, la pauvre mère la contemple, n'osant croire encore à son bonheur, quand une voix à l'accent ineffable murmure à son oreille : —

Oh ! c'est bien moi, douce mère, c'est moi qui te reviens, ne me reconnais-tu pas ?

La mère la regarde toujours comme si elle craignait d'être le jouet d'un songe. Elle brûle de se précipiter dans les bras de sa chère enfant. Son cœur déborde d'une joie immense, et, pourtant elle reste immobile et comme paralysée. Qui l'arrête ? Car c'est sa fille, sa bien-aimée Céleste qui lui parle ! mais Céleste, plus belle que jamais, parée comme d'une auréole divine, rayonnante, trans-

16.

figurée. Son front a des splendeurs inouïes. Son regard, dans sa douceur ineffable, luit d'un éclat qu'on a peine à soutenir ! ce n'est plus une créature humaine, c'est une apparition angélique.

— Ma fille ! Céleste ! murmure la mère qui lui tend les bras d'un air suppliant et tendre, et pourtant n'ose s'approcher. Est-ce bien toi ? toute ma consolation, toute ma joie, qui m'est rendue, oh ! par quel miracle ?...

— C'est moi, douce mère répond la jeune fille, dont la voix murmure harmonieusement étrange avec des accents que la mère elle-même ne lui connaissait pas ; c'est moi, mère, le cri de ta prière qui jaillissait de ton cœur brisé avec l'élan d'une telle confiance a été entendu là-haut. Ta prière, le Seigneur l'exauce et je te reviens.... si tu le veux.

— Si je le veux, si je veux !..., mon enfant, ma Céleste, oh ! mais c'est la plus grande grâce que Dieu pût me faire et dont je ne pourrai jamais assez le remercier. Oh ! je le savais bien qu'il ne pouvait pas soumettre une pauvre mère à pareille épreuve !

— Douce mère, je te reviens donc, mais écoute encore. Quand j'eus quitté le poids du corps, mon âme, dans l'instant d'un éclair, fut transportée dans le ciel. Le bon Dieu m'avait fait la grâce de le recevoir la veille et de n'avoir pas sur la conscience aucune tâche. Je n'eus donc pas même à traver-

ser la flamme du purgatoire. En quittant la terre
escortée de mon cher ange gardien, à l'instant, je
me trouvai parmi les élus. Oh ! mère, oh ? mère !
(et le visage de la jeune fille resplendissait illumi-
né comme dans l'éblouissement d'une extase divine)
oh ! le ciel, tu ne peux imaginer, tu ne peux comprendre !.... ô incomparables splendeurs ! magnificences inénarrables ! oh ! les plus belles choses
ici-bas, l'azur du ciel, l'éclat du soleil à son midi,
ce n'est rien ! c'est la nuit obscure, ce sont les om-
bres et les ténèbres en comparaison de la lumière
qui jaillit de cette atmosphère divine que moi, faible créature tout à l'heure, je respirais dans l'ivresse d'une joie dont tu ne saurais même avoir une
faible idée ! où je me plongeais avec des transports
incroyables, abîmée dans une admiration mêlée
d'une ivresse sainte qui ne se peut dire. Oh ! juge
de ce bonheur dans lequel j'étais comme anéantie,
puisque je ne sentais pas la souffrance que j'éprouvais naguère éloignée de toi fût-ce pour peu d'instants. Mon cœur n'était plus torturé par cette déchirante angoisse de la séparation dernière que
j'avais ressentie si cruellement en m'enfonçant
sous la vague. Oh ! ne pleure pas, mère, non, je ne
t'oubliais pas ! Au milieu de mon bonheur ton souvenir m'était présent. Mais comment n'être pas
transportée, enivrée, en entendant ces alleluia,

qu'autour de moi des millions et des millions d'anges, de saints, de vierges, de martyrs, tous res-
plendissants comme des soleils, faisaient entendre
à l'envi dans un concert d'ineffables harmonies. Et
puis sur tous ces visages rayonnant d'une beauté
incomparable, il y avait de telles expressions de
joie sereine, de ravissement, de paix ! Dans leurs
sourires, dans leurs regards, l'amour divin, l'im-
motelle charité, s'épanouissait d'une façon si merveilleuse. Et partout autour de moi déroulaient de
si magnifiques spectacles, dans l'immensité de la
création dont mon œil ébloui et charmé sondait tout
les mystères. Je me sentais comme noyée dans un
Océan d'amour et de félicité. Puis je comprenais
que je ne me la laisserais jamais de comtempler
ces éternelles merveilles et je jouissais d'autant
plus de mon bonheur qu'il n'était troublé par
aucune crainte, qu'il croissait toujours par la
pleine certitude que j'avais de ne pouvoir jamais,
jamais le perdre. Oh ? j'étais heureuse ! heu
reuse ! Et je comprenais bien que les souffrances
les plus terribles ici-bas, que les plus cruelles
épreuves ne sont rien comparées à cette félicité si complète et qui ne doit jamais finir ! Les
quelques années de cette séparation qui te semblaient à toi, pauvre mère, si longues, si longues et
comme autant de siècles, à moi, combien elle me

paraissaient peu de chose ! Je les voyais comme un point dans l'Océan sans bornes de la bienheureuse éternité. Je ne t'oublais pas, tu vois, mais je me disais : bientôt, dans quelques instants, les pleurs essuyés, et réunies à jamais, à jamais, ta mère et la fille. Nous jouirons ensemble de ce bonheur sans défaillance comme sans incertitude ! Et comme je sentais aussi dans mon cœur que je ne t'avais jamais mieux et plus profondément aimée. Combien ma tendresse d'autrefois me semblait froide, à côté de cette affection nouvelle si vivante, si féconde, et elle aussi rajeunie et transfigurée ! Par la grâce de Dieu et le miracle de sa bonté tu m'étais présente... Je te voyais, je voyais tes larmes, j'entendais tes gémissements qui m'attendrissaient oh ! crois-le bien, d'une comparaison infinie, quoique sans souffrance. Mais pourtant, je ne pus me défendre de la tristesse, de la tristesse comme peuvent la ressentir les élus quand de tes lèvres pieuses s'échappait le murmure sourd du blasphème ! Mais c'était la folie de la douleur qui l'arrachait de ton cœur angoisse et la volonté intime protestait contre le cri sacrilège profanant tes lèvres. Puis bientôt il était effacé par l'accent du repentir, par ta sainte prière, cette prière si pleine de foi, d'ardeur, de religieux élan que les puissances du ciel elles-mêmes en furent comme ravies d'admiration. J'entendis autour de moi, au milieu des hosanna, comme un murmure d'applaudissements. comme un concert de bénédictions. Et les anges, et les saints et les martyrs, douce mère, semblaient appuyer ta prière, et moi je joignais les mains par une force invisible, et je m'unissais à ta supplication. Et alors il me parut qu'un ange descendait du trône de Dieu, et il me disait:

— O chère âme le Seigneur a entendu vos prières et il les exauce ; si vous persévérez, elle et toi. De nouveau tu descendras dans cette région de l'exil pour y consoler celle qui pleure ; mais ce sera pour souffrir cruellement toi-même car le souvenir du ciel te suivra dans cette vallée des larmes. Tu connaîtras de nouveau les tristesses de cette vie de misère et d'angoisse. Il s'agit d'un sacrifice héroïque, immense, âme, d'un dévouement auquel rien ne peut se comparer sur la terre et pourtant je sais d'avance que tu acceptes. Pars donc.

J'entendis, mère, et mon cœur, qui se fondait tout à l'heure encore dans les délices des béatitudes célestes, se brisait d'une angoisse étrange quand je jetais aux splendeurs du ciel, à ses incomparables magnificences, aux anges et aux élus, tous aimés de moi déjà comme les êtres les plus chers, comme des frères, un regard d'adieu, et cependant me voilà ! me voilà, mère, je viens de nouveau partager avec toi les douleurs de l'exil.

—Oh ! merci, merci, ma Céleste, si bien nommée, murmurait la mère ! dont le cœur était inondé d'une joie infinie, s'exaltait d'une reconnaissance que toute parole est impuissante à exprimer. Je ne me trompais pas quand je d'sais que tu étais un ange de Dieu su terre ! Ou', à présent, j' n su's sûre tu me reviens, je le sens, tu m'es bien rendue. Oh ! que je t'embrasse, que je t'embrasse! je l'ose maintenant ! ajouta-t-elle enlaçant la jeune fille dans ses bras. Plus de larmes ! plus de soupirs, plus de deuil ! Oh ! les beaux jours qui vont luire pour nous en attendant le paradis !

— Non, mère ! non, tu n'as pas compris ! dit la jeune fille dont le pur visage perdait par degrés ces reflets lumineux qui le transfiguraient tout à l'heure d'une beauté surhumaine ; non il n'en peut être ainsi. Ne l'espère point. La vie d'ici-bas ne connaît point ces joies sans mélange réservées à la seule patrie ! Si je reviens avec toi c'est pour partager tes tristesses plutôt que tes félicités ! C'est pour connaître de nouveau la souffrance et me soumettre à ses dures épreuves, et les plus cruelles m'attendent à ce que m'a dit l'ange du Seigneur ! Je dois être épouse, je dois être mère, mais pour vider la coupe des douleurs. L'époux

me sera ravi dans la fleur de sa jeunesse, et mon
cœur épanoui dans les joies d'un amour qui semblait éni du ciel sera brisé dans l'agonie d'une
prompte séparation. Mère, je pleurerai plus tard
sur la tombe d'un fils bien aimé, enlevé à mon cœur
dans les plus belles années! J'aurai la douleur
plus grande de voir l'autre profaner ma robe royale d'innocence dans les plus tristes écarts, et
quand je fermerais les yeux, seule et délaissée, il
sera loin, bien loin et je tremblerai pour les destinées de son âme immortelle. Oh! mère, voilà pour
nous, pour moi l'avenir et à quelles conditions....

— Et tu as accepté !

— Oui, mère, j'ai accepté. Je savais que je por-
terais seule le poids du sacrifice et de ta vieillesse
à toi s'écoulerait paisible et consolée, pouvais-je
hésiter? Et puisque cela m'était donné, ne pas
revenir au cri de ta prière si pleine de douleur et
d'angoisse?

— Seigneur, ô Dieu, Seigneur, murmurait la
mère en contemplant sa fille avec un regard d'inex-
primable admiration, non, je ne l'aimais pas assez
et comme il fallait l'aimer ! je l'aimais en égoïste...
Et je comprends, oh ! je comprends pourquoi sitôt
elle m'était ravie ! reprenez-la mon Dieu ! reprenez-
la...

— Mère que dis-tu.

— Mon Dieu, vous êtes sage, vous l'êtes seul, vous êtes prévoyant autant que miséricordieux ! Oh ! chère ange, moi te priver maintenant de ces joies du ciel, de la récompense si bien méritée et dont tu as goûté la douceur pour te condamner de nouveau à nos misères ! pour t'enfermer dans cette douloureuse prison ! pour t'exposer peut-être aux périls d'une plus redoutable épreuve, dont tu triompherais bien sûr, âme sainte, mais qui sait à quel prix ! Oh ! non, jamais ! jamias un baiser seulement encore et adieu ! ou plutôt : au revoir là-haut ! Va, maintenant je saurai attendre...

— Oh ! mère, mère, puisque Dieu l'a permis, oh ! ne refuse pas, ne t'oppose pas !... Bien grand sans doute est le sacrifice, mais je le fais pour toi, mère bien-aimée..

— Et moi, je n'y consens plus, chère ange. Je ne veux pas que, pour alléger ma croix, tu recommences ce douloureux pèlerinage de l'exil. Dieu saura bien m'envoyer la consolation ! Ta douce image sera là présente dans mon cœur ! Et j'aurai l'espérance certaine, de te revoir bientôt. Retourne ! enfant, retourne au ciel, retourne avec les anges, non, ce n'est pas une séparation, car nos cœurs restent unis, et dans si peu de temps nous nous retrouverons !... au revoir ! au revoir ! Céleste.

— Je te quitte, puisque tu le veux ainsi, ô la

7

plus généreuse des mères. Que je t'embrasse du moins une fois encore et ta main, là, sur mon cœur, que je te dise: Adieu, adieu! non au revoir!

Et ces traits, tout à l'heure irradiés par la jeunesse et la vie, resplendissant d'un tel éclat se couvrirent de nouveau des lugubres pâleurs. Les yeux se ternirent mornes et voilés, les lèvres se flétrirent vaguement entr'ouvertes par un dernier sourire. L'âme sainte avait repris son vol.

Vision réelle ou seulement illusion pieuse, hallucination de la douleur, Dieu avait permis que la mère chrétienne fut éclairée, consolée! elle s'agenouilla près de la morte. Des larmes coulaient encore sur ses joues, mais des larmes moins amères! sa douleur n'éclatait plus dans la frénésie du désespoir. Au fond de son cœur, elle bénissait Dieu, sereine et résignée même dans sa tristesse profonde. Et ceux qui l'avaient quittée, en proie à cette effrayante désolation, s'étonnaient de la retrouver au matin, si douce, si calme, si humblement courbée sous la main de Dieu qui l'éprouvait par cette immense affliction.

ADRIEN BRAUVER

I

Brauwer naquit en 1608, à Audenarde, où son père était dessinateur de tapis de haute lisse. Mais soit manque de travail, soit imprévoyance et prodigalité, le ménage était en proie à la misère, et l'enfance de Brauwer eut à souffrir de tous les genres de privations. Son intelligence ne s'en développa pas moins promptement, et ses dispositions se révélèrent de bonne heure et d'une façon remarquable. On raconte qu'il dessinait tout enfant encore, sur des patrons de bonnets que sa mère vendait pour vivre, des oiseaux et des fleurs, avec une telle exactitude, que François Hals, le peintre d'intérieurs, en fut frappé. Il questionna la mère, fière de nommer son fils comme l'auteur de ces dessins. Hals, sordidemment avare, n'eut pas honte de spéculer sur les heureuses dispositions de l'enfant. Il demanda à la mère de lui confier son fils auquel il promettait de donner des leçons, et il l'emmena avec lui à Harlem, où il habitait. Mais déjà le jeune Brauwer pouvait se passer de leçons. Instruit par la nature, artiste d'instinct, à peine il eut touché les pinceaux, qu'il s'en servait comme un maître, et bientôt les connaisseurs et amateurs se disputèrent les petits tableaux qu'il exécutait par l'ordre de Hals. Celui-ci en recevait le prix qu'il gardait tout entier non moins ingrat que cupide, tandis que son élève prétendu, confiné dans un atelier dont on faisait pour lui une prison, travaillait à la tâche; traité plutôt en mercenaire et en valet qu'en artiste, il ne recevait pas même une nourriture suffisante. Les calculs de l'avarice n'étaient pas habiles, et la chaîne, dont le poids se faisait sentir tous les jours davantage, devint insupportable au jeune homme, qui ne put résister à la tentation de la briser.

Un matin, trompant son geôlier, au lieu de se mettre comme d'habitude au travail, il quitte son réduit, et léger de bagage, mais riche d'espérance, il gagne la porte, il gagne la rue, et comme s'il ne se fut pas cru suffisamment en sûreté encore, bientôt la campagne. Oh ! avec quelle ivresse, il se sentit joyeux et libre, au milieu de la nature verdoyante, que depuis longtemps il n'entrevoyait que par échappées et d'une étroite fenêtre ! Comme il respirait à pleins poumons cet air vivifiant de la plaine, lui qui suffoquait la veille encore dans l'atmosphère étouffée de son triste atelier ! Comme il s'extasiait, le naïf et ardent jeune hemme, devant les splendeurs du ciel, à voir les jeux de la lumière à travers les feuillages ou les formes élégantes et diverses des animaux bondissants dans les pâturages ! Comme il eût voulu tout dessiner et tout peindre à la fois ! Mais d'abord il fallait vivre, et coupant court sagement au vagabondage, il profita d'une occasion pour gagner Amsterdam dans l'espoir de trouver là des ressources. Le succès dépassa son attente. A défaut d'argent, il portait avec lui quelques dessins crayonnés jadis dans les courts instants qu'il avait pu dérober à maître François Hals. Il choisit les meilleurs, et se hasarda sans trop de timidité à les porter chez un marchand de tableaux qui lui fut indiqué. Au premier coup d'œil jeté sur les dessins, le marchand sourit comme à la vue d'une vieille connaissance.

— Brauwer, Brauwer, dit-il, un nouveau venu, mais qui fera vite son chemin. De la verve, trop de fougue peut-être ; mais de l'originalité ! puis une touche ferme, une couleur vigoureuse, des tons hardis et vrais, une bonne palette en un mot. Ces dessins ont leur prix, mais je préfère les tableaux de l'artiste.

— Vous me connaissez donc ? demada Brauwer stupéfait.

— Quoi vous êtes le peintre Brauwer ?

— Sans doute.

— En vérité vous semblez bien jeune pour manier aussi gaillardement le pinceau. Ah! ça, mais d'où sortez -vous pour ignorer que votre nom est populaire et que vos tableaux se vendent avec grande concurrence d'amateurs. N'en obtient pas qui veut. Vous avez, mon enfant, dans votre pinceau un talisman qui en vaut un autre, et il ne tient qu'à vous de faire fortune.

Brauwer n'en croyait pas ses oreilles; et il ne fut pleinement convaincu que le jour où le marchand lui remit en échange d'une petite toile, une somme ronde de cent florins.

Comme cet artisan du bon La Fontaine, à la vue des cent écus du financier, Brauwer ébloui :

Crut avoir tout l'argent que la terre
Avait depuis cent ans
Produit pour l'usage des gens.

Sa main tremblait en ramassant les pièces d'or qu'il empocha sans compter.

Mais cette bonne fortune si soudaine, à laquelle une première éducation forte et intelligente ne l'avait pas préparé, fut un malheur pour l'artiste. Sans accuser la mémoire de sa mère, on peut croire que sous le coup de la misère tout entière aux préoccupations des nécessités matérielles, elle n'avait pas eu la précaution de cultiver avec sollicitude le germe de ces saintes croyances qui, seules, peuvent faire contrepoids à la fougue du tempérament. Peut-être aussi Brauwer avait-il mal profité de ses enseignements comme de ceux qu'il avait pu recevoir d'autre part. Quoi qu'il en soit, des passions ardentes, brutales, que la captivité laborieuse chez François Hals, utile en cela, longtemps avait comprimées, firent soudain explosion par la possibilité de les satisfaire. En vain la conscience murmura quelques sages conseils; d'autres voix parlaient plus haut encore et furent seules écoutées, Brauwer se précipita dans les plaisirs avec frénésie; il se plongea dans la débauche avec toute la violence d'une nature neuve et inculte; en quelques jours il eut dissipé son trésor en orgies folles, et il se trouva un matin tout aussi pauvre que le jour de son arrivée à Amsterdam, et de plus, avec cette soif

ardente du plaisir, qui, chez le malheureux, devait
être inextinguible.

Son marchand, étant venu lui rendre visite, ne
fut pas médiocremeut surpris de le trouver dans
une misérable chambre, avec un costume plus misérable encore et en proie aux perplexités d'un
homme qui doit compter pour vivre sur la condescendance d'un créancier.

— Hé ! comment, Monsieur Brauwer, je croyais
vous voir dans un hôtel avec de beaux meubles et
de riches vêtements ? car vous ne m'aviez pas l'air
d'un homme à la Rembrandt peu soucieux de ses
aises et content d'habiter dans une cave pourvu
qu'il y entasse les florins. Qu'avez-vous donc fait
de votre argent ?

— Mon argent, dit Brauwer brusquement, il me
gênait, j'avais la crainte des voleurs. Comment
dormir tranquille avec un pareil magot sous son
oreiller. Je m'en suis débarrassé pour être plus
tranquille.

— J'entends, reprit le marchand, qui, par aventure, était assez honnête homme, étourderie d'enfant prodigue ! Il faut que jeunesse se passe. C'est
aller vite cependant, cent florins en huit jours ! la
main vous brûle, jeune homme. Certes, un bon
placement vous eût été plus profitable. Mais c'est
une expérience, n'est-ce pas ? et maintenant vous

songez à vous remettre au travail pour ne plus recommencer.

— Ne plus recommencer ? s'écria Brauwer, me
faire à cette existence morne de vous autres bourgeois enterrés dans la boutique le nez sur un cof-
fre ? Tourner le dos au plaisir, à ces bons compagnons, à ces aimables beautés qui m'ont fait passer des heures si joyeuses ? non pas, non pas !
Vivre pour vivre, se divertir le plus possible, en travaillant le moins qu'il se pourra ! Voilà l'existence !

— Oh ! morale un peu bien légère ! ce n'est pas
là le chemin du paradis. Sans compter, Monsieur
Brauwer, je me permets de vous dire cela, l'âge
m'excuse, sans compter qu'en allumant ainsi la
chandelle par les deux bouts.... vous savez le proverbe ? A ce jeu-là, voyez-vous on s'use vite. Le
talent est une plante rare qui veut des soins et de
la culture. En ami, Monsieur Brauwer, je vous
conseille de ménager votre santé et votre talent.
Voulez-vous me peindre quelque chose encore ?

— Il le faut bien ; mon hôtesse, sous prétexte
que je dépensais mon argent ailleurs, a fait la
grimace au mot de crédit et menace de me mettre
dehors. Envoyez-moi des couleurs et revenez dans
deux jours, je serai prêt !

— Mais votre atelier où est-il ! car cette chambre...

17.

— Ne vous inquiétez pas de cela. Le premier cabaret venu voilà mon atelier. La compagnie me distrait et je n'ai point à payer de modèles !

— Alors très bien, dans quelques instants vous aurez vos couleurs.

Les trois jours écoulés le marchand fut exact.

Brauwer l'avait fait prévenir qu'il le trouverait au cabaret voisin dans lequel, en effet, il le distingua tout pêle-mêle au milieu des buveurs, d'une main tenant son verre et de l'autre un pinceau, qui venait de donner une dernière touche à la toile, nous ne dirons pas charmante, mais vivante et vraie, et représentant un buveur humant le liquide dont sa main incertaine laissait se répandre une partie.

— Admirable ! dit le marchand, Monsieur Brauwer, une joyeuse peinture finement peinte quoique au premier coup, et qui plaira bien sûr aux amateurs du genre. Combien désirez-vous de cette toile.

— 200 florins ! répondit résolument Brauwer.

— 200 florins y pensez-vous s'écria le marchand désappointé, une toile d'un tiers moins grande que la première! c'est trop Monsieur Brauwer, c'est trop.

— 200 florins, répéta brusquement l'artiste. Avec moi l'on ne marchande pas, je vous en préviens, une fois pour toutes; mon prix fait, je n'en rabats pas d'une obole.

— Et doucement, cher Monsieur Brauwer ? Encore ne faut-il pas écorcher les gens. Je vous donnerai 150 florins, argent comptant, il m'est impossible....

— C'est votre dernier prix ?

— Sans aucun doute. Je n'ai pas envie de me ruiner.

Brauwer se leva, prit sa toile et se dirigea vers le poële dont la porte entr'ouverte laissait voir à l'intérieur toute une fournaise. L'artiste, d'un coup de pied, fit sauter la porte et sans sourciller lança son tableau au milieu des flammes qui l'eurent dévoré en un clin d'œil.

Le marchand regardait bouche béante et stupide d'étonnement...

— Voilà ! dit Brauwer, avec son même air d'insouciance railleuse. Nous tâcherons de mieux faire une autre fois. Revenez dans quelques jours s'il vous convient. Mais vous le savez maintenant, je n'aime pas qu'on lésine sur le prix. Avis aux amateurs !

Ce tour joué par Brauwer à lui-même plutôt qu'au marchand, il le renouvela plus d'une fois, dit-on, en jetant dédaigneusement au feu le tableau dont il n'obtenait pas le prix qu'il avait demandé d'abord. Cette étrange manie, non moins que son inconduite, peut expliquer la rareté de ses œuvres.

Il ne travaillait que pressé par une extrême nécessité, talonné par ses créanciers qui n'étaient guère que les cabaretiers du voisinage. Il faisait peu de tort au tailleur et aux autres fournisseurs, vêtu plus qu'avec négligence presque de guenilles enfumées de tabac et souillées de vin ou de bière. Ses parents, dont quelques-uns habitaient Amsterdam, et dans une position honorable, sans doute, lui reprochaient fréquemment le laisser-aller de son costume qui lui fermait, disait-on, bien des portes. Lui ne faisait qu'en rire et semblait se complaire avec une bizarre fierté dans ces haillons de la misère. Fatigué cependant des reproches, un beau jour, Brauwer se commande un habit neuf en velours avec lequel il se présente ensuite dans sa famille empressée à lui faire accueil. Peu de temps après, il reçoit une invitation pour la noce d'une parente qui jusqu'alors s'était montrée avec lui assez peu gracieuse. Au jour indiqué, il endosse son habit neuf et se rend à la cérémonie. On le complimente, on lui fait fête et l'on veut qu'il s'asseie à l'une des places d'honneur. L'artiste se laisse faire, il s'installe avec aplomb dans son fauteuil, mange assez bien et boit mieux encore en débitant maintes joyeusetés. Tout à coup, les couvives ébahis le voient se lever, ôter son habit au milieu de la stupéfaction générale, et l'étaler avec soin sur le fauteuil. Puis il s'approche d'une table voisine sur laquelle on venait de déposer un plat quelconque d'où la sauce débordait épaisse et grasse. Tous les convives à leur tour s'étaient levés, les yeux fixés sur l'artiste avec un air d'extrême curiosité. Brauwer, inclinant le plat, arrose avec le liquide l'habit neuf sur toutes les coutures en disant avec un rire narquois à l'adresse de l'amphytrion :

— Oui dà, mon habit, c'est à vous surtout de faire bonne chère, puisque c'est vous qu'on invite.

La plaisanterie, sans doute assez piquante, eût eu plus de sel si le délabrement du costume avait été chez Brauwer le malheur d'une pauvreté laborieuse et non la suite de ses désordres et d'une négligence volontaire.

Voici encore une imagination de cet esprit original autant qu'extravagant. Certain jour, ayant perdu ou vendu ses *nippes*, comme dit le bonhomme Décamps, et réduit presque au costume d'Adam avant sa sortie du paradis terrestre, il ramassa quelques vieilles toiles, les taille et les coud en forme de vêtement à l'orientale; puis, sur ces toiles grattées à l'avance, il peint en détrempe comme il savait peindre, des dessins variés entremêlés de fleurs et d'arabesques, qui simulaient une

étoffe des plus splendides et dont un rajah eût été
fier de se parer. La peinture séchée, Brauwer endosse cet étrange costume, sous lequel, avec l'a-
plomb de son audace habituelle, il s'empresse de
se montrer sur les places publiques, à la promenade, et même au théâtre. Cette mode nouvelle fait
sensation, et l'habillement asiatique de Brauwer
attire tous les regards. La coquetterie des femmes
surtout, mise en éveil, s'inquiétait de savoir où
l'on pourrait se procurer cette luxueuse étoffe que
supposait venue des plus riches contrées de l'Orient.
On ne parlait dans les loges que du merveilleux
costume de l'artiste près duquel toutes les magnificences de la scène paraissaient mesquines. Enfin l'émotion fut telle parmi les belles dames que
quelques-unes vinrent en députation solliciter de la
complaisance de Brauwer la confidence de son secret et l'adresse du fabricant ou du marchand. Le
malicieux artiste le prie de le suivre au foyer et là
il demande une éponge et de l'eau. Les dames for
intrigués a la vue de ces objets, attendaient le
mot de l'énigme avec cette impatience de curiosité dont l'indiscrétion, suivant la fable, fit sauter le
couvercle de la boîte de Pandore. Brauwer prend
l'éponge mouillée, la passe à plusieurs reprises sur
l'étoffe prétendue, qui, soudain, dépouillée de tout
son lustre, n'offre plus aux regards qu'une espèce

de vieux chiffon barbouillé d'un amalgame de couleurs comme la palette encrassée d'un rapin. Et
au milieu de la surprise, Brauwer se plut encore à
narguer le désappointement des curieuses par des
quolibets qui probablement n'étaient point que des
mots *plats* comme le dit pudiquement le biographe
auquel on doit l'anecdote.

II

Tel était ce Bohême, comme on dit aujourd'hui, qui fut d'ailleurs un grand artiste, mais dans la vie ordinaire sans règle et sans frein, et cédant à toutes les boutades de son imagination inquiète. La fantaisie lui prit, alors que la guerre des Pays-Bas était dans sa plus grande fureur, d'aller visiter Anvers. Comme il était peu gêné par le bagage son projet à peine formé; il part, le feutre sur l'oreille, la rapière au côté, et sans passe-port. Dans cet équipage assez suspect, il arrive aux portes de la ville où ses allures n'étaient pas de nature à dissiper les soupçons. On lui barre le passage en lui demandant ses papiers. Bien entendu qu'il n'avait rien à montrer.

« C'est quelque espion! dit le chef de poste, un coquin à pendre, vrai gibier de potence, si j'en juge à la mine, et qui fera belle figure sur un gibet. Qu'on le conduise à la citadelle! On allége Brauwer de son épée et de son paquet, mais pas de son argent et pour cause, et deux ou trois soldats l'accompagnent à la citadelle, dans laquelle se trouvait par fortune aussi, détenu le duc d'Arenberg, illustre espagnol, protecteur des beaux-arts, et que Brauwer connaissait de nom. L'artiste, ayant appris quel était ce personnage, l'aborde résolument et se nomme en se réclamant de sa bienveillance pour faire cesser la méprise dont il se trouvait victime.

Le duc, malgré les apparences peu favorables, n'hésita pas à l'en croire sur parole, et à la demande de Brauwer, il s'empressa de lui faire obtenir une toile, des couleurs, des pinceaux, tout ce qu'il fallait pour peindre. Un groupe de soldats qui jouaient à je ne sais quel jeu s'était formé dans la cour. Il n'en fallut pas davantage à Brauwer ; saisissant l'effet général d'un coup d'œil, il dessina largement une esquisse qu'il termina en peu de jours. Cette chaude peinture par l'énergie du coloris, par la variété des expressions et des attitudes, attestait d'une manière non douteuse l'identité de Brauwer dont le suffrage de Rubens lui-même vint témoigner.

Le grand peintre visitait quelquefois le duc d'Arenberg qui se hâta de lui montrer le tableau peint par le prisonnier. Rubens ne pouvait s'y tromper; il prisait singulièrement le talent de l'artiste sans connaitre l'homme autrement que par des ouï-dire, qu'il supposait exagération ou calomnie.

Après avoir longuement considéré le tableau d'un air de complaisante admiration, le grand peintre dit au duc :

— Un Brauwer, Monsieur le duc, un Brauwer, et le meilleur que j'aie vu peut-être. Il n'est que lui pour ce coloris vivant, pour cette vérité de tons et cette fièvre de pinceau. Je donnerais volontiers 300 rixalders de ce chef-d'œuvre.

— Non pas, reprit le duc, si vous le permettez, mon illustre maître, je tiens à garder ce tableau, d'abord pour l'œuvre elle-même et aussi pour le piquant de l'aventure qui en double le prix.

Et le duc en quelques mots, raconta l'histoire de Brauwer qu'il avait fait appeler et qui ne tarda pas à paraître.

Rubens toujours bienveillant, s'empressa le premier au-devant de son confrère dont la mise délabrée contrastait avec le riche costume du peintre grand seigneur. Il lui prit les mains cordialement en le complimentant avec effusion sur son talent et s'applaudissant de la rencontre.

— Le gouverneur de la citadelle, ajouta-t-il, je n'en doute pas, ne fera pas difficulté maintenant de vous laisser sortir, Monsieur Brauwer. Avant une heure vous serez libre. 'Mais, sans doute, vous ne connaissez personne dans cette ville. Je ne veux pas que vous quittiez la prison pour une auberge et je serai heureux de vous offrir, aussi longtemps qu'elle vous sera agréable, mon cher confrère une fraternelle hospitalité. Considérez ma maison comme la vôtre, mon atelier comme s'il vous appartenait. J'envie à Monseigneur cette toile charmante que j'espère vous voudrez bien me remplacer aux mêmes conditions.

Brauwer balbutia quelques remercîments car, malgré son aplomb habituel, le prestige de cette grande renommée et la conscience d'une supériorité réelle, imposaient à sa familiarité et les allures dignement aristocratiques de Rubens, ne laissaient pas de lui causer quelque embarras.

Après avoir pris congé du duc et sans doute aussi des soldats à sa manière, c'est-à-dire, à la cantine, Brauwer suivit Rubens dans sa maison qu'on pouvait appeler un palais. Mais, malgré l'affectueuse politesse de l'illustre peintre et sa cordiale hospitalité, le vagabond de Harlem se trouvait mal à l'aise au milieu des magnificences de cette demeure seigneuriale. En vain avait-il une place d'honneur à la table, et des domestiques empressés à le servir; en vain la femme de Rubens

singulièrement belle et digne, avait pour l'hôte de
son mari, les plus gracieuses prévenances et les
enfants lui faisaient fête, la sérénité de ces mœurs
graves, ces habitudes d'ordre, de travail et de paix
dans lesquelles se plaisait cette famille patriarcale
ne pouvaient convenir à Brauwer, antipathique
par la bassesse de ses instincts à toute existence
régulière. Devant cette matrone si grave il devait
imposer un frein à sa langue; pour s'asseoir à
cette table splendide, se vêtir décemment et n'y
boire qu'avec discrétion. Dans cet atelier superbe,
il fallait travailler à l'exemple de l'infatigable Rubens, et Brauwer aimait tant à se croiser les bras
en regardant la fumée de sa pipe ou la bière mous-
seuse que lui versait quelque sévère vulgaire ! En
un mot, dans cette atmosphère trop épurée, Brauwer regrettait la vapeur grasse, la licence et les
joies grossières du cabaret. Aussi, parfois, sous
prétexte de promenade il quittait la maison de Rubens, et s'en allait dans un faubourg où l'attirait
un cabaret solitaire. Là il se dédommageait am-
plement de ce qu'il appelait ses privations, buvant,
fumant et causant avec des gens qui, comme lui,
n'avaient souci que de fumer et de boire. Parmi
ces joyeux compagnons se trouvait un boulanger
nommé Craesbeke avec lequel il fit connaissance,
et, par la similitude des penchants malheureu-

sement peu honorables, il ne tarda pas à se lier avec lui intimement. Craesbeke, quoique établi et marié, avait, comme Brauwer, le goût de !a paresse et de la boisson. Ces deux hommes étaient faits pour s'entendre. Un soir, après d'amples libations, Brauwer, en pressant avec attendrissement la main de son nouvel ami, lui confiait ses doléances à l'endroit de Rubens.

— Je m'ennuie à périr dans cette maison, on y vit comme dans un cloître : Peuh ! La cloche vous sonne le repas et , toujours aux mêmes heures. Maître Rubens travaille comme un forçat du matin au soir, et il faudrait l'imiter ; avec cela un ordre, une propreté ! Des tapis sur lesquels on a peur de marcher, des meubles sur lesquels on craint de s'asseoir ! Et aussi des politesses et des cérémonies qui n'en finissent pas. Comme les autres il faut que je m'habille et que j'arrive à l'heure. A la table on ne peut boire à sa soif. Puis des servantes aussi fières que leur maîtresse et avec lesquelles on ne saurait rire. Sans compter que tout le monde, matin et soir, fait sa prière et le dimanche va aux églises. Cette existence-là, vois-tu, c'est intolérable Mieux valait encore la citadelle avec son remueménage et ces bons vivants de soldats. Au diable ! ausssi quelque matin, je décamperai, comme on dit sans tambour ni clairons, pour aller retrouver mon chenil.

— Hé mais, dit Craesbeke, est-ce un logement qu'il te faut? tu me connais. Je ne suis point un grand seigneur, moi, et devant un pot de bière ou un broc de vin je ne fais pas figure de sot. Il y a tout justement au logis une chambre vide. Là, point de façons comme entre vrais amis! Viens chez moi. Ma femme est une bonne femme, point petite maîtresse et qui prend les choses rondement comme nous. Cette fois, pour toi point de gêne. Du travail à ton heure et à ta volonté, et de la joie tant qu'il te plaira. Bon vin et bonne bière à pleine rasades! Cela te va-t-il?

— Tope! dit Brauwer.

— Tope! nous rirons bien. Et quand?...

— Ce soir!

— A ce soir donc, je vais commander le festin.

Brauwer ne manqua pas au rendez-vous. Rentré chez Rubens, après avoir ramassé à la hâte son argent et ses dessins, il sortit sans faire d'adieux, en oubliant les remercîments, honteux lui-même de payer par tant d'ingratitude la générosité de Rubens. Puis il courut chez Craesbeke qui le reçut à bras ouverts.

Leur intimité scellée par de copieuses libations, dès lors devint une espèce de fraternité qu'on eût trouvée touchante si la cause principale n'eût pas été la parité des inclinations vicieuses plus encore que l'amour de cet art dont Brauwer donnait des leçons à son ami par forme d'indemnité. Le maître et l'élève ne se quittaient plus; mais la conduite de tous deux, ivrognes, débauchés, joueurs, le scandale de leurs orgies, soit à l'intérieur, soit au dehors, éveillèrent les suceptibilités de l'opinion publique dans une ville et à une époque où l'immoralité ne pouvait la braver impunément. Les menaces de la justice et la crainte du châtiment effrayèrent les coupables, forcés de prendre brusquement la fuite chacun de leur côté. Brauwer, on ne sait par quelle inspiration, vint à Paris où l'attendait la misère, faute d'amateurs de son talent. Après avoir épuisé toutes ses ressources, réduit au dénument extrême, usé par les privations comme par les excès, il apprit que l'émotion s'était calmée à Anvers, et profita de la première occasion qui s'offrit pour retourner dans cette ville. Mais à peine arrivé, il tomba malade et, porté à l'hopital il mourut au bout de deux jours dans la salle des pestiférés, à peine âgé de 32 ans. Lamentable fin sans doute, mais châtiment trop mérité d'une vie toute de désordre et de ce gaspillage inouï d'un beau talent dont l'artiste avait fait trop souvent, dans ses œuvres triviales, un si misérable emploi!

Rubens apprit plus tard la maladie comme la mort de Brauwer, qu'on avait jeté dans un trou du cimetière commun. A la fois artiste et chrétien malgré les erreurs de son pinceau peu spiritualiste, Rubens devant cette tombe prématurément ouverte, n'eut plus souvenir de la brutale 'ingratitude qui avait si mal récompensé sa générosité. Avec cette grandeur d'âme d'un noble caractère, qui s'alliait chez lui au génie, il fit exhumer les restes de Brauwer; enterré par ses soins et à ses frais dans l'église des Carmes. Il voulait faire plus encore, et méditait une épitaphe pour la tombe de l'infortuné, quand la mort le surprit lui-même au milieu de sa gloire, et ceux qu'il avait chargés de prier pour la pauvre âme de Brauwer, eurent à pleurer sur une mémoire bien autrement chère et illustre.

ESCLAVE ET REINE

EPISODE DE L'HISTOIRE DE FRANCE.
— VII SIÈCLE. —

I

Un jour qu'Erchinoald, maire du palais de Clovis II, roi de Neustrie, encore enfant, se promenait dans la galerie intérieure, des marchands, en costume étranger, se présentèrent à lui, conduisant par la main une toute jeune fille qu'ils s'offraient de lui vendre comme esclave. Ils disaient l'avoir achetée de pirates norwégiens ou danois qui l'avaient enlevée sur une côte lointaine, sans doute en laissant derrière eux l'incendie et la ruine, et sur les débris les cadavres des parents égorgés. L'enfant, d'une merveilleuse beauté, semblait, mal-

8

gré son âge si tendre, trop bien comprendre sa triste position. Elle fixait sur le chef franc, au dur profil, ses grands yeux bleus d'où sans doute avaient coulé bien des larmes, à juger par la pâleur de son visage tout gracieux pourtant sous sa chevelure aux boucles soyeuses et blondes.

Le rude guerrier fut attendri par la vue de cette enfant qui, dans sa misère, conservait un air touchant de noblesse et de modeste fierté, et répondait à ses interrogations avec une voix qui avait des accents d'une douceur singulière quoique dans une langue inconnue par lui et presque mystérieuse. Mais l'enfant semblait lui dire de son regard plein de larmes: — Achetez-moi pour me protéger! pour me tirer des mains de ces méchants! de ces malheureux qui trafiquent de l'innocence, trafiquent du sang et de l'âme d'une créature faite à l'image divine! Erchinoald donna, sans marchander la somme qu'on lui demandait et garda l'enfant.

Il la confia aussitôt à de pieuses femmes pour l'élever, moins comme une esclave que comme une fille de noble et libre condition. Bathilde, (car tel était le nom donné à l'enfant dans son baptême), Bathilde se montra digne de cette généreuse sollicitude. En grandissant, elle devint une jeune fille, non pas seulement remarquable par sa beauté, par ses grâces extérieures, mais accomplie pour tout le reste

admirable et séduisante par l'attrait des plus excellentes vertus. Sa naïve et ardente piété, son humi-
lité, sa charité, sa sainte candeur, la rendaient presque vénérable, malgré sa jeunesse; aussi la traitait-
on, quoique esclave, avec les mêmes respects que
si elle eût été la propre fille d'Erchinoald.

Or, une après-midi, le roi Clovis II aperçut dans
la cour du palais Bathilde qui consolait, par d'affectueuses paroles, un pauvre vieillard paralytique, en
même temps qu'elle lui donnait quelque aumône. Le
voile de la pieuse fille s'était écarté et elle brillait
de tout l'éclat de sa jeunesse et de sa beauté. Le
prince la contempla quelque temps avec une admiration qui tenait du ravissement, et bientôt après,
encore sous le coup de son émotion, parla à son
maire du palais de la jeune esclave. Erchinoald, soit
par un noble sentiment, soit par les calculs d'une
adroite politique qui voulait se ménager une influence pour l'avenir, répondit à Clovis en faisant de
Bathilde le plus magnifique éloge, ajoutant que
d'après certaines rumeurs, il se pourrait que l'esclave, d'origine anglaise, et ravie enfant à sa patrie
ne fût pas ce qu'elle semblait et que le sang d'une
race auguste coulât dans ses veines.

Ces paroles ne firent qu'exalter les sentiments
du jeune prince, qui plusieurs fois revit Bathilde et
toujours avec une admiration croissante. Aussi

accueillit-il avec bonheur le conseil que lui donnait Erchinoald d'épouser l'esclave, digne par ses vertus de la plus belle couronne. Et Bathilde monta sur le trône, où, comme épouse, et comme reine, elle rappela l'illustre Clotilde, son aïeule par alliance, en s'attirant surtout les cœurs par le charme de cette incomparable douceur qui était sa vertu singulière.

Plusieurs années s'écoulèrent pour elle au milieu de ces éclatantes prospérités qui la virent toujours bienveillante et toute modeste. Mère de trois jeunes princes, mère heureuse, épouse fortunée, elle jouissait en paix de ces félicités dont tout lui promettait la durée, quand, soudain, la plus cruelle des douleurs vint lui prouver qu'ici-bas nul n'est à l'abri de l'épreuve, et que tout honneur humain est fragile.

Un soir, le roi Clovis rentre de la chasse, les yeux brillants d'un éclat sombre, la figure enflammée et proférant d'étranges paroles. Ses enfants s'approchent pour l'embrasser et la reine avec eux ! Il les repousse, l'air farouche ! Hélas ! il se refuse même à les reconnaître ! L'infortuné ! un accident demeuré inconnu ou quelque mystérieuse et redoutable influence avait troublé sa raison. Vainement Bathilde, assise nuit et jour au chevet de son mari, comme elle eût fait au berceau d'un enfant, essaie par les tendres caresses, par les sourires et les douces paroles, de réveiller son intelligence en parlant à son cœur. Inutiles efforts! Après quelques éclairs lucides plus ou moins prolongés et qui semblaient promettre la guérison, Clovis resta complètement insensé, et à ce qu'il paraît, à peu près idiot. Qu'on juge de la douleur de la pauvre reine, maintenant la plus affligée des épouses après en avoir été la plus heureuse!

Cependant elle ne succomba pas sous l'épreuve; et, non moins courageuse et forte que patiente et douce, elle sut se montrer à la hauteur des immenses devoirs que lui créait le malheur des circonstances. Car il lui fallait à la fois, garde-malade dévouée de l'infortuné Clovis, tout en veillant avec sollicitude à l'éducation de ses enfants orphelins, s'acquitter des plus laborieuses fonctions de la royauté. Elle suffit courageusement, avec l'aide de Dieu, à cette triple tâche, mais non pas sans sentir parfois tout le poids d'un tel fardeau. Aussi disait-elle volontiers au bienheureux saint Ouen qui l'aidait de ses conseils au milieu de si grandes difficultés :

— Ah! vénérable père, qu'une couronne est parfois lourde! et qu'insensés sont ceux qui l'envient. Ah! malgré l'or et les diamants qui la couvrent, que souvent la mienne me rappelle la sainte cou-

8.

ronne d'épines de notre doux Sauveur montant au
Calvaire !

— Ayez courage, ma fille, répondait le saint,
puisque vous êtes dans la voie que le Seigneur a
voulue, la force ne vous manquera pas ! bénissez
Dieu d'ailleurs, de vous donner une telle prudence
et de vous faire voir si clairement la vanité de ce
qui passe.

Bathilde, reine illustre dans la pompe et les gran-
deurs, se souvenait toujours des temps malheureux de son enfance. Aussi témoignait-elle pour
les pauvres esclaves d'une compassion et d'une
affection toutes particulières ; et par de sages me-
sures pour lesquelles elle prit conseil du bon saint
Ouen, elle travailla à faire disparaître l'esclavage
partout où prévalait son autorité. Elle s'occupa aussi
avec zèle de la réforme des abus et surtout de
faire cesser les scandales de simonie par lesquels
des prêtres indignes s'introduisaient sacrilégement
dans le sanctuaire pour le profaner. Elle fut véritablement aussi la mère des orphelins, la providence
des faibles, des indigents et des délaissés, surtout
dans une grande disette qui désola la France à
cette époque. La bonne reine soulagea le pauvre
peuple en faisant vendre les lames d'argent qui
revêtaient la voûte de la basilique de Saint-Dénis.
Le clergé favorisa cette aumône, et la somptueuse

église, reçut en échange, des priviléges d'indépendance qui furent reconnus dans un plaid par les
évêques et par les leudes.

La vénération qu'inspiraient à tous les vertus de
Bathilde fit que les leudes, malgré leur sauvage
turbulence, supportèrent plusieurs années, sans trop
d'impatience, sa douce tutelle. Cette trève, con-
sentie ainsi tacitement donna pour un temps à la
France, épuisée par les luttes intestines, un repos
dont elle avait grand besoin. Malheureusement le
calme ne devait pas être de longue durée. Bathilde
comprit que les colères, enchaînées volontairement
sous la main d'une femme, commençaient à s'irriter,
lasses de lui obéir, humiliées peut-être, dans leur
férocité brutale, de céder si longtemps à cette faible puissance. Son fils Clotaire était en âge de ré-
gner. Aussi un matin elle se présente devant lui en
disant :

— Cher fils, vous êtes maintenant un homme
capable de tenir glorieusement le sceptre comme
l'épée. Il est temps que je vous laisse, car vos vail-
lants leudes, si je restais près de vous, Clotaire,
vous jugeant toujours sous la tutelle d'une femme,
pourraient vous avoir en moindre estime. D'ailleurs
le Seigneur m'appelle et me commande de lui consacrer les restes d'une vie qui a été jusqu'ici trop
absorbée par les inquiétudes de la terre. Permettez

que je me retire dans une pieuse solitude pour m'occuper à loisir de l'éternité qui s'approche, pour me livrer à la pénitence et aux bonnes œuvres, mais en priant sans relâche aussi, cher fils et le roi, pour votre postérité et celle du très glorieux royaume de France.

Malgré les tendres supplications de Clotaire qui voulait la retenir, Bathilde déposa les marques de la royauté, ses parures et ses ornements, et, couverte de ses vêtements de veuve, elle quitta le palais et se retira au monastère de Chelles pour y prendre le voile. Là, simple religieuse, humble entre les plus humbles, servant les pauvres, soignant les malades, s'empressant aux emplois les plus modestes, elle témoignait d'une admirable obéissance pour sainte Bertille, la supérieure.

Éprouvée sur la fin de sa vie par de cruelles infirmités, elle ne savait que bénir la main divine, et au milieu des souffrances les plus violentes on l'entendait répéter :

— Seigneur, vous êtes bon ; Seigneur vous êtes notre père, un père miséricordieux et prévoyant ! Merci, de donner à votre misérable servante le moyen d'expier ses fautes ! merci, de lui permettre par la souffrance de conquérir peut-être une récompense plus belle ! Mes souffrances, que sont-elles d'ailleurs auprès de celles de notre divin Sauveur

sur la croix, ou des tourments par lesquels tant
d'illustres martyrs, tant d'héroïques confesseurs
ont mérité la gloire !

Sainte Bathilde mourut dans ces admirables sentiments, pleine de jours et d'œuvres, le 30 janvier
de l'an 680. Si l'Église se plut à l'honorer en la
plaçant sur les autels, l'histoire profane a pu dire
d'elle : « Bathilde était une grande reine, trop
grande pour un siècle qui fléchissait et s'en allait
à toutes les décadences(1). » Et encore : « L'histoire
lui rend cette justice qu'elle n'oublia pas sur le
trône son premier état, et que, dévouée religieuse,
elle ne se souvint jamais qu'elle eût porté la couronne. »

(1) Laurentie.

UNE VISITE

A L'HOPITAL

ANECDOTE D'HIER.

~~~~~~

I

Un de nos bons amis me racontait avec émotion
ces jours-ci, une simple et touchante anecdote. Elle
avait d'autant plus de prix à mes yeux, qu'il connaissait l'héroïne de ce charmant petit trait.

Mlle L..., privée de bonne heure de ses appuis
naturels, jeune et jolie, a su se préserver des écueils
de sa difficile position, et, malgré tant d'exemples

contraires si tristes, résistant aux tentations de paresse et de vanité, elle s'est résignée gaîment à un travail peu attrayant, à une tâche ingrate et de tous les jours pour se créer ces resssources en restant fidèle à tous ses devoirs. Le bon Dieu a béni son courage ; ce labeur quotidien et persévérant a donné à la jeune fille une aisance relative, et, dans un milieu ordinaire bien dangereux, dans un atelier, la noble enfant, la courageuse ouvrière est restée parfaitement honnête et pure. Entourée comme d'une auréole de respect, elle honore sa modeste position par l'élévation des sentiments, par des qualités rares et solides, et surtout par une piété humble qui est en elle la source de toutes les fortes vertus. Voici qui peut faire apprécier ce gégénéneux cœur.

Il y a deux ou trois années, un pauvre vieillard, son parent assez éloigné, étant tombé malade, avait dû, faute de ressources, se faire transporter à l'hôpital. Aussitôt que la jeune fille l'apprit, elle s'empressa de lui rendre visite et de lui porter, avec ces petites *douceurs*, toujours agréables aux malades, les consolations plus précieuses de l'affection. Chaque dimanche, seul jour qu'elle eût libre, la revoyait au chevet de l'infortuné et jamais elle n'y venait les mains vides. Après avoir langui assez longtemps, le malade succomba, et Mlle L... presque seule, accompagna au cimetière commun ses tristes restes. Sur la croix de bois qu'elle seule aussi aura continué de visiter sans doute, elle déposa la couronne d'immortelles, mouillée de ses pleurs.

Le dimanche qui suivit la cérémonie funèbre, la jeune fille retourna à l'hôpital pour remercier la sœur de charité et l'infirmière des soins donnés à son pauvre parent. En passant auprès du lit qu'avait occupé celui-ci, elle s'arrêta un instant pour souhaiter le bonjour au malade couché dans le lit voisin et quelle savait atteint d'une maladie mortelle, incurable, mais dont le dénouement, au dire des médecins, pouvait être éloigné encore. Une affection de la moelle épinière retenait l'infortuné sur ce lit de douleur d'où il ne devait pas se relever.

Après l'échange de quelques paroles relatives à sa santé, la jeune fille lui demanda des détails sur le défunt. Il lui raconta ses derniers moments, interrompant son récit d'éloges et avec des larmes qui témoignaient de ses vifs regrets Puis. il ajouta :

— Oh ! il vous aimait bien, Mademoiselle, et il a bien recommandé de vous remercier pour lui de tout le bien que vous lui avez fait et de vous dire qu'il emportait le seul regret de ne pounoir vous en exprimer sa reconnaissance, et qu'il aurait désormais une petite part dans vos prières.

— Ce pauvre parent ! dit la jeune fille essuyant une larme j'ai bien prié pour lui.

— Et il le méritait ! Ah ! Mademoiselle, continua le malade en pleurant ! ah ! pour moi, aussi quelle perte ! Il était devenu un si bon ami. Quoique très-malade lui-même, il s'oubliait pour me plaindre. Nous causions ensemble de nos peines. Aussi pour moi c'est un grand vide, un grand vide... hélas ! d'autant plus que je n'ai à Paris personne, ni parent ni ami, qui s'intéresse à ma triste position, et dont je puisse espérer de temps en temps la visite.... Une visite du dehors, Mademoiselle, une visite d'affection, voyez-vous, pour nous surtout qui ne pouvons quitter le lit et n'avons pas même la distraction de la promenade dans les salles, une visite fait tant plaisir ! Cela réjouit le cœur pour toute la semaine. Et il soupira profondément en joignant les mains.

— Eh bien, dit la jeune fille attendrie, et avec un charmant sourire, pauvre Monsieur, vous ne serez pas privé de cette consolation ; vous ne serez pas abandonné tout-à-fait et je viendrai, moi, vous voir comme je venais voir ce cher défunt.

— Mademoiselle ! Mademoiselle, murmura le ma-

19

lade dont la figure s'illumina et dont les yeux rayonnaient quoique remplis de larmes, je n'aurais jamais osé oh ! non, vous demander cette grâce ! Mais je ne refuse pas, au contraire, un tel bonheur. Je vous remercie, je vous remercie ! oh ! que le bon Dieu vous le rende !

La jeune fille tint fidèlement sa promesse, inspiration d'un cœur généreux. Et, pendant plusieurs mois que le malade vécut encore, on la vit chaque dimanche, assise à son chevet, lui consacrer ses après-midi qu'une semaine laborieuse pouvait lui faire désirer sans doute d'employer d'une manière plus agréable. Bien entendu que les petits cadeaux de circonstance, le sucre, les biscuits, les oranges, ajoutaient pour le malade à la joie de cette bonne visite. Jusqu'à son dernier jour, grâce au dévouement de Mlle L.... il eut cette consolation et ce bonheur. Et une couronne d'immortelles aussi témoigna que pour l'infortuné les sollicitudes de la charité s'étendaient jusqu'à la tombe.

Quelques jours après que notre ami nous eut raconté ces simples et touchants détails, une dame qui appartient à la société la plus élevée nous parlait avec admiration d'une demoiselle du grand monde celle-là un peu son amie, et dont elle avait reçu la visite le matin même.

— Véritablement c'est une sainte ! que cette per-

sonne, nous disait la comtesse avec l'effusion de son
cœur chaleureux ! c'est l'ange du dévouement.
Jeune et belle encore distinguée par la naissance
comme par les qualités de l'esprit et du cœur, et
jouissant par la mort de ses parents d'une fortune
indépendante assez considérable, elle pourrait briller
dans le monde, faire l'ornement de maints salons.
Plus d'un aimable gentilhomme, à ma connaissance,
eût été trop heureux de lui offrir sa main, de lui
donner son nom; mais elle s'est constamment refusée.

— Avec le bon Dieu, m'a-t-elle répondu en souriant, est-on jamais seule?.... Puis n'ai-je pas des
enfants, toute une famille dans mes pauvres ...
Quant au regrets dont vous parlez, j'espère bien,
le ciel aidant, ne jamais les connaître. Jusqu'ici je
les ignore, et bien au contraire, je suis tous les
jours plus heureuse du parti que j'ai pris. Tous les
jours je m'en applaudis davantage. Vous, si bonne
chrétienne, comment avez-vous pour moi ces
craintes et ces inquiétudes ? Trouvez-vous donc
beaucoup à plaindre la sœur de charité !

FIN

TABLE

FIN DE LA TABLE

OUVRAGES ÉDITÉS

PAR

L'ŒUVRE DE SAINT-MICHEL

————•————

69 **Ouvrier Vendéen** (L'), par PAULIN.
1 vol. in-12......,................ 2 »»

70 **Paul et Cécile.** par M. Ch. DUBOIS in-12. 2 »»

71 **Paul et Jeanne,** par le même in-12 2 »»

72 **Piété éclairée** (La), par le R. P. COTEL
de la Cie de Jésus. 1 vol in-12......... 8 »

73 **Rue des Poivriers** (La), par E. de
MARGERIE. 1 vol. in-12............ 2 »»

74 **Témoin du Meurtre,** par R. DE NAVERY.
1 vol. in-12..................... 2 »»

75 **Vraies Perles** (Les), par Mme H. LESGUIL-
LON. 1 vol. in-12.................. 2 »»

76 **Du pape,** par DE MAISTRE, 1 vol. in-12. 2 »»

77 **Lutins Norwégiens,** traduit de l'anglais par Mme L. ROUSSEAU. 1 vol. In-12. 1 50

78 **Mouette du rocher** (La) **et Mcar,**
Mlle LE BOURGEOIS. 1 vol. in-12...... 1 50

79 **Hôtellerie du Prêtre Jean** (L'), par
CHARLES BUET. 1 vol. in-12.......... 2 »»

80 **Ivanhoë** de WALTER SCOTT, revu et
corrigé par L. A. JUMIN. 1 vol. in-12... 2 »»

81 **Landry,** par R. DE NAVERY. 1 vol. in-12.. 2 »»

82 **Mémoires d'un Enfant** pauvre, par
LÉON NOBLE. 1 vol. in-12............ 2 »»

83 **Proscrit de Corinthe** (Le), par OCT.
GUILMOT. 1 vol. in-12....... .... 2 »»

84 **Château de Saint-Hippolyte** (Le), par
E. DE MARGERIE. 1 vol. in-12..... ... 2 »»

85 **Trésor de Bassus,** (Le) par OCT. GUIL-

Paris. — Imprimerie Saint-Michel.— G. TÉQUI. —
Apprentis de Saint-Nicolas. — 92, rue de Vaugirard.

DERNIÈRES PUBLICATIONS
DE L'ŒUVRE SAINT-MICHEL

SOUVENIRS D'UN VIEUX ZOUAVE, par
M. Blanc. 2 vol. in-12................ 4 fr. »»
PASSAGE D'UN ANGE, par la princesse
Olga Cantacuzène. 1 vol. in-12..... 2 fr. »»
L'HOTELLERIE DU PRÊTRE JEAN, par
Ch. Buet. 1 vol. in-12............. 2 fr. »»
PAUL ET JEANNE, par Charles Dubois.
1 vol. in-12...................... 2 fr. »»
PAUL ET CÉCILE, par le même. 1 vol.
in-12............................ 2 fr. »»
LE TRÉSOR DE BASSUS, par Oct. Guil-
mot. 1 vol. in-12................. 2 fr. »»
LE PROSCRIT DE CORINTHE, par le
même 1 vol. in-12................ 2 fr. »»
SAINT ANSELME, par M. Ragey. 1 vol.
in-12............................ 2 fr. »»
HISTOIRE D'UN NORWÉGIEN, racon-
tée par lui-même. 1 vol in-12....... 3 fr. »»
HISTOIRE DE SAINTE FRANÇOISE
ROMAINE, par Mlle Zoé de la Pon-
neraye, 1 vol. in-12............... 2 fr. »»
CE QUE C'EST QU'UN HONNÊTE
HOMME, par M. Louis Tremblay.
1 vol. in-12...................... 2 fr. »»

Paris. — Imprimerie Saint-Michel. — G. Téqui. —
Apprentis de Saint-Nicolas. — 92, rue de Vaugirard.

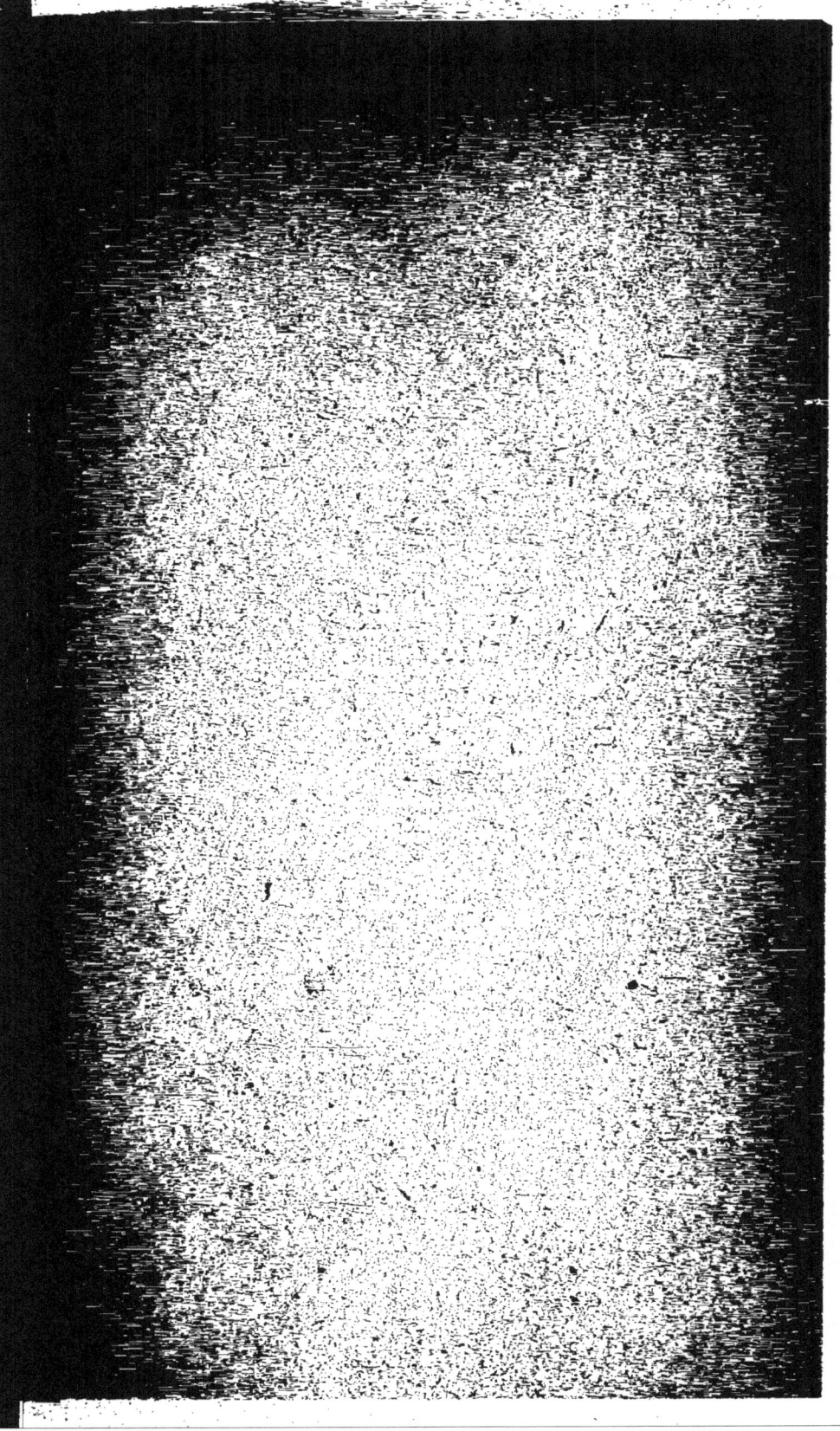

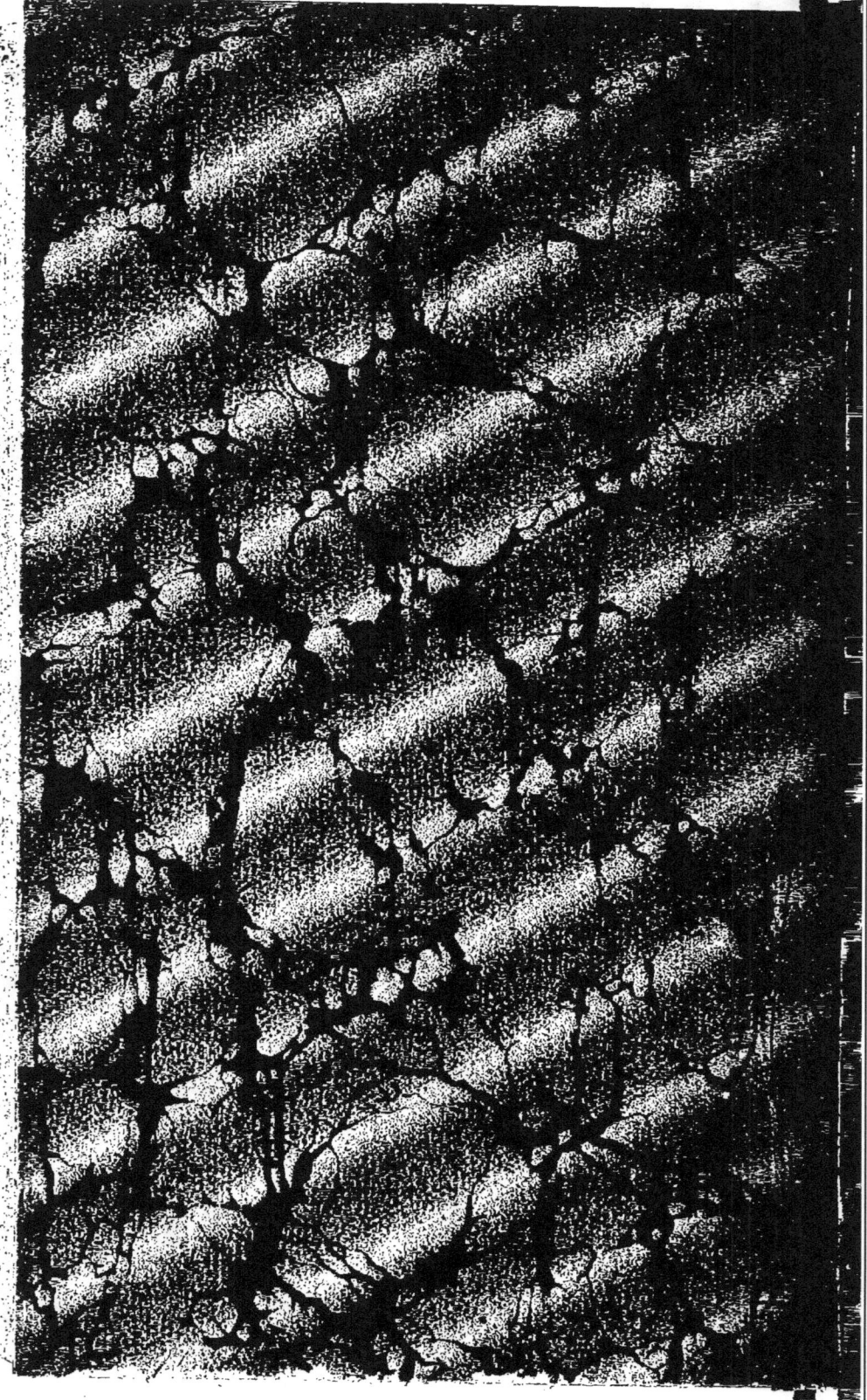